妖怪とは

人知の及ばない不思議な現象や、それらを引き起こす超自然的な存在のこと。あやかし、物の怪、化物などとも呼ばれ、その正体は信仰が衰えて零落した神だといわれている。

目次

イラスト／細居美恵子

デザイン／木村デザイン・ラボ

座敷童子の代理人10

仁科裕貴

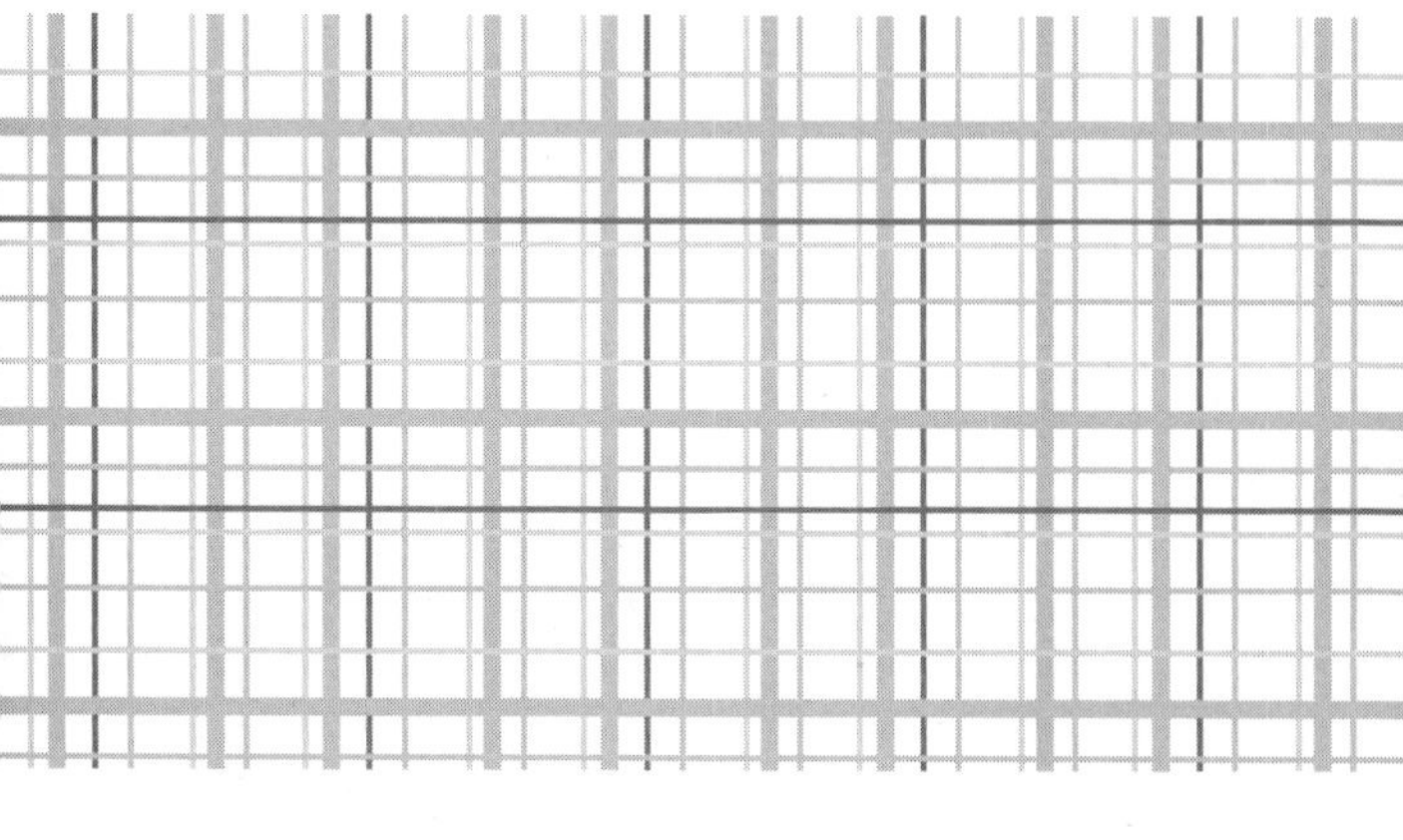

プロローグ

妖怪とは何か、という哲学的命題について、僕はしばしば考える。

果たして妖怪は実在するのか。もしも実在するならばどういった存在か。現代社会における妖怪の役割とは一体何か。考察すべき事柄は山のようにある。

そもそも妖怪という言葉を哲学の俎上(そじょう)に載せたのは、明治期に活躍した仏教哲学者、〝井上円了(いのうええんりょう)〟だ。彼は不可思議な諸現象を広く妖怪と命名したが、それらを非合理的で非近代的な〝迷信〟と断じ、あくまで否定的な立場をとっていた。

『妖怪の有無は、物にあらずして人にあり、客観上に存するにあらずして主観上に存す。妖怪そのもの、実に一定の標準あらざるなり。換言すれば、妖怪の標準は、すなわち人の知識、思想これなり』

妖怪はそれのみでは存在しえず、人の主観の中でしか生きられない。そして人の知識や思想から独立したものでもないので、実態としては一つの〝文化〟であると言える。主観的には幽霊であっても、客観的には枯れ尾花であるというわけだ。だから円了以降、妖怪という古き概念を扱う学問が、哲学から民俗学へとシフトしていったのは必然だったのかもしれない。

その後の〝柳田國男〟を嚆矢とする民俗学的な研究においては、妖怪の非実存性は既に自明の前提となっていた。怪異とはあくまで人間の想像力から生まれるものであり、神や妖怪は自然界に生きるものではない。それら超自然的な存在に対して、人の意識や習俗がどのように関与したか、また逆に、人々の生活にどのような影響を及ぼしていたのかが主に取り沙汰されるようになった。

……と、前置きが少々長くなってしまったが、話をまとめると、妖怪は実在しない。

これが現代における常識であり不文律である。

ただし、言うまでもなく、僕は自分自身の実在を信じている。

我思う、ゆえに我在り。僕はこの頭で多くのことを考え、自発的に行動し、ときに悩み、憤慨し、ときに涙する。そんな自己が確かにここに在ると知っている。以上の事実から帰納的に結論するのだ。妖怪は間違いなく実在するのだと。

そう。何故なら僕自身が妖怪——座敷童子なのだから。

となれば話は簡単である。僕は自己の存在を肯定しさえすればいいのだ。

一見、それは一分の隙もない完璧な論理に思える。ただ、残念ながらこの確信が世に広く知れ渡り、一般通念として受け入れられることはありえないだろう。

どうしてかと言うと、基本的に妖怪は不可視の存在だからだ。そして人は、己の目に見えないものを軽々に信じることはできない。だからこの先、時代の風向きが妖怪実存派の有利に傾くことは決してないと思える。

「――しかし、驚くなかれ」

と、僕は思わず呟いた。客観的論証は困難と思われたこの命題に今、まったく新しい切り口からアプローチを試みようとする無謀な挑戦者が現れたのだ。

彼の名は、〝緒方司貴〟。

老舗旅館の番頭を務める傍ら、売れない小説家でもあるこの青年のことを、僕は大きな敬愛と少々の揶揄を込めて〝先生〟と呼んでいるのだが……いつになく引き締まった顔つきをした彼は、堂々たる態度でこう宣言した。

「プリンを盗み食いした犯人は妖怪です。間違いありません」

「……え、ええ。そうかもしれませんけど」

ちょっと苦笑気味に言葉を返したのは、桜色の着物を身に纏う若女将、〝白沢和紗〟である。

「いつものことといえばいつものことですし、別にわたしは――」

「本当にすみません！」

声を被せるようにして、いきなり先生が深く頭を下げた。

「俺としたことが、やつらの蛮行を止めることもできず……！　この件については必ず詫びを入れさせますので」

「そんな、大袈裟ですよ。もともと六個入りで、あと四個残ってますし。誰が食べたのかは、確かに気になりますけど」

「駄目ですよ和紗さん。なあなあで済ませちゃいけません。再犯を防ぐためにも、たまには厳しい対応をとることが必要です」

「そ、そうですか？　まあ、真実がわかるにこしたことはないですが」

「理解していただけて何よりです。それでは早速、状況を整理しましょう。発見時刻はつい先程ですよね？　そして現場は——」

台所のシンクに放置されたガラス瓶に視線を落としつつ、先生は論述を始める。

事件が発生したのは、まさにここ。岩手県は遠野市にある旅館、〝迷家荘〟に併設された白沢家の本宅である。その一階部分にあるダイニングキッチンが今回の惨劇の舞台となった。

第一発見者は和紗。従業員の朝食を用意するためにこの場にやってきた彼女は、流し台の傍らにひっそりと置かれた二つのガラス瓶に目を留めた。

瓶の内側に付着した黄色い物質を見て、彼女はすぐさま察したはずだ。それは昨日、旅館の常連客が持参した、有名店の高級プリンの成れの果てであると。

　シンプルながら艶（つや）やかで上品な外見と、プルンとした魅惑の弾力を兼ね備えた官能的なお菓子が、何者かに食い散らかされて無残な屍（しかばね）を晒（さら）していたわけだ。そんな衝撃的な光景が事件発覚の端緒となったのであるが……。

「従業員がプリンを食べたとは思えません。食べたのならその申告があって然（しか）るべきですし、それがない以上、従業員でない者が食べたと考える方が自然です」

　迷家荘は家族経営の旅館であるため、犯人候補は大して多くない。大女将の白沢縫（ぬい）。支配人兼板長の紘六（げんろく）。その弟子である板前の伊草直純（いぐさなおすみ）。そして和紗と先生を除けばあとは妖怪しか残っていない。僕と河童（かっぱ）と妖狐（ようこ）、化狸（ばけだぬき）の空太（くうた）に陰陽師（おんみょうじ）の綾斗（あやと）といったところだ。その中で怪しい者は……。

「……では、座敷童子様や河童様でしょうか」

　と、和紗が言う。なかなか鋭い考察だ。

　はっきり言って僕らには前科がある。従業員以外のものが盗み食いをしたと仮定するなら、疑わしい人物の筆頭は僕らになるだろう。正直、夏場には何度もアイスを持ち出して勝手に食べたものだ。それは認める。

　しかしながら、今は三月である。盆地気候の特徴を有する遠野では、昼夜の寒暖差が非常に激しく、夜更けと明け方の寒さは筆舌に尽くし難（がた）いものがある。未（いま）だに雪がちらつくこともあるくらいなのに、誰がリスクを犯してまで冷蔵庫を開けに来るというのか。

まったくもって失礼な話だ。

「犯人を割り出す方法ならありますよ」

とさらに、自信に満ちた顔つきで先生が告げた。

さて、本題はここからである。犯人が妖怪だと断じるためには、まずはその実存性を証明しなければならないはずだ。いやが上にも興味を掻き立てられ、カーテンを摑んだ手に思わず力を込めながら、僕は彼の動向を注意深く見守ることにする。

……ちなみに補足しておくと、僕は今、台所の片隅に隠れているところだ。南に面したガラス戸とカーテンの隙間に身を潜めている。理由は秘密だけれど。

「指紋採取、そして指紋照合です」

言いながら、先生は戸棚から片栗粉の袋を取り出した。そして中に詰まった白い粉を小皿に移すと、懐から一本の耳かきを取り出してみせる。

「和紗さん。テーブルの上に左手をついていただけませんか？　指は揃えて」

「えっ？　……はい。こうですか？」

彼女はテーブル上に掌を押し付けるようにし、それからすぐに手を引いた。先生は耳かきの後部にある綿毛部分に片栗粉をまぶし、和紗が触れた場所を撫でるようにする。

すると直後、はっきりと掌の形が浮き上がった。

「あっ、すごい！　刑事ドラマみたいですね。指紋採取ってこうやってやるんだ」

「そうなんです。警察官はアルミニウムを主とした混合粉末を使うみたいですけどね。ベビーパウダーなどでも代用できます。きめ細やかな粉末を汗や皮脂に吸着させ、その輪郭を浮き彫りにするわけです。その上で……」

淀みなく解説を加えつつ、先生が次の行動に移る。どこからかセロハンテープを持ってきたかと思えば、テーブル上の手形に慎重な所作で貼り付けていった。

一拍置いて剝がしたそれを、これまたどこから取り出したのか、黒い厚紙の上に貼り付ける。その手並みは実に鮮やか。

「指紋を転写したテープを黒い紙に貼ると、形が判別しやすくなるんです」

「なるほど確かに……。本人から直接採取したものと見比べて、照合するわけですか」

「はい。指紋の特徴が完全に一致する確率は、およそ八百七十億分の一といわれています。つまり、ほぼ間違いなく個人の特定ができる」

続けて、「こんなこともあろうかと」と彼が手帳を開いてみせた。そこにはいくつかの紙片が挟み込まれているようだ。

目を凝らし、彼の手元を覗き見て理解する。どうやら採取済みの指紋らしい。

馬鹿な！　何ということだ。部屋に残っていた僕らの指紋をあらかじめ採取していたのだろう。どれだけ入念に準備をしてきたというのか。犯人究明に対する飽くなき執念らしきものを感じる。

「両者を照らし合わせれば、犯人はすぐに判明するでしょう。少々お待ちください」

言いつつ手袋をした先生が、流しに置かれた空き瓶に慎重に手を伸ばし、テーブル上で指紋採取の作業に移った。片栗粉を綿毛にまぶし、ガラス面にちょいちょいと触れていくと、みるみる指紋が明らかとなっていく。

「ずいぶん小さいですね」と和紗。「河童様のものでしょうか」

「いいえ、ちゃんと蹄状紋が描かれているので違います。柳田國男の『遠野物語』にも書いてありますが、河童の指紋は人間のものとは明らかに異なります。一目でそれとわかるくらいに」

その通り。あの緑の怪生物の肌はゴム風船のようにつるんとしたものだ。だから指先もつるつるだと思う。もしくはヤモリみたいに吸盤状になっているか。

ともあれ河童は犯人ではない。酒好きにも拘らず甘味好きの彼ではあるが、夏の暑い時期に食べるメロンアイスこそ至高と考えており、プリンに興味を示したことは一度もない。メロン味のプリンだったら話は変わっていたのかもしれないが。

「見たところ、一つは子供のもの。もう一つは大人のもののようですね」

考え事をしている間にも、指紋の転写、照合作業が進んでいく。

くそ、普段とは違い、無駄に仕事が早いな。

先生はあらかじめ採取していた指紋と、今採取したものをテーブル上に並べ、真剣な面持ちで何度も見比べる。

それからややあって。結論を導き出したのかゆっくりと顔を上げ、確信の光を宿らせた瞳を和紗へと向けた。

「こちらの瓶に付着していた指紋は、このサンプルと特徴が一致しています」

「あ、本当ですね。この指紋の主はどなたなんですか？」

「座敷童子です」

断言したあとで、僕の方にちらりと、咎めるような視線が向けられたのがわかる。

うん、そりゃバレるよね。一般人の和紗とは違い、元座敷童子である彼は妖怪の姿を視認することができる。だから当然、カーテンの不自然な膨らみ方にも気付かれており、僕がここに隠れているのも先刻ご承知に違いない。

「童子様ですか。だったら問題ありませんよ？　もともとこのプリンは童子様にお供えするつもりでしたから」

「ですよね。でも、あまりあいつを甘やかさないでくださいよ？」

和紗の言葉に先生は微笑を返したが、そのあとで表情を引き締め直し、

「問題はこっちの指紋です。俺のサンプルの中にはありません」

もう一つのガラス瓶を指さしながら、厳しい口調で続けた。

「なので恐らくこれは、牛鬼様の指紋だと思います」

「……ああ、なるほど。牛鬼様ですか」

眉を少しだけ上げて和紗は答える。理由はわからなくもない。

牛鬼が迷家荘にやってきたのは昨年の秋だ。以来、五ヶ月にも亘(わた)って旅館に逗留(とうりゅう)しており、そのせいで客室が一つ、使えなくなっているのである。もしここが京都ならとっくにお茶漬けを出されていることだろう。

そんな彼女の正体は〝丑御前(うしごぜん)〟。かの英雄、源頼光(みなもとのよりみつ)の実の妹だという大物妖怪だ。なのでここしばらく、遠野の内外から彼女を訪ね、多数の妖怪が足を運んできている。彼女はその度にぐでんぐでんになるまで酒を飲み、酷(ひど)いときには廊下に倒れ込んで朝を迎えたりもしているのだ。

妖怪の姿が見えない和紗には直接の被害はないのだが、先生は何度も牛鬼の介抱をさせられており、その報告は逐一行われている。だからいい加減、腹に据えかねているのかもしれない。

「昨夜、牛鬼様はいつものように六角牛王(ろっこうしおう)や八幡権現(はちまんごんげん)と宴会していました。そしていつものように羽目を外し、深酒をしてしまったと思われます」

などと、彼は推理を披露していく。牛鬼は酩酊(めいてい)状態のまま、大妖怪たちを見送るため部屋の外に出たのだろう。そしてその高揚感のままに、話し相手を求めて先生の部屋を訪ねたが生憎(あいにく)と留守。朝の清掃業務に出ていたからだ。

けれど牛鬼は諦めなかった。勝手に部屋に踏み入って押し入れの襖を開け、そこに寝ていた僕を引っ張り出したのである。先生の身代わりに。

そうして安眠を妨害された僕は、迷惑極まりない想いで彼女に応じた。もはや呂律も怪しい牛鬼の話にしばし耳を傾けていたのだが、さすがに不毛に過ぎる。きっとあまり長くは耐えられないだろう。そこで思いついたのが――

「童子はどこかで知ったのでしょう。冷蔵庫の中に、お客さんから頂いたプリンが入っていることを。だから提案したんです。一緒にプリンを食べに行こうと」

牛鬼の興味をお菓子に逸らし、絡まれないよう立ち回ると同時に自らも美味しい思いをする。まさに一石二鳥の妙案だったというわけだ。

ふむふむなるほど。先生も成長したものだ。ほぼ事実に即した論理展開である。これも僕の薫陶の賜物だね。

「そうだったんですね」と和紗も納得顔になった。「安心しました。童子様と牛鬼様なら、何の問題もありません」

彼女は勝手にプリンを食べられたことに関して、含むところはないようだ。

まあ僕からすれば、むしろ感謝して欲しいくらいである。だって白沢家の面々で、好んでプリンを食べるのは和紗のみ。僕が率先して数を減らさなければ、結局彼女の胃の中に全てが収まることになったはず。すると近い将来、ダイエットに苦しんだであろうことは確定的に明らかだ。

「童子と牛鬼様には、俺からちゃんと苦言を呈しておきますので」

「はい。何だか胸のつっかえがとれた気分です。ありがとうございました」

微笑（ほほえ）みとともに、どこかほっとした雰囲気を出す和紗。その顔には『そこまでしなくてもいいのに』と書いてあるように見えた。それでも先生の立場に配慮し、感謝の意を示したに過ぎない。

そりゃそうだ。元よりこんなふうに騒ぎ立てして、犯人捜しをするほど大した事件でもない。平穏な日常に加えられた、ちょっとしたスパイス程度のものだ。

和紗は最初からそれを理解した上で、にこやかに話に付き合っていた。先生だって楽しくコミュニケーションをとることが目的の一つだったのだろうと思う。

その証拠に、結論が出ると同時にあっさりと話題は切り替わった。「少し遅くなってしまいましたし、朝の支度を始めましょう」と彼女が口にすると、二人はすぐに朝食の準備に移る。雑談を交わしながら寄り添い合う二つの背中は、僕の目にはとても仲睦（なかむつ）まじいものに見えた。

何だかダシにされたみたいだ。釈然としない気持ちは残るが、二人が恋人同士になるまでの紆余曲折（うよきょくせつ）を思えば、水を差すのも可哀想（かわいそう）な気がする。

元より妖怪なんてものは、実在すらも怪しい存在だ。たとえ僕がここにいなくても、迷家荘ではいつも通りの日常風景が展開されていくに違いない。そんな一抹の寂しさを胸に抱きながら、彼らを後目に踵を返し、勝手口の方へと足を向ける。

ガラス戸を抜けて外に出るなり、山脈の向こう側から差し込んできた光に思わず目を細めた。見上げれば気持ちのいい快晴である。このまま天気が崩れなければとても暖かな陽気になりそうだ。今年の最高気温を更新するかもしれない。

なべて世は事もなし。今日も昨日までと変わりなく、穏やかで退屈な一日になることだろう。その予想が正しいことを裏付けるかのように、春の到来を感じさせる柔らかな風までもが頬をくすぐってきたが……。

いやいや騙されないぞ。良い話風に終わろうとしても、そうは問屋が卸さない。まあ普通なら無理だ。あんな些細な事件の裏側に、恐るべき策謀の影があっただなんて、たとえ神様であっても勘付くことはできなかったに違いない。

この僕以外には、きっと誰も。

迷家荘のチェックアウト時刻は午前十一時と定められている。それから客室の清掃業務と備品の補充が行われ、終わるのは大体正午前だ。なので番頭である先生の休憩時間は、昼食時から午後三時くらいまでとなる。

実際に彼が部屋に戻ってきたのは午後一時過ぎだった。恐らく白沢家でまかない昼食をいただいてきたのだろうが、仕事着から私服に着替えるなり、再びいそいそとした足取りで廊下へ出て行った。買い物にでも行くのだろうか？

僕はというと、押入れの中から様子を窺っているところだ。買い物ならば駐車場に先回りして同行し、本屋にでも寄ってもらおう。そう考えていると、少しして勝手口が開く音がしたので、その線はなくなったなと思い直す。

外出の目的はただの散歩だろうか。でも今朝の事件における振る舞いといい、最近の彼には不審な行動が多い。

こっそり後をつけることにした僕は、少し遅れて彼の後ろに続いた。距離は十分に離れているため気取られる心配はないだろうが、向かう先は旅館の裏手にある小高い丘のようである。長い石段を上らねばならないので、少々億劫だ。

息を切らしながら丘の上まで辿り着くと、黒ずんだ巨木の前で先生が立ち止まっているのが見えた。通称、〝桜の丘〟と呼ばれるこの場所は、桜の老木が一本佇んでいるだけの物淋しい広場だ。

一応、座敷童子を祀る社もここにあるのだが、時間帯のせいもあり参拝客の姿はまるでない。もしや先生は人目を避けるために、この場所を選んだのだろうか。

どうにも疑わしい。となれば観察するのみだ。彼はここで何をするつもりなのだろう。

好奇心を掻き立てられながら見守っていると、

「――、さん。俺……っ、さい」

桜の幹に目線を向けたまま、何やらブツブツとした声で呟き始める。だけど駄目だ。何を言っているのかよく聞き取れない。

足音を潜めながら背後に回り、耳を澄ませてみる。すると徐々に言葉がはっきりと聞こえ始めた。

「――と、突然で申し訳ありませんが……。お、お、俺と、結婚していただけませんかっ⁉」

虚空に向かって言葉を投げかけ、片手を差し出して頭を下げる先生。

そのまましばし静止。まるで返ってくるはずのない返事を待っているかのようだ。

するとそこへ、春一番というにはいささか冷たすぎる風が吹き抜けた。それが冬枯れした桜の枝をばたばた揺らして通り過ぎていく。場を白けさせるように。

うん。朝の時点では暖かい日和になるだろうと予想したが、思ったより気温は上がらなかったみたいだ。どうやら春はまだ遠いようである。いろいろな意味で。

「……悪くは、なかったはず」

と、さらに彼が言う。

「もう少し声を大きく、かな。背筋もちゃんと伸ばして……。よし、もう一回……」

もう一回？　まさか続けるというのか。さすがに黙っていられなくなった。

「いやいやいやいや！」

大きく声を発しながら足を踏み出していく。一度だけでもかなりのダメージを被ったというのに、これ以上はまずい。共感性羞恥に耐えられない。

「駄目だって。ほんと勘弁してくれよ。聞いてるだけで鳥肌がヤバイんだよ。ねえ先生、何をとち狂っちゃったの？　先生には何が見えてるの？　ただただ怖いよ」

「……なんでおまえ、ここにいるんだ？」

振り返った彼は、一目でそれとわかる渋面になっていた。

「見ればわかるだろ。プロポーズの練習だ」

「へえそうなんだ、とか言うと思う？　それ、不意打ちで喰らった身にもなってくれよ。きっついからマジで。現実逃避するあまり、まだ見ぬ春に思いを馳せちゃったよ」

「盗み聞きしといて何て言い草だよ……。そもそも昼寝してたんじゃなかったのか？せっかく起こさないよう、こっそり部屋を出てきたのに」

「散歩だよ散歩。少しは運動しなきゃ、健康に悪いからね」

表情一つ変えずに僕は嘘をつく。さすがに後をつけてきたとは言えない。

すると先生は訝しむような顔をして、

「健康なんて気にしたことないだろ。いつもお菓子ばっかり食べてるくせに」

「何言ってんだ。妖怪だって生活習慣病になるんだよ？　血圧とか血糖値とか尿酸値とか気にしてるんだよこれでも」

「いや、どこで検査してるんだ？　何から何まで初耳だよ。嘘ばっかつきやがって」

そう言って唇を尖らせた。でもこのままいがみ合っていても仕方がない。

本題を進めるため、ちょっと距離を詰めて訊ねてみることにする。

「んで、話を戻すけど、何なのさっきのは」

「言っただろ、プロポーズの練習だよ。むしろそれ以外に何があるんだよ。……でさ、どうだった？　俺、ちゃんとできてたかな」

「えええええ？」

冗談だろ？　僕は一歩後ずさりながら言う。

「それ、僕に聞くの？　恥ずかしくないの？　あんたってときどき、異常なメンタルの強さを発揮するよね。天然なだけかもしれないけど」

「悪かったな……。でも、まだ練習始めたばかりだから。そのうちマシになるから」

「そういう問題じゃなくてさ。練習なんて、普通する？　別にさ、多少不格好だろうと構わないじゃないか。両想いなのはわかってるんだから、和紗を呼び出してさっさと決めちゃいなよ」

「簡単に言うなよ！」と彼は声を張り上げた。「何か不手際があったら申し訳ないだろうが！　そういうのって記憶に残るんだぞ！　下手したら一生！」

「誰に、何が申し訳ないんだか……。そんな練習に時間をかけるより、早くしてあげた方がいいと思うけどね。割と本気で」

　まさか気付いていないわけではないだろうに。和紗の父親である紘六が、遠回しに『式はいつだろうなぁ』とか、『孫の顔はいつ見られるのかなぁ』なんてよく呟いていることに。

　先生がいつまでもヘタレているせいで、無駄に周囲をやきもきさせている気がする。和紗だって間違いなく、そのときを心待ちにしているはずだ。

「でもさ、こういうのってやっぱりさ、一生に一度のものだから」

　今度はもじもじとし始める彼。はっきり言って気持ちが悪い。

「どうせなら素敵な思い出に……なればいいなって思うじゃないか」

「はあぁ？　何それ、恋愛ドラマにでも影響された？」

　何だか苛（いら）ついてきた。我知らず口調が刺々（とげとげ）しくなっていく。

「あーやだやだ。小説家ってみんな夢見がちなのかね？　思い出に残るようなものにしたいって、ならどうするつもりなの？　具体案は？」

「え？　いやそれは、いろいろ考えてるけどさ。……妙にグイグイくるな」

「あんたがはっきりしないからだろ！　それより早く答えてよ、どうする気？」

「ああ……。ええと、やっぱりシチュエーションが大事だと思うんだよ。夜景が綺麗(きれい)な場所で、とか。イルミネーションを見ながらとか。あとは何かサプライズみたいな演出とか……」

「うえええ。似合わないからやめた方がいいと思うよ？　そういうのは一時的に感動したとしても、あとで振り返ると絶対に恥ずかしくなるやつだから」

「そうかなぁ」

同意しかねる、という表情だ。

おいおい、現状認識が甘すぎる。頭を抱えたい気分になってきた。

「ほんとやめてよ？　さすがの僕でもどん引きだよ。悪ノリできるレベルを超えてる。いいかい？　僕にしては珍しく親身になって忠告するからね？　今すぐそのクソみたいな幻想を捨てろ」

「……まあ確かに、サプライズとかは違うか。和紗さんはもうちょっと落ち着いた感じの方が好きそうだし。でも指輪は欲しいんだよな、婚約指輪」

「それでか」

ようやくその文言を引き出せた。僕は溜息(ためいき)をつきながら続ける。

「呆(あき)れて物も言えない気分だけど、あえて言わせてもらうよ。僕相手に完全犯罪なんて、本当にできると思ったの？」

「………」

まさかこんなタイミングで核心を突かれると思っていなかったのか、先生はみるみるばつが悪そうな顔つきになっていく。少しは罪悪感もあった様子だ。

「大体さ」と僕は言う。「何が『童子はどこかで知ったのでしょう』だよ。僕がプリンのことを知ってた理由は、あんたがそう言ってたからだ。『お客さんがお土産に高そうなプリンを持ってきてくれた』ってね」

昨夜、休憩時間に部屋に戻ってきた先生が、わざわざ僕に聞こえるようなボリュームで独り言を言ったのである。その時点で多少の不自然さは感じていたが……。

つまり、今朝の〝プリン盗み食い事件〟は、マッチポンプのようなものだったわけだ。先生は自らあの事件が起こるように仕向け、自らの手で解決した。

その目的は――

「さりげなく、和紗の指紋をとってたよね、あんた」

そう口にすると、びくりと彼は肩を震わせた。

指紋採取のデモンストレーションのために、先生は和紗に『テーブルの上に左手をついていただけませんか？』と言った。その際、指も揃えるよう注文を加えていた。今思い返してみても明らかに不自然な言動だ。

あのとき、どうして彼はそんな台詞（せりふ）を口にしたのか。

　和紗の指のサイズを計測するためだ。

「――いやはや、ほんと、びっくりだ」

　数秒間の沈黙を挟んで、苦笑交じりに僕は告げる。

「婚約指輪をサプライズプレゼントするために、まさかそこまでやるだなんてね。さすがの僕も驚いた――いや、呆れ果てたよ」

「……し、仕方ないじゃないか」

　指先で頬を掻きながら、彼はあっさりと罪を認めた。

「言葉だけのプロポーズじゃ、どうにもインパクトが弱いと感じてしまって」

「小説家の悪い癖が出てるなぁ。インパクトとか考えない方がいいよ？　あとさ、指輪のサイズってすごく繊細なものだからね。直径が一ミリ異なっただけで、指輪の号数は三号ほど変わってくる。掌紋から割り出すのはやめた方がいい」

「そうなのか」

　たちまち意気消沈する先生。

「じゃあ、どうしたものか……」

「悩む必要ないだろ。和紗に選ばせればいいだけだ。一緒にお店に行きなよ」

「それだとさ、プロポーズのときに渡せないじゃないか。婚約指輪を選んでから改めてプロポーズするのも変だし」

「サイズがわからないんじゃ仕方ないだろ？　もう諦めなって」

「あ、そうだ。おまえちょっと、和紗さんが寝てる間に指のサイズを――」

「なんで僕がそんなことしなきゃいけないのさ！」

　僕の姿は和紗の目には映らない。だから指のサイズを測るくらい朝飯前だ。けれど、寝込みを襲うような真似(まね)はしたくない。……というか、それはそれで、後で先生に恨まれそうな気がするのだ。理不尽な話だが。

「なら和紗さんの部屋に忍び込むだけでいいから。それで、もし普段使いしているような指輪があれば……」

　こっちの気も知らずに、能天気な顔でさらに提案してきた。発想が軽犯罪じみてるんだよ、さっきから。

「和紗が指輪してるとこなんて見たことないけど？」

「確かに俺も見たことはないな……。和紗さん、外出するときもかなりの確率で着物のままだし、アクセサリーはあまり持ってなさそうだ。じゃあ坂上(さかがみ)さんに聞いてもわからないかな……」

　坂上とは、和紗の友人の〝坂上結菜(ゆうな)〟のことだろう。

　先生とも面識はあるが、そこまで深い関係というわけでもないはずだ。なのに『婚約指輪を送りたいから指のサイズを調べてくれ』とか頼むつもりだろうか。もう少し恥というものを知っていただきたい。

「悪いことは言わないから、もう普通にしなって。このままじゃ一生の思い出どころか、消せない傷痕になるよ？」

「そうかなぁ。うーん」

腕を組んだ姿勢になり、何やら考え始める彼。

「俺さ、和紗さんに交際を申し込んだ直後に、車に撥ねられたんだよ。知っての通り」

「だから？」

「告白のあとにさ、その衝撃をはるかに上回る事態になったわけだ。そのせいで印象を上書きしちゃったと思うんだよ。正直、あまり良い思い出になっていないと思う」

「だからプロポーズではインパクト重視だって？　どこまで馬鹿なんだ……」

こいつ話が通じないよ。憤懣のあまり、乱暴な手つきで頭を掻いてしまう僕。

本当にこの馬鹿、どうしてくれようか。どうすればこいつの目を覚ましてやることができるのか……。しばし熟考した後に、僕はこう口に出す。

「わかった。理解したよ。あんたは勝手にプロポーズするの禁止」

「へっ？　なんでそうなるんだ」

「文句は受け付けないよ。いいね？」

「え、いや、全然よくな――」

「いいね⁉」

つい大きな声を出してしまったが、それも仕方がないと思える。僕にとって彼は家族同然の存在だが、関係性的には弟分。そして和紗は妹分だ。その二人がいつまでもふわふわした関係でいると、僕の精神衛生上良くない。そう判断した。

恋人同士になるのでさえ、あれだけの時間がかかったのだ。放っておくと今度はいつ進展するかわからない。きっちりスケジュール管理してやる必要がある。

「これからは僕が全部指示を出す。プロポーズの文言もこっちで考える。時期もタイミングもしっかり決める。だからステイだ。ステイ」

「ちょ、何でだよ！　何でおまえにそんな権限が」

「わかったの？　わからないの？　どっち⁉」

圧力を込めた視線を向ける。まっすぐ射竦（いすく）めるように強い意志で見つめ続ける。

すると彼の態度にも変化が訪れた。根負けしたように顔を伏せ、沈黙してしまった。

ようやく気付いたのだろうか。ズレているのは自分の方なのだと。……いや、恐らくまだ理解していないだろうな。

だが楔（くさび）を打ち込むことには成功したようで、その場をしばし静寂が支配した。元よりうら寂れた広場なだけに、会話がないと痛みを伴うほど物悲しい気分になってくる。

そこへ再び冷たい風が吹き抜けていき、少々血が上っていた僕らの頭を平等に冷やしていった……と、そのときである。

「――緒方さんっ！」

そんな声が聞こえてきたのはやや後方。石段を上った丘の入り口辺りからだった。

振り返ってみると、そこには和紗の姿があった。ここまで駆け足でやって来たのか、前屈(まえかが)みの姿勢になりながら肩で息をしているようだ。

「ど、どうされました和紗さん。そんなに慌てて」

先生が問いかける。先程までのやりとりを思い出して羞恥心が込み上げてきたのか、その声はわずかに震えていた。

「た、大変なんですよ！」

和紗がずいっと歩み寄ってきて、彼に顔を近付けていく。大きく開かれた円(つぶ)らな瞳を向けられたためか、先生はちょっと仰(の)け反(ぞ)りながら言葉を返した。

「大変って、何がです？」

「それが、河童様が……！　登校中の児童がたくさん目撃したってテレビで！」

「えっ？　河童？　河童が何か……」

「目撃されたんです！　ええと、その、とりあえずこちらへ！」

どうやら余程の事態らしい。彼女は息を乱したまま踵を返し、後に続くよう促してきた。一分一秒を惜しむように。

さてさて……。今度は一体、何が起きたというのか。まだ全容はわからないが、和紗の狼狽ぶりは尋常ではない。可及的速やかに行動を開始した方がよさそうである。

新たな事件の予感に背中を押されるようにして、僕たちは早足になりながら桜の丘を後にし、一段飛ばしで石段を駆け下りていった。


事務所に辿り着くなりまず目に入ってきたのは、テレビの前に陣取った巨漢の背中であった。

白髪交じりの髪を角刈りにした、任侠映画に出てきそうなこの偉丈夫の名は、白沢紘六という。和紗の父親であり、迷家荘の支配人兼板長を務める中年男性だ。

その隣の椅子にちょこんと腰かけているのは、綿菓子のごとき白髪を夜会巻きにまとめた大女将の白沢縫。そこへ和紗が先導するように近づいていったので、結果的に白沢家が勢揃いしたことになる。

「おお来たか、緒方くん。何だか大変なことになっているみたいだぞ」

こちらを振り向いて開口一番、紘六がそんなことを言った。片手にはテレビのリモコンが握りしめられているが、体のスケールに比べるとすごく小さく見える。

「大変なことって何です？」と先生。

「昼にみんなでテレビを見ていたら、おかしなニュースが流れてきてな。慌てて録画したんだが、ちょっと見てくれるか。……和紗、これどうやって巻き戻すんだ？」

「まず録画を止めて。それから……」

リモコンを受け取った和紗がぽちぽちとボタンを操作すると、わずかなタイムラグを経てテレビの画面が切り替わった。

映し出されたのは、どうやら岩手のローカル番組のようである。妙に耳に残る特徴的なテーマソングをバックに、アナウンサーがニュースを読み上げ始めた。

『――妖怪が目撃されたのは、遠野北小学校に程近い住宅地の片隅で』

「ここからです」

なるほど、映像の趣旨は明瞭だった。画面の下部にはポップな字体のテロップで、『妖怪、複数の児童に目撃される』と表記されている。

事件が起きたのは、どうも今朝方のことらしい。集団登校中の児童十余名が、通学路にて謎の怪物を目にしたそうなのだ。

頭の上には白い皿。口には黄色い嘴。腕や足には両生類を思わせる水かきがあったという。それだけ聞けば、確かに僕らの知る河童の特徴と酷似しているが……。

「不思議なことに、子供しか見ていないらしい」と紘六。「近くに保護者もいたみたいなんだが、驚きの声を上げる子供たちをよそに、何が起きているのか最後までわからなかったと」

「あと、目撃した子供たちが絵を描いたらしいのですが……あ、ここです」

和紗が解説を加えたところで、タイミングよく画面に絵が映った。画用紙に描かれたその絵は、やはり河童を思わせるものだ。

ただし、赤い。全体が赤いクレヨンで描かれている。

どの絵も同じだ。全ての絵が赤い。まるで事前に示し合わせたかのように、全員が赤い河童を描いたようだ。これは一体？

「遠野の河童は赤いといわれますが、うちの河童様は緑色でしたよね？」

振り向いた和紗が訊ねると、先生が「はい」とうなずきを返した。

迷家荘には一体の河童が棲みついている。温泉好きで相撲好きでメロンアイス好きな河童だ。僕にとっては最も付き合いが長い妖怪であり、普段は同じ部屋で暮らしているため、あいつのことなら何でもわかるつもりだ。

ゴムのようにつるりとした肌は、和紗の言う通り緑色。ただし、湯上がりの直後には茹で上がったように真っ赤になっている。そのせいで、『遠野の河童は赤い』だなんて俗説が生まれたのだろうと思っていたが……。

「子供たちが本当に河童を見たとしても、うちの河童じゃないでしょうね」

「何か別のものと見間違えた可能性は？」と紘六。

「ないとは言えませんが、これだけしっかり描かれていると……」

ニュースの続きを見る限り、子供たちは一様に顔を上気させせて、興奮した口調で目撃状況を語っているようだ。演技だとはとても思えない。周りの大人たちに入れ知恵をされた様子もない。

だけどこの絵……ちょっとおかしくないか？

「ねぇ、先生」

あることに気付いた僕は、彼の袖をくいっと引きながら言う。

「絵をよく見てみなよ。特に背中の辺りをさ。遠野の河童とは少々違うよ」

「なんだって？　……和紗さん、ちょっとすみません」

一言ことわってからリモコンを受け取った先生は、クレヨン画が大きく映し出されたタイミングで一時停止ボタンを押した。

「……確かに違和感がある、気がする」

にわかに思案気な顔つきになると、数秒ほどして「そうか！」と声を上げ、何かに気が付いたように目を見開く。

そう。あの絵に描かれた河童の姿は、僕らが知るものとは明らかに異なる。具体的には全体のシルエットが違うのだ。

「これ、遠野の河童じゃ……。いえ、河童ですらないかもしれません」

「え？　そうなんですか？」と和紗。

「はい。俺の知っている河童よりも、背中の甲羅が小さいんです」

説明しつつ彼は、画面の中を指で差した。

やはり間違いない。いつも見ている河童とは、甲羅の大きさが随分違う。ランドセルとミニリュックくらい違うのだ。ここまでとなるともはや個体差レベルではなく、そもそも種族が違うのではないかと思えてくる。

だとすれば、今回目撃されたこの妖怪は何なのか。その問いに対する答えについて、僕には一つだけ心当たりがあった。

「――〝あかなめ〟だ」

「ああ」と先生。「恐らくこの妖怪は河童ではありません。あかなめです」

「あかなめっていうと……」

和紗が小さく首を傾げながら訊ねてくる。

「あの、お風呂についた垢を舐めるっていう？」

「それです。俺はあかなめを見たことがあります。姿形は河童にそっくりでしたけど、肌の色は赤色でした。そういえば甲羅も小さかった気がします」

それは昨年の秋の出来事である。交通事故の衝撃により幽体離脱してしまった彼は、〝土蜘蛛の里〟と呼ばれる妖怪の集落でしばらく生活を送ることになった。そのときに出会ったあかなめの〝アカメ〟については、僕も話だけは聞いている。

アカメは牛鬼の屋敷（やしき）で使用人として働いていた妖怪だ。先生も、当初はその高圧的な口調を疎ましく思っていたようだが、窮地から救ったあとには態度が軟化したらしく、口は悪いが憎めない存在だと言っていた。

もしも今回目撃された妖怪がアカメなのだとすると……。

「ヤバくない？　これ」

徒（いたずら）に不安を煽（あお）るようなことは言いたくないが、警告だけはしておかねば。

「先生、わかってるよね？　こいつが土蜘蛛の里から出てきたと仮定すると――」

里の周囲には強固な結界が張られている。この現世から隔絶された、一種の異世界であると言っても過言ではないくらいだ。つまり外側から内側に入ることも、中から外に出ることも容易ではない。

「わかってる。結界が破られたかもしれないってことだろ？」

「うん。凪人（なぎと）が下手をうった可能性が高いね」

まったく別個体のあかなめという線もあるが、楽観視すべきではない。何だか胸騒ぎまでしてきたし、なるべく早く現地に行って確認してみるべきだ。

「凪人さんが……？　大丈夫なんでしょうか」と和紗。

「わからないよ。まだ全ては仮定の話だ。そもそも目撃されたのがあかなめかどうかもわからない。要調査だね」

「そうですね。もし、何か力になれることがあれば――」

「……なあ、緒方くん？」

そこで声を上げたのは紘六だった。何やら小さく挙手をしながら先生に訊ねる。

「ちょっと聞きたいことがあるんだが」

「え、はい。どうしました？」

「いや、その、話の腰を折って申し訳ないんだが……和紗と話してるそこのお子さんは、どちらのお子さんかと思ってな。今日は連泊のお客さんはいないはずだよな？」

言いつつその視線を、まっすぐに僕の方に向けてきた。

紘六が、だ
「「――えっ？」」

そしてその瞬間、先生と僕の声が重なった。

嘘だろ？　認識できるはずがない。そんなはずはないのだ。

なのに、気付けば周囲の視線が全て僕へと集中している。先生と紘六だけではない。和紗も大女将も見ている。馬鹿な。頭の中が疑問符で埋め尽くされていく。

「ど、どうして見えて……？」

先生は驚愕を露わにしながらも、何とか状況を見極めようと口を開く。

「すみません、確認させてください。……今、みなさんの目に座敷童子が――赤い着物を着た少年の姿が見えているってことでいいですか？」

その静かな問いかけに、数秒の沈黙を経て紘六がこくりとうなずいた。

続いて和紗も、大女将も首肯する。二人の目もやはり驚愕に大きく見開かれていた。

となればもう、疑う余地はない。これまで先生にしか見えなかったはずの僕の姿が、今この瞬間、唐突に誰にでも見えるようになったのである。まったくもって信じ難い話ではあるが、そうとしか考えられない……。

それは一見すると、ほんのわずかな意識の変化に過ぎない。今まで見えなかったものが見えるようになり、枯れ柳だと思っていたものが幽霊のように見えてくる。だがそれはある意味で、世界を覆すほどの大きな変革でもあった。

だからこの混乱はしばらく尾を引くに違いない。事態の収拾にはたっぷり数時間を要するだろうと予想される。もはや誰の口からも疑問の声しか出てはこず、たまに視線を合わせても互いに慌てふためくだけという有様だ。一体これはどうしたことだ。僕たちの身に――いや、現世に何が起こったというのか。

やがて感情の昂ぶりが一線を越えたのか、誰も、何も喋らなくなってしまう。

吐息を漏らす音すら場違いな静寂が事務所を満たしていくと、その息苦しい空気の中で、多少の強がりとともに放たれた僕の呟きだけがぽつりと響く。

「――やれやれ、もう滅茶苦茶だね。朝から立て続けに事件ばかりじゃないか。ほんと、迷家荘にいると退屈しないよねぇ、まったく」

第一話　はじまりは終わりのはじまり

はじまりはいつだって突然だ。運命の女神は心の準備などさせてくれない。

夢から覚めると毒虫になっていたグレゴール・ザムザのように、気が付いたときにはもう手遅れ。取り返しのつかない状態に陥っていることも珍しくない。それに比べればまだいくらか幸運だと思える。ただ唐突に、何の前触れもなく、多くの人々の目に妖怪の姿が映るようになっただけなのだから──

「──あ、見えてますよ、あの子」

赤信号に従ってミニバンを停車させると、子供たちが目の前の横断歩道を次々と通り過ぎていく。だがその中に一人、視線を縫いつけられたようにして、近くの用水路に架けられた小橋を見つめ続ける女の子がいた。

その少女が歩きながら手を振ると、小橋に腰かけた緑の怪生物がのっそりと上体を起こす。

河童だ。下腹がぽこんと突き出した小太りの河童である。それが眠たげな面持ちで手を振り返すと、少女は笑顔をまばゆく輝かせ、さらに大きく腕を振った。

なんとも微笑ましい光景だが、通常ならありえないことだ。いくら無垢な子供の方が見えやすいとはいっても、限度があるだろう。

「やっぱり多くなってますね、見える人」

車の運転手を務める俺――緒方司貴がそう呟くと、助手席の和紗さんが「ですね」と同意を返してきた。

「わたしにも見えます。距離があるせいかうっすらとですが、河童様ですよね？」

と、言った直後に「くしゅん」とくしゃみをする彼女。

その可愛らしい仕草に思わず笑みがこぼれてしまうが、信号が青になったので車を進めなければいけない。ギアを切り替えてアクセルペダルを踏む。

「ちょっと寒いですよね。暖房強くしましょうか」

「いいえ、別に体が冷えたわけじゃなくて……。今日はあまりにいい天気なので」

何やら恥ずかしそうに、和紗さんは口元を押さえながら言葉を続ける。

「水面がお日様を反射して、きらきらしていて、眩しくて……。そういうときって何だか、くしゃみが出ません？」

「いいえ」わざと素気無く返す。「俺は出ませんけど。全然」

「えっ、本当ですか？　わたしだけですか？」

「そうですね。和紗さんだけだと思います」

「そ、そんなことないと思いますよ？　絶対他にもそういう人いますって！」

変なことにこだわって譲らない彼女。そんなむきになるところもただただ愛らしくて、自然と口元が緩んできてしまう俺。

「何で笑ってるんですか！」

「ぷっ……。いえ、笑ってないですよ。何だか可愛いなぁと思って」

「そんな言葉じゃ誤魔化されませんからね⁉」

ちょっと頬を膨らませながら和紗さんは言った。

「……謂(いわ)れのない中傷を受けました。ポイントを減算しておきますね」

「何のポイントですか。好感度ですか。いつの間にそんな制度始まりました？」

「今からです。半期通算でマイナスになると、まかない料理が緒方さんだけ一品減りますから。気を付けてください」

それからぷいっと窓の方に顔を向けてしまう。二人きりの空間だからか、和紗さんのテンションが一段階高いと感じた。ただそれを抜きにしたとしても、随分と気の置けない関係になったものだと思う。

彼女は今日も桜色の着物に身を包んでいる。ちらりと横目で見たその容姿を一言で表すなら、些(いささ)かありきたりではあるが、〝和装の天使〟と言う他ないだろう。

くっきりとした目鼻立ちは快活な性格を思わせるが、肌には東北生まれの女性特有の透明感があって、凛とした芯の強さと虚飾のない慎ましさを同時に感じさせる。つまり確認するまでもないことだが非常に魅力的な女性であり、そして今は俺の恋人でもあったりする。その事実が、今さらながらどうしようもなく嬉しい。

「ははは、すみません。今度埋め合わせはしますので」

「そうしてください。ちゃんとできたら、ポイント特典も考えます」

「え、ポイントを貯めると特典がいただけるんですか？　それはお得ですね」

「はい。信賞必罰は大事ですからね。飴と鞭とも言いますけど。わたしはこれでも緒方さんの上司ですからね？　締めるところは締めますよ」

そんな他愛ないやりとりの間にも、車は軽快に遠野市街を通り抜けていった。

平日の午後四時なので交通量はそれなりにある。だが街並みは碁盤の目状に作られており、道路の幅員もかなり広いため、通行中に閉塞感を感じることはない。そして渋滞する気配もまるでない。

東京とは違い、高層建築物が非常に少ないことも理由の一つだろう。見上げると空はどこまでも広く、薄雲の向こう側に澄んだ青色を静かに湛えている。そのやや下方に見えるのは、ようやく雪化粧を落とした山々の稜線だ。今はまだ浅黒い山肌を無防備に晒しているが、この陽気からすると近いうちに新緑に包まれるに違いない。

「……何か、普通ですね」と俺。「騒ぎになってる様子もありませんし」

「確かに、いつも通りですね」

和紗さんは発言の意図をすぐに察してくれたらしい。

「実際、どの程度の割合で見えている人がいるのかはわかりません。ですけど、子供が見れば親御さんにも言うでしょうし……」

もっと話題になっていてもおかしくはない。テレビのニュースでは一度流れたきりのようだが、ネット上には地元民からの目撃談が散見される。証拠映像こそ存在しないが、世間の関心はそれなりに集まっているはずだ。

だというのに、道行く人々の表情はまるで普段通りに見える。その足取りもどこか、のんびりとしたものだ。今のところ取材を行うマスコミの姿もない。

「……でもまあ、遠野市民ですから。わたしたちも含めて」

「妖怪に忌避感がないというか、受け入れちゃってる感じですよね。というより元々、目には見えないだけで、いてもおかしくないと思っていた節があります。お土地柄ですかね、こういうのも」

俺たちの住む遠野市は、北上高地最大の盆地に築かれた自然豊かな町である。険しい山々に囲まれたその環境が、独自の生活習慣や民族信仰を変質させずに守ってきたのだろう。各地に残された言い伝えや昔話の数は群を抜いて多く、それらを編纂した柳田國男の『遠野物語』は百年前にベストセラーとなり、日本民俗学の礎となった。

それ故か、民話の里とも呼ばれるこの地の土壌は特別だ。妖怪の存在を当然のものとして容認するような、柔軟かつ懐の深い雰囲気がある。三年前まで東京で暮らしていた俺にはそれがどれだけ例外的なことかがわかるのだが、ここで生まれ育った和紗さんにはいまいち伝わっていないかもしれない。

「──あ、着きましたね」

雑談を続けるうちに目的地が見えてきた。人通りもまばらな遠野駅前ロータリーの中をぐるりと旋回し、タクシー乗り場を避けて一番奥まった位置にミニバンを停車させる。するとすぐ窓のすぐ向こう側にカッパ池が見えた。

「あれ？　河童様のマフラー、この前のと違いません？」と彼女。

「本当だ。前はオレンジでしたけど、今はピンクですね」

誤解を避けるために補足しておくが、先程のような本物の河童の話ではない。遠野駅前には河童の棲む池を模した広場があるのだが、そこには何体かのリアリスティックな河童像が置かれているのだ。そして冬場にはその首元に、誰かのマフラーがかけられている光景をよく目にする。寒くないようにとの配慮だろう。こういったところに遠野市民の精神性がよく顕(あらわ)れているなと俺は思う。

「あっ、そうだ緒方さん、知ってます？」

妙に悪戯っぽい口調になりながら、和紗さんが問いかけてきた。

「河童様だけじゃなく、座敷童子様の像もあるんですよ。どこかわかります？」

「えっ、そうなんですか。どこにです？」

「ふふっ。さて、どこにでしょうか。探してみてください」

まさかのクイズ形式か。でもこの場所で座敷童子の像なんて見た記憶はない。遠野に来てもう三年になるというのに、今まで気付かなかったとは情けないが……。

周囲を見渡してみるも、それらしきものはどこにもなかった。もちろん広場の中にもない。一際目を引くのは河童形に作られた交番のデザインだが、当然そこでもないだろう。和紗さんの言葉を疑うわけではないが、本当にあるのだろうか？

「あそこですよ、あそこ」

微笑み交じりの彼女に促され、その伸ばされた指の先に視線を向ける。

すると信号機の鉄柱のてっぺんに、小さな少女の像がちょこんと置かれていた。

「……いや、無理ですよあんなの。誰も気付いていないのでは？」

「ちょっと小さいですよねぇ。地元の人でも、知らない人結構いますよ」

「でしょうね。でも助かりました。お客さんを観光案内するときのネタが一つ増えましたよ」

「お役に立てたなら何よりです。上司冥利に尽きますね」

穏やかな空気が流れる車内で微笑み合っていると、どこからかアラーム音らしきものが聞こえてきた気がした。

和紗さんが膝に載せていた巾着を開き、スマートフォンを取り出して画面を確認する。それからこう口にした。

「時間ですね。電車がホームに着いた頃です。すぐに改札口から出てこられますよ」

「じゃあお迎えしないといけませんね」

「緒方さんは車に乗ったままでいてください。わたしが行ってきますので」

言いつつ彼女は助手席のドアを開け、すぐに車の外に出ていった。それから身なりを整えるように袖を払い、襟を正す。

そう。俺たちが仕事着のまま駅までやって来た理由は他でもない。本日の宿泊予約客をお迎えするためなのである。

迷家荘ではこういった送迎サービスも行っているのだ。事前申告さえあれば、最寄りの駅やバス停まで車で送り迎えをすることが可能である。混雑時には対応できないこともあるが、利用されたお客さんからは好評の声をいただいている。

「……あ、もう来られたようですね。ちょっと行ってきます」

小走りになりながら、駅の入り口へと向かっていく和紗さん。

するとあちらもすぐに気付いたようで、軽く目礼しつつ笑いかけてきたみたいだ。

バックミラー越しにその様子を見つめる俺の胸には、何とも言えない感慨が込み上げてくる。懐かしさが半分、微笑ましさが半分といったところだろうか。

黒革のジャンパーを着用した一見強面に見える男性と、赤い髪留めで綺麗なおでこを強調した利発そうな少女の二人だ。あの頃と何ら変わりないその姿を見ていると、当時のいろいろな出来事が脳内を駆け巡り、次第に涙腺までもが緩んできてしまう。たまらず眉間を指で押さえてしまったが、何とか自分を落ち着かせることには成功した。

記憶が鮮明に残っているのも当然だ。何故ならあの二人は、俺が緒方司貴として初めて遠野を訪れたその日に、この場所で出会った最初の人間なのだから。

「どうぞこちらへ。後部座席にお乗りください」

「わざわざすみません。では失礼して――あ、運転手さんもよろしく。……ん？」

何かが引っ掛かったように首を傾げる彼に、俺は振り向いて挨拶をした。

かの〝ロールケーキ神隠し事件〟の当事者、紺野親子との三年振りの再会は、こうしてあっさりと果たされた。特に運命的なものを予感させることもなく、互いに会釈をし合い、意味もなく微笑み合うという締まらないものになってしまったが……。

そんなぎこちないやりとりも、俺にとっては思い出深いものだった。

「――まさか、あんたが番頭さんになっていたとはな」

　夕食の配膳時に、紺野さんがそう話しかけてきた。

　言われてみると奇妙な縁だ。彼の名は紺野重明（しげあき）。三年前に一度出会ったきりの関係だが、そのとき俺はまだ番頭ではなく、ただの宿泊客同士でしかなかった。なのに覚えていてくれたことが素直に嬉しい。

　しかも一目で気付いたらしい。この部屋に通したときや、施設説明のときにも何か言いたそうな気配を感じたが、大女将が同席していたので遠慮したようだ。

「もう三年前になるか……。あのときは、ただの客だったはずだよな？」

「ええ。あのあと私からお願いをして、ここで雇っていただいたんです」

　答えつつ、お櫃（ひつ）からご飯をよそってお膳の上に置いていく。部屋食をご希望とのことだったので、ここは紺野親子に割り当てられた客室の中である。

　やがて配膳を終えると、早速料理の説明に移った。

「こちらは鮎（あゆ）の唐揚げです。低温の油でじっくり揚げておりますので、頭も骨も食べられます。お好みで抹茶塩やすだちをかけてお召し上がりください。こちらのお椀（わん）はひっつみ汁で、遠野の名物となります。ひっつみとはすいとんの別名ですね」

「……口上も澱（よど）みないな。そりゃそうか。もうすっかりプロの顔つきだ」

　そう言って彼は少し遠い目になった。

駅で見たときには不思議なほど容姿に変化がないと思ったが、入浴を終えて浴衣姿になった今ならよくわかる。ワックスで逆立たせていた茶色がかった髪は、白髪交じりで年齢相応のものとなり、その広い肩幅と盛り上がった胸板は健在だが、どことなく全体的に丸みを帯びたようだ。

けれど逆に面差しはほっそりとして、吊り上がっていた目尻もやや垂れ気味となり、柔和で理知的な方向に傾いてきている。以前はやや粗暴に感じた言葉遣いも、見た目の印象も相まってか、幾分丁寧なものに変わっている気がする。

「三年前には面倒をかけた。あの頃は仕事もあまりうまくいっていなくて――」

「ねえ、いつまでお話続けるの？　早く食べようよ」

と、隣の少女が箸に手をかけながら言う。もう待ちきれない様子だ。

先程からちょっと前のめりになりつつ、きらきらした目でお膳を見ていたことには気付いていた。余程お腹が減っているのだろう。

実はこの少女とも面識があるのだが、こちらは見た目上の変化はほとんどない。訊ねてみたところ十歳とのことだが、それよりも些か幼く見える。

「もう少し待ちなさい。このお兄さんにはな、前に世話になったんだ」

「でも冷めちゃうよ。冷めたら美味しくないよ？」

皿の上を箸で突きながら呟く。紺野さんは「行儀が悪い」と窘めるが、相変わらず娘には甘いらしい。すぐに「先に食べていいぞ」と許可を出した。

すると彼の娘——宿泊台帳によると紺野真魚というらしい——はすぐさま刺身に向けて箸を伸ばす。醤油をくぐらせることすらもどかしそうな勢いで口に放り込み、その味にまたもや瞳を輝かせた。喜んでもらえて何よりだ。

こうなると親子の時間を邪魔するのも悪い。早めに退散しようと俺は口を開く。

「お話はいつでもできますから、紺野様もお食事をどうぞ。確か三泊のご予定でしたよね？」

「ああ。明後日からは妻も合流する予定だ。よろしく頼むよ」

「承りました。それでは」

そう言って腰を上げ、畳の縁を踏まないよう静かに足を進めて戸の前に戻り、そこで一度床に膝をつき、音をさせないよう注意しながら戸を閉める。この一連の動作もすっかり慣れたものである。

廊下を歩いて事務所に戻る傍ら、紺野さんと初めて会ったあの事件のことを思い出した。部屋の中で土産物のロールケーキが紛失し、紘六さんに『防犯カメラを見せろ』と詰め寄っていた姿が強烈に印象に残っている。あの頃と比べると穏やかになったものだと思う。ほぼ別人と言ってもいい。

時間は人を変えるのだなぁ、と独り言を呟きつつ、懐かしい気分に浸りながら廊下を進んでいると、宴会場の方から賑やかな笑い声が聞こえてきた。

あちらの対応は和紗さんに任せているので大丈夫だと思うが……昔の紺野さんなら「うるさい」と怒鳴り込んでいたかもしれないなと考えるだけで、道中くすりとしてしまう俺だった。


恙なく夕食時の業務が終わったことを事務所の大女将に報告すると、その足で配膳場に向かうことにした。

というのも、宴会が組まれている日にはお酒や一品料理の追加注文が入ることがあるためだ。その際、呼び出されるのを事務所で待つより、最初から配膳場に待機していた方がスムーズに仕事が進む。だから普段からそうすることにしている。

……のだが、事務所の近くにある勝手口から一度外に出て、少し軒下を歩いて配膳場の暖簾を視界に収めたところで、俺はすぐさま違和感に気付いた。

配膳場は板場とカウンター越しに繋がっている。だから板前にとっての聖域であり、真剣勝負の場でもある。普段はもっと厳粛な空気に包まれているはずなので、この時間帯に私語が聞こえてくることは滅多にない。それどころか、暖簾の外までピリピリとした雰囲気が漂っていることも少なくない。だというのに……。

「――腕を上げたなぁ、直純よ」

「恐縮です」

暖簾の隙間から中の様子が見える。六人掛けのテーブルを挟み、緑の怪物と対面した板前さんが何やらうやうやしく頭を下げていた。ぱっと見るに関係性があべこべのようであるが、これで合っているのだから不思議なものだ。

板前の名は伊草直純さん。西洋彫刻のような目鼻立ちに極太の眉毛を生やした精悍な青年だ。

紘六さんの弟子でもある彼は、普段から迷家荘の厨房で数多の素晴らしい料理を作り出し、八面六臂の活躍を見せているのだが、憧れの存在を前にするとさすがに緊張を隠せないみたいである。

対する緑の怪物は河童だ。大昔から迷家荘の温泉に棲みついている風呂好きの妖怪であり、実は零落した水神なのだという噂もあるが、普段はひょうきんで威厳の欠片もないゆるキャラじみた存在だ。風呂上がりに手ぬぐいを肩にかけたままお酒をラッパ呑みし、ほろ酔い加減になっては誰彼構わず相撲に誘うといった面倒くさいところもあるが、性格は豪放で情に厚く、気は優しくて力持ち。概ね良いやつであるとは言える……が、この光景は正直、奇妙不可思議でしかない。

「献立もよく考えられている……が、吸い物の味が澄んでいる分、合わせる酒はもっと雑味のあるものでもいいかもしれねぇ。この辺りの地酒は良い意味でワイルドな味わいのものが多いからよ」

「仰る通りです。ですが一見の客には……」

「はは、わかってらぁ。初めて来る客には、飲み口の軽い酒を出しておくのが無難だろうよ。ただな、観光もしてくるだろうから、体に疲労がたまってるに違いねぇ。料理の塩分を強めにするなら、前菜は生ハムなんてどうだ？　そんでよ、食前酒を出すなら思いきって甘口のやつを――」

調子に乗って講釈を垂れる河童に、背筋を伸ばして相槌を打つ伊草さん。何度見ても信じられない、というより受け容れ難い構図だ。

迷家荘の従業員たちに妖怪が見えるようになってから、既に数日が経つ。思い返せばこれまで、怒濤のごとくいろいろなことが起きた。

守り神である座敷童子に平伏し、崇め奉る紘六さんと大女将。さらに二人に祀り上げられ、お供え物をされる妖狐。再会を喜ばれ、撫でまわされる化狸の空太。一つ一つのイベントを詳細に語っていてはきりがないので割愛するが、それら全ての場面に立ち会った俺は、とにかく大変だったということだけはここに記しておく。

「つまりな、マリアージュってやつだ」

「マリアージュ、ですか」

「ああ。代表的なところだと肉料理と赤ワイン。チーズと白ワインってとこだが……。日本酒にもその概念は当てはまるとおいらは思ってる。つってもな、一般客は瓶ビールで乾杯ってのがまだまだ多いだろうから、旅館の会食料理でどこまでこだわるかってのはまた考えどころだが」

「いえ、オレはその、ゆくゆくは……」

「親父の料亭を継ぐんだろ？　なら今のうちにいろいろ試しとくのも悪かねぇ。前から思ってたんだけどよ、宴会場での通常メニューの他に、部屋呑み用のおつまみメニューを作っちゃどうだ？　それなら予算の範囲内で――」

ついに旅館の経営に関わることにまで口を出し始めたが、止めるべきだろうか。

うーむ……。真剣な顔つきで相槌を打つ伊草さんの姿を見ていると、割って入るのも憚られる思いだ。必死で表情を引き締めているようだが、内心の歓喜をまるで隠せていない。なにしろああ見えて彼は、親子二代にわたる河童マニアなのだ。

だからあんな滑稽な容姿をした怪生物の口から〝マリアージュ〟なんて言葉が出てきても平気なのだろうが、俺はもちろん違う。口を開くと変な笑いがこぼれ落ちそうで、さりとて黙って見ているのもそろそろ限界だ。

「――ははは。敵わねぇな、河童様には」

カウンターの向こう側からにょきっと顔を出したのは、板長の紘六さんだった。

「確かにおれもな、そろそろ考えてもいい頃合いじゃねぇかと思ってたんだよ。うちの先代――親父がかなり保守的だったから、ずっとメニューもそのままでな。でも河童様の仰ることなら親父も納得に違いねぇ。草葉の陰でうなずいてるだろうよ」

まさかのオーケーサインである。酔っぱらいの思いつきでとんとん拍子に話が進んでいくことに、従業員の一人として恐怖を感じた。

「ちょっと、紘六さ――」

「ところで河童様よ。そこの大根の味噌田楽はどうだ？　つまみにはいいと思うんだが。できればどぶろくと合わせてみてくれ」

「ああ、そりゃ合わせるまでもねぇな。最高だよ。さすがに酒の肴に関しちゃ紘六の方に一日の長がある。甘味、塩味、苦味がよくまとまっていて解れがねぇ」

「だよなぁ！　聞いたか直純！」

「チッ」

舌打ちは駄目ですよ、伊草さん。その人はあなたの師匠ですからね？　いくら河童が自分の料理より高評価を出したといってもね？

ちょっと空気が険悪になりかけたので、さすがに口を挟むことにする。わざとらしく咳払いをしながら暖簾をくぐり抜けていった。

「あの、すみません。そろそろ宴会場から追加が入ると思いますので」

「お、そうか」と紘六さん。「大丈夫だ。準備は整ってるからよ」

伊草さんもすぐに俺の方に目を向け、こくりとうなずいてみせた。内心はどうあれ、仕事に妥協はないようで何よりだが……。

「……あのう、こいつ、お邪魔だったら引き取りましょうか」

河童を指さしながら俺が言うと、板前師弟は揃って首を横に振った。

「邪魔なんてことはねぇさ。むしろありがたいくらいだぜ？　河童様の舌は確かだし、味見してもらえりゃおれらも気合が入るからよ」

「でも、何だか不衛生じゃありません？　手の水かきとかよく見たら気持ち悪いし」

「ちょっ⁉　言い方悪ぃな⁉」

たちまち声を怒らせて立ち上がる河童。

「不衛生なわけねぇだろ！　おいらほど綺麗好きの河童はいねぇよ！　一日に何度風呂に入ってると思ってんだ！」

「それは知ってるけどイメージの問題でな？　生理的な嫌悪感がな？」

「もっと悪ぃよ！　理性でどうにもならねぇ部分じゃねぇか！　ずっと同居してる相手に今さらそんなこと言われて驚きを隠せねぇな⁉」

「いや、俺は別にいいんだけどさ。妖狐がときどき気持ち悪いって言ってたから」

「くっそあの駄狐（だぎつね）がぁっ！」

首から上を雪洞のように赤くしながら声を張り上げる怪物。その憤慨ぶりを見た伊草さんたちは不安そうな面持ちになるが、心配には及ばない。河童の怒りの持続性は非常に低いので、数分もすればころっと忘れるだろうと思う。

「ま、まあまあ。感性は人それぞれだから……」と紘六さん。「おっとそうだ、ところで緒方くんよ、お客様方の様子はどうだい？」

「何か変わったことはないか。見えているお客さんはどれくらいいる？」

強引に話を切り替えようとする師弟。こういうときには息がぴったりだなと感心する。でも丁度いい流れなので俺はそれに乗っかることにした。

「今のところは平常通りですね。妖怪が見えるかどうかについては、やっぱり個人差が大きいみたいです。夕方に外出したときには、見えている子供もいたんですが」

妖怪が見える人と見えない人の差は、まだよくわかっていない。子供の方が見えやすいのは確かなようだが、紘六さんや伊草さん、大女将にも見えているのだから子供にしか見えないわけでもないだろう。

やはり迷家荘という環境が特殊なのだろうか。これまで数多の妖怪客を接待してきたこの旅館内は、ある種の心霊スポットと化している。そのせいでここで働く従業員にもいつの間にか妖怪を見る力――〝見鬼〟の素養が備わっていたのかもしれない。

密かに育っていたその能力が、何らかの要因により刺激され、いきなり覚醒したとかそういう理屈なのだろうと思う。なので迷家荘の中にいても、見えない人には見えないようだ。

今日の宿泊客でいえば、紺野さんの娘——真魚だけは見えている可能性がある。彼女は三年前にもここで座敷童子の姿を目撃し、絵に描いて送ってくれたことがあるからだ。といっても、基本的に大人しい子なのでリアクションが分かり辛く、今のところそんな素振りも見えないが。

現状で分かっていることはそれくらいである。まだまだ情報が足りておらず、正確な事態把握をすることは不可能だ。そんな報告をしていると、俺のすぐ後ろから「緒方さん」と呼ぶ声が聞こえてきた。

振り返ってみると、夜闇に包まれた軒下の通路に、いつの間にか和紗さんが立っている。何やら酷く申し訳なさそうな顔をして。

宴会客の対応を一任されたはずの彼女が、どうして会場を抜け出してこんなところにいるのだろうか。用があれば内線で知らせるだけでいいはずなのに。

「すみません。実はですね、宴会予約のお客様が、できれば緒方さんも一緒にと仰ってまして……。具体的には結ちゃんが、引きずってでも連れてこいと」

「——————は？　え？」

思わず間抜けな声で返事をしてしまった俺だが、すぐに立ち直って固辞の言葉を返した。「さすがに番頭の身で宴会に混ざるなんてできませんよ」と。

しかし、残念ながらそれは無駄な抵抗だった。和紗さんの後を追って現れた浴衣姿の女性——坂上結菜がいきなり俺の腕に抱きついてきて、そのまま強引に宴会場まで連行されることになったのである。有無を言わさぬ勢いのままに。


「いやぁ、久しぶりですねぇ、緒方さん？」

満面の笑みを浮かべた坂上さんが、駆けつけ三杯とばかりにグラスを手渡してきた。それを受け取りつつ俺は言葉を返す。

「ええと、一年と三ヶ月ぶり、くらいですかね？」

「ですねぇ。その間にいろいろと進展があったご様子で……。ちょっとその辺りの話を詳しく聞きたいと思いましてね？　わざわざご足労いただいたわけですよ」

彼女がにこやかに首を傾けると、ショートボブの髪先が手招きするように揺れた。

太めの眉にぱっちりとした目元。小さな鼻に薄い唇。小柄ながらもすらりと細い体のラインには、健康的かつ中性的な魅力を感じる。日焼けした首筋が妙に艶(なま)めかしいのは、相変わらず距離感が近すぎるせいだ。まだ三月だというのにスキーにでも行ってきたのだろうか。

「進展って、ここでその話はさすがに……。他の方もおられますし」

「あはは、もう他人行儀は止めてくださいよう。敬語はいらないって言ったじゃないですかぁ」

彼女の口調はいつになくふわふわしたものだ。宴会が始まってそろそろ一時間が経つ。ビールの空き瓶の数から考えると、飲酒ペースはかなり早そうだ。ほろ酔いと酩酊の間といったところである。

「……あの、とりあえず他の方をご紹介願えませんか？　お友達ですよね？」

「そりゃもう……って言っても、さやかたちは知ってますよね？」

坂上さんが目を向けると、宴会場の中央付近にいた二人の女性が振り返り、それぞれ片手にグラスを持ったまま、微笑み交じりに会釈をしてくれた。

一人はポニーテールの髪型で、もう一人は艶のあるロングヘアーだ。どちらも一目でそれとわかる美人である。

ただしその顔立ちには見覚えがあった。確か、三年前に坂上さんと一緒に泊まりに来ていたはずだ。和紗さんとも共通の友人だと言っていた覚えがあり、〝ろくろ首事件〟の当事者でもある。

「でね、あっちの派手な見た目のやつは、早見憲太っていうケチな男で」

「何だその紹介は……。するならちゃんとしてくれないか」

座椅子の背もたれから上体を起こした青年は、なるほど派手な外見をしていた。目を引くのはその髪の色だ。金と黒のマーブル模様であるため、有名な菓子パンの柄を連想してしまう。そこにやたらフレームの太い黒縁眼鏡を着用し、チェック柄のだるっとしたシャツにジーパンを合わせていた。一見お洒落なのにどこかこなれていないというか、全体的にチグハグな印象のある容姿である。

「初めまして番頭さん。ストリーマーのハヤケンと申します。チャンネル登録者数は、先日三万人を突破しました」

「おお、それは……凄いですね。初めまして、よろしくお願いします」

名刺代わりにノートパソコンの画面を見せてきた彼に、少々戸惑いながらそう挨拶を返した。登録者数三万人がどの程度のものか、本当はよく知らない。

「うちのチャンネル、見たことあります？　……いえ、いいんです。知らなくて当然ですよ。でも最近はちょっと知名度上がってきたかな？　街中歩いてるとたまに声をかけられることがあるんですよね。実はこの間も――」

続けて聞いたところによると、秘境キャンプシリーズと呼ばれる動画が特に人気なのだそうだ。ネット界隈に堪能な童子に聞けば何かわかるのかもしれないが、残念ながらここにはいない。

ただ、俺の小説の初版部数が大体一万部であることから考えると、少なくとも三万人が視聴している動画というのは、かなりの価値があるものなのではないだろうか。

「明日も撮影なんですよ。ストリーマーって自由っていうか、遊びでやってるみたいな印象があると思いますけど、こう見えて結構忙しくてね。なかなかスケジュールが空かないんですよねぇ」

「そうなんですね……。あの、ところで」

話にきりがなさそうなので、こちらから訊ねてみることにした。別方向に目を向ける。

「さっきから不思議だったんですが、何故紺野さんまでここにいるんです？」

「ん？　おれか？」

そんな反応が返ってきたのは部屋の奥。俺から少し離れた場所で、和紗さんと話していた浴衣姿の男性が、顔だけ振り向いて口を開く。

「いや、それがな。先程トイレで早見くんと一緒になったんだ。……で、話してみると実に気持ちのいい青年でな、すぐに意気投合してしまったわけだ。それでここにお招きいただいたもんだから、二つ返事で来てしまったよ」

思ったより平和な経緯だったので、密かに安堵する。「騒がしくて怒鳴り込みに来た」と言われたらどうしようかと思ったが、その懸念は杞憂に終わったようだ。

けれど気掛かりが完全に解消されたわけではない。彼の周囲に娘さんの姿が見えないからだ。まさか部屋に置き去りにして、一人だけお酒を飲みにきてしまったのだろうか。

娘を溺愛しているはずの彼らしくもないが、ちょっとだけ旅先で羽目を外したくなったのかもしれない。

「お、そうだ番頭さん。お酒の追加分はこっちの会計につけといてくれるか？」

「おお、さすがは紺野さん！　ごちになりまぁす！」

太っ腹な紺野さんの発言に、調子よく声を上げる早見憲太ことハヤケン。

どうやら酔いのせいで豪放になっているようだが、人数にして五人分は大きい。このペースでお酒が消費されていけば、最終的には結構な金額になるのではないだろうか。

困り顔を微笑で誤魔化そうとする和紗さんに、アイコンタクトで「仕方ないですよ」と返しつつ、話を進めるため「あのう」と口にした。正直に言うと、まだ仕事が残っているので早くこの場から解放されたいのだ。

「紺野さん以外は、みなさん大学時代の同期なんですよね？」

「そうなんですよぉ」と、坂上さんが上気した顔で答える。「プチ同窓会って感じなんですけど、今回の発起人というか、迷家荘に集まろうって言い出したのは早見くんなんです。在学中は全然仲良くなかったんですけどねぇ、実際」

「嘘つくな！　そんなことないだろうが！　ねぇ白沢さん？」

「あはは……。客観的に見るとすごく仲良さそうだったけど。高校生のとき、早見くんと結ちゃんは同じ部活だったたし」

「だよね！　いや、ありがとう。ほんと辛辣なんだよあいつ、いっつもさぁ――」

などと、そこからハヤケンが和紗さんに絡み出した。

ただ、笑顔で軽くあしらっている様子なので心配はいらないようだ。さすがは旅館の若女将として日々接客術を磨かれているだけのことはある。安心して見ていられるな、と思っていると、

「――早見くん、昔から和ちゃんのこと、好きなんですよ」

などと坂上さんが耳打ちしてきた。なので俺も囁き声で応じる。

「本当ですか。でもさっきから見ていると、坂上さんとの方が仲良さそうですけど」

「そんなの全然ですよ。多分あたしのこと、異性として見てませんよあいつ。実は中学のときからの付き合いなんですけどね」

　三人はそのまま同じ大学に進学したが、和紗さんが中途退学してしまったこともあり、こうやって同じ場所に揃うことはほぼなかったらしい。

　そして大学卒業後、坂上さんは盛岡のデザイン会社に就職したのだが、早見は同期の中で一人だけ無職のまま。気が付いたときにはストリーマー活動を始めていたそうだ。

「なのに急に連絡してきたんですよ。動画編集の仕事を頼みたいって」

「なるほど。そういう経緯でしたか」

「でもあの様子だと、まだ和ちゃんのこと好きなのかも……。あの、大丈夫ですか？

嫉妬しちゃったりとかしてません？」

「ええと、今のところは平気ですよ。和紗さんを信頼していますし」

「それならいいですけど。早見くんが目障りになってきたら早めに言ってくださいね。あたしたちで対処しますんで」

「おい！　また何か悪評を振り撒いてないか！　バッシングの気配がするぞ！」

途端、ばっと音がする勢いで早見が振り向いた。

「こそこそ話はやめろよな！　みんなで楽しく飲んでるんだから！　紺野さんも困ってるだろうが！　疎外感出ちゃうだろうが！」

「はいはい。そんなに声張り上げなくても……。あっ、すみません、紺野さん」

「ああ、いいさいいさ。周りが賑やかなだけでも楽しい気分になるから」

「さすがは紺野さん！　器が大きい！　どうぞもう一献！」

そう言って徳利を手に取り、お酒を注ぎに行く彼。何やらすっかり懐いてしまった様子だが、トイレで一緒になっただけではないのか？

「調子に乗ってるんですよ」と坂上さん。「トイレで言われたんですって。『いつも見てますよ』って」

「そうだぞ。おまえも見習えよ」と、いきなり居丈高な態度になる早見。「紺野さんはなぁ、一目で見破ったんだぞ。おれがハヤケンだってことを――」

話によると、紺野さんは偶然、早見がネットに公開した動画を見ていたようだ。それで一声かけたところ、ころっと上機嫌になって握手を求めたらしい。早見の方から。

「目の付け所が違うんだよ紺野さんって。テレビのディレクターしてたんだってさ」

「えっ、そうなの？」

驚いたように声を跳ね上げる坂上さん。するとすぐに肯定が返ってきた。

「仙台テレビの系列会社で働いてたんだ。今は独立して、フリーで映像関係の仕事を請け負ってるがな。……と、そういえば最近はストリーマーからの依頼も増えてきている。動画のディレクションや編集作業を手伝うこともあるぞ？」

「ですよねえ。今や配信業者は完全に市民権を得ていますから。……どうだ。凄いだろ？　明日の撮影にもついてきてもらおうと思ってるんだ」

「ちょっと、それ本気？　そんなのさすがに、ノーギャラってわけには……」

「構わんよ」と紺野さん。「観光のついでみたいなものだ。撮影にも興味があるしな」

「ちょっと待ってください」と思わず俺は口を挟んでしまった。「娘さんはどうされるおつもりですか？　せっかくのご旅行なのに……」

「もちろん連れて行く。社会勉強だ」

ぐい、と盃を傾けながら彼は言う。もうかなり酔いが回っているらしい。

「本人が嫌がったら置いていくが……まあ大丈夫だ。問題ない」

その言葉を聞いて「これで百人力だな！」と早見は喜び、「また急にそんな……」と坂上さんは小さく溜息をつく。

やりとりから推察するに、明日の撮影には坂上さんも同行するみたいだ。動画編集を頼まれているという話だったし、カメラクルーとして協力しているのか。

「いいんですか？」と彼女にこっそり訊ねると、

「ええ、まあ……。人手が増えるのはありがたいんですよ。撮影機材は重いしキャンプ道具もありますし。なのにあの二人はついてきてくれないし」

と、会話に参加していない友人二名に目を向けた。ずっとマイペースにお酒を楽しんでいる彼女たちは、明日の午前中にはチェックアウトして帰るそうだ。

一方、坂上さんと早見は二泊する予定らしい。もちろん別々の部屋に、だが。

「せっかくバイトも雇ったのに……。まあ紺野さんに雑用を頼むわけにもいかないからいいんですけどね」

「アルバイトを？　それも映像制作関連の人ですか？」

「荷物持ち兼、撮影補助ですよ。和ちゃんの紹介で、高校生が二人です。緒方さんとも知り合いのはずですよ？」

「それってもしかして……」

和紗さんが紹介する高校生二名となると、これはもう間違いないだろう。柚木静香と本宮健吾(もとみやけんご)の二人だ。明日は土曜日だし、二人ともいつも暇そうだしな。

「ロケ地って近いんですか？　キャンプするんですよね？」

「あたしは夜には戻ってきますよ。早見くんと同じテントなんて冗談じゃないし、明日は下見だけの予定ですしね。場所は〝砥森山(ともりやま)〟ってところで――」

　それからこっそり撮影の概要を聞かせてくれたのだが、彼女がいまいち乗り気でない様子なのは、この撮影が急遽(きゅうきょ)ねじ込まれたものだかららしい。

　遠野で赤い妖怪が目撃されたことにより、一部界隈のストリーマーが「今、遠野が熱い！」とはりきっているそうだ。そのため、地元に根付いた活動をしている早見は焦った。先を越されてはならぬと、大急ぎで撮影を行う必要に迫られたわけだ。

　動画は鮮度が命。後追いであればあるほど不利になる。話題性があるうちに動画を撮って投稿したい。しかもできるだけ完成度を上げたいとなれば、元テレビディレクターである紺野さんを無理にでも抱き込みたい。そう考えたのも理解はできる。

「何事もなく終わってくれたらいいんですけど、早見くんは常にハプニングを求めてるんですよね……。今までのキャンプ動画でも、野生動物と遭遇したりする回は再生数が桁違いで」

「なるほど……。それはちょっと危ないかもしれませんね」

　なるべく不確定要素を増やしたくない彼女と、トラブル大歓迎の早見。そりが合わないのも当然である。それにこの時期のキャンプはあまり推奨できない。冬眠明けの腹を空かせた野生動物と、ばったり出くわす可能性があるからだ。

とはいえ、旅館の外でのことに差し出口を挟むのも、番頭として褒められたことではない。せめてこの場では美味しいお酒を楽しんで欲しいと、俺は彼女のグラスにお代わりを注ぐことにした。

幸い、明日は下見だけとのことなので、多少は深酒しても大丈夫だろう。

「気を付けてくださいね。何かあったら連絡してください。助けに行きますので」

「さすが緒方さん！　頼りになりますねぇ！」

性格上、切り替えが早いようで、すぐに機嫌を直した坂上さんが弾むような声で言う。その単純さには少々不安を掻き立てられたが……その後、しばらく様子を見ていても再び表情が翳(かげ)ることはなかった。

となればそろそろお役御免であろう。あまり長居して宴会に水を差すのも申し訳ないので、ある程度談笑を交わしたところで一足先に辞去させてもらうことにした。もちろん和紗さんには、ゆっくり楽しんでくるようにと言い置いた上で。

小宴会場を後にして廊下に出ると、帰り際に紺野さんを通した客室へと足を向けた。だが室内の明かりは既に消えており、空になったお膳が廊下に置かれている。せっかくの旅行だというのに父親が部屋に戻ってこず、寂しい思いをしたのではないだろうか。

しかし親子の間のことは当人たちにしかわからない。外野の身で気を揉んでも仕方がないので、一度頭を振って思考を切り替え、経過報告のために事務所に戻った。


やがて訪れた翌朝。いつも通りの時間に目覚めると、気怠さを引きずりながら門前の掃き掃除に向かった。何か夢を見た気がするが、その内容はよく思い出せない。

冴え冴えとした空気に包まれているうちに気分は晴れ、箒を動かす手も次第にスムーズに動き出す。そのまま鼻歌交じりに仕事を進めていると、少しして和紗さんがやってきた。


「お疲れ様です。宴会はどうでした？」

「久しぶりだったので、かなり話が弾んじゃいました。戸締りをお任せしてすみません。わたしも早めに引き上げようとはしたんですが――」

雑談しつつも手早く清掃業務を終えた頃には、いい具合にお腹が空いていた。なので朝食の準備をするべく、二人で白沢家の玄関をくぐり抜けていく。

が、ダイニングキッチンに足を踏み入れようとして、途中でぴたりと足を止めてしまった。その場に珍しい面子が揃っていたためである。

テーブルの手前には大女将の白沢縫さん。その対面には左から座敷童子、牛鬼、綾斗の三人が座っており、それぞれマグカップを傾けながらほっと息を吐いていた。

何だかケーキ屋のような甘い香りが鼻腔をくすぐってくる。童子は普段通りブラックなのだろうが、綾斗と牛鬼は砂糖と牛乳をこれでもかと入れているらしい。

「おはよう緒方……。ふあぁぁ——」

俺の顔を見るなり、牛鬼が大きな欠伸をした。ちょっと失礼ではなかろうか。

その容姿は一見したところ、薄手の着流しに身を包んだ、涼しげな顔立ちの美青年のようにしか見えない。しかしこれでもれっきとした女性であり、大胆に開いた胸元とか足の開き具合とか、その無防備さが時折心配になることがある。

少し前まではそれなりに厚着をしていたのだが、三月になった途端にこのスタイルに戻ってしまった。どうも自分が美人だという自覚が薄いようで、最近は和紗さんによく身なりを注意されている。

「牛鬼様！　またそんな格好で——」

「ちっ、和紗もいるのか……。まだ起き抜けなんだから大目に見ろって」

「そういうわけには参りません。他のお客様の目もありますので」

「どうせおまえたちにしか見えてねぇんだろ？　ならいいじゃねぇか」

「今まではそうでした。でも昨日からは違います」

そう。昨日からは紺野さんの娘——真魚が宿泊しているので状況が違う。

「学校が春休みになれば家族連れのお客様も増えますし、部屋から出歩くときは服装に気をつけてください。教育に良くありません」

「わあってるって。けどよ、ガキなんてまだ寝てるだろ？　こんなに朝早いんだから」

辟易（へきえき）したように顔を顰（しか）めながら言い、再び大きな欠伸を放つ牛鬼。和紗さんも珍しくむきになっているようだ。この二人、根本的に相性がよくないのかもしれない。

「あとな、今からちょっと出掛けてくるつもりだ。しばらくここには戻らねぇから安心しな」

「それって」和紗さんが急に心配げな面持ちになった。「もしかして、あかなめ様を捜すために、ですか」

「ああそうだ。おまえたちが止めるから少し様子は見たがよ、可能性があるんなら確かめてみるべきだ。何もやらずに後悔したくねぇからな」

　牛鬼は胸の前で腕を組みながら言う。遠野市内で目撃された赤い河童については依然正体不明のままだ。その正体がアカメである可能性は捨てきれず、何らかの不測の事態に巻き込まれている恐れもある。だから彼女は悩んでいたらしい。

「牛鬼様」と俺は口を出す。「闇雲に捜しても手掛かりが摑めるとは思えませんよ。何かプランはあるのですか」

「わかってるよ。だから綾斗にもついてきてもらうつもりだ。なぁ？」

「はい。ぼくも気になっていましたので、同行させていただくことにしました」

牛鬼の右隣の少年が静かに答えた。白い神職の礼装に身を包み、発言の度に栗色の髪を揺らす彼は、あどけない面立ちと線の細い見た目に反して腕利きの陰陽師だ。

その実力は現代においては最強クラスだそうだ。弱冠十四歳にして陰陽道の深奥に到達し、秘技を極めたがゆえに人の枠すら飛び越えたという天才である。

特に風を操る符術を得意とし、いざ闘いとなれば射出された弾丸のように戦場を飛び回ったりもする。童子とは違ったベクトルで危なっかしい存在だが、その能力の高さに疑いの余地はない。妖怪探索の分野でもきっと活躍してくれることだろう。

「もしも結界が破壊されたのだとしたら、兄さんの身に危険が及んでいるかもしれませんから……。安否だけでも確認できればと」

「まあ、あれの中身は晴明らしいから、そこは心配してねぇがな、わしは」

物憂げに顔を伏せた綾斗に、牛鬼が元気づけるように言って背中を叩く。

綾斗の兄とは陰陽師の久我凪人のことだが、彼は土蜘蛛の里で起きた騒乱の裏側を探るため、俺を脱出させた後に一人だけ里の中に残ったのだ。その後、何度か綾斗宛てに無事の知らせを送ってきたものの、最近はそれも途絶えている。

心配なのは俺も同じだが、凪人自身も尋常な腕ではない。安倍晴明の魂をその身に宿す彼ならば滅多なことにはならないだろうと信じている。ただ、もしも里の結界が破壊されたと仮定するならば、彼の身に何かがあったと考えるのが自然なわけで……。

「ともかく、じっとしちゃあいられねぇってわけだ」

牛鬼にとってアカメは大切な部下の一人だ。彼女の住んでいた屋敷において、たった一人の使用人として長い年月をともに過ごした相手である。その彼が窮地に陥っている可能性があるのだから、いてもたってもいられないのだろう。

「行かせてやりなよ」

と、駄目押しに発言したのは童子だった。

掌に収まるぐらいの小さな顔に、くっきりと高く整った鼻筋。無造作に伸びた髪が顔の左半分を覆い隠しているのが特徴的だ。それがかえって右目を宝石のごとく煌めかせ、彼の持つミステリアスな雰囲気を助長している。

「赤い河童の目撃と同時に、妖怪が見えるようになった人間が複数いる。この二つを分けて考えることはできない。どう考えたって何かが起きてるよ」

「……まあ俺も、そんな気はしてるんだけどな」と同意する。

かつて童子が言っていたことであるが、〝妖怪の見えやすさ〟はその場に妖怪がどれだけ多く存在するかに拠るようだ。百年ほど前には遠野のあちこちで妖怪の目撃情報があり、一般人にとって今よりも身近な存在だったという。それは現代よりも妖怪の数が単純に多かったからだそうだ。

　それらの事実を鑑みれば、一つの恐ろしい仮説が浮かび上がってくる。土蜘蛛の里に棲んでいた夥しい数の妖怪たちが、全て遠野の中に入り込んでいるのではないか。そのせいでこの辺りの妖怪密度が急上昇し、結果として妖怪の姿が見えやすくなったのではないか。そんなふうに思えてならない。

「そろそろ本格的な調査に乗り出した方がいいよ。その第一陣が牛鬼と綾斗ってのは悪くない、と僕は思う」

「第一陣にして最強戦力だけどな。出し惜しみしてる場合じゃないってことか」

「土蜘蛛衆は遠野妖怪との間に確執を抱えているからね。最悪、もう僕らの近くに潜んでいるかもしれない。そして一斉蜂起のタイミングを見計らっているかもね」

「おい、脅かすなよ……。今のおまえの声は、この場の全員に聞こえてるんだから」

　そう口にしている間にも、胸の内に俄かに不安が湧き起こってきた。ざわざわした気持ちに苛まれつつ答えを待っていると、彼はカップを下ろしながら言葉を放つ。

「今さら隠しても仕方ないことだ。和紗たちにも注意喚起くらいはしておくべきだよ。あと、何が起きているかわからない以上、ここから先は僕らもツーマンセルで行動しよう。少なくとも迷家荘の外に出るときはね」

「河童と妖狐、空太にも知らせるってことだな」

「ああ。でもあまり危機感を煽り過ぎるのもまずいか。しばらくは身内だけで動くとも言っておいてくれ。いずれは他の妖怪の手も借りるべきだけど、できればその前に糸口を摑みたいところだね。第一陣に期待しよう」

「じゃあ話は決まったな」

ぱん、とそこで牛鬼が掌を強く合わせた。

「例の目撃地点はわしらで洗っておく。そのあとで土蜘蛛の里にも戻ってみることにするぜ。そうすりゃ大体のところはわかんだろ」

「もぬけの殻なら、結界が破られたで確定だしね」と童子。「まあ里自体が消滅してる可能性もあるけど」

「だから不吉なこと言うなって」

咎めつつ和紗さんの方に視線を向けると、やはり不安げに表情を曇らせていた。

里の消滅はすなわち、土蜘蛛衆が不退転の覚悟で侵攻してきているという事実に繫がるからだ。となれば最悪の最悪は、遠野の街中で妖怪大戦争である。

夜景をバックに無数の妖怪たちが刃を交える、そんな想像が頭をもたげた瞬間、

「では朝ごはんにしましょう！」

いささか唐突にも思えるタイミングで、和紗さんが元気よく言った。

「何をするにも体が資本！　ちゃんとした一日は、ちゃんとした朝ご飯からですよ？　もちろん童子様たちも食べますよね？」

「いや、僕は今から寝るところだから」

「わしも最近、飲みすぎで膨満感が酷くて」

「駄目ですよ！　何言ってるんですか！」

童子と牛鬼の不健康な発言を、和紗さんがピシャリと叱りつける。

「軽くでいいですので、ちゃんと食べてください。すぐに支度しますから」

「いや、でも、あのさ。僕は妖怪なんだからさ。そもそも何も食べなくても別に」

「食事の必要がないとは聞いていますが、おやつはよく食べてますよね？　戸棚の中のお煎餅、いつの間にか無くなってましたけど」

すると童子はわかりやすく目を逸らした。こいつ、また勝手に……。

じっとりとした視線を俺が向けている間にも、和紗さんは説得を繰り返す。引き下がる気はないようだ。そのやりとりだけを見ると、昔からの顔馴染み(かおなじみ)のようにすら見える。二人が直接顔を合わせるようになって、まだ数日しか経っていないというのに。

まあ従業員の中でも和紗さんは特別だ。天女の羽衣(はごろも)の力を借りて、これまでにも何度か童子と言葉を交わしたことがあるからだろう。だから気後れすることもない。

さらに言うなら、俺と童子の間にある複雑な事情も全てを知っている。彼が元人間であることも知っているし、いつも不健全な生活を送っていることも熟知しているのだ。情報提供者はもちろん俺である。

「――お願いですから、食べてください」

そこで和紗さんの声のトーンが変わった。懇願のような響きが混じる。

「わたしにとっては今が大事なんです。そのお姿が、いつまた見えなくなるかもわかりません。だから今くらいは、一緒に食卓を囲んでお話ししたいです。そう願っては駄目ですか？」

「ええと、それは……。うん、まあ、そういうことなら」

面と向かってそんなふうに言われては断れない様子。牛鬼もまた同様らしい。

「そこまで言うなら食ってやらんことも……」

「綾斗くんも食べますよね？　凪人さんを助けるためですもんね？」

「えっ？　はい、いただきます。ありがとうございます」

気圧(けお)されたように綾斗も答えた。さすがは我が迷家荘の看板女将である。押しの強さも素敵だ。俺が同じことを言っても彼らを納得させられる気はまったくしない。素直で良い子な綾斗は別として。

そんなこんなで結局、全員が同じ食卓で朝食を摂(と)ることになった。

しばらくすると紘六さんもやってきて、いつになく大人数でテーブルを囲み、食事と雑談を楽しんだ。あと、知らないうちに窓際にペット用のお皿が置かれており、空太も特別メニューをごちそうになっていた。

童子と牛鬼は基本的には黙って箸を動かしており、たまに話しかけられて答えを返す程度だったが、気分を害したような雰囲気ではない。少々気恥ずかしそうではあったが、彼らなりに会食を楽しんでいたようだ。

うん。なかなかレアなシーンである。できることならカメラにとって残しておきたい光景だが、ただ哀(かな)しいかな、妖怪の姿は映像に残すことができない。カメラレンズを通すと何も映らなくなってしまうのだ。

せめてこの目に焼き付けて、いつでも思い出せるようにしておきたい。そんなことを考えているうちに穏やかな朝食の一時は過ぎ去ってしまい、やがて業務開始の時刻となった。

こうして今日も一日が始まっていく。いつもと同じようでどこか違う、きっと二度とは訪れないだろう特別な一日が……。

こんなに朝食をしっかり摂ったのはいつ振りだろうか。おかげで少し体が重くなった気がして、部屋に戻ると倒れ込むようにして床に横たわった。

満腹感と睡魔に挟み討ちされて、早々に抵抗を放棄する。そんな諦めのいい僕は座敷童子。この旅館の守り神をしている者だ。

　牛鬼と綾斗は食休みもそこそこに出発してしまったが、夜型生活を送っている僕には到底無理だ。とりあえず一眠りして起きたら今日の予定を考えよう、と我ながら賢明な判断を下して目蓋を閉じる。するとたちまちのうちに眠りに落ちた。

　でも何故か、浅い夢の中からすぐに引き戻されてしまった。時計を見るとまだ二時間しか経っていない。どうして目が覚めてしまったのかと考えていると、窓の外――駐車場の辺りから賑やかな人の声が聞こえてくる。原因はあいつらか。

「ああ、そういえば――」

　宿泊客の一人がストリーマーで、今朝から撮影に赴くと言っていたことを思い出す。登録者三万人程度ならまだマイナー配信者の域を出ていないが、その生態には少しだけ興味があった。

　と、気付けば眠気が吹き飛んでしまっている。これが朝食の効果だろうか。体も軽く感じるし、何だか気分も晴れやかだ。ならば暇つぶしがてら、撮影風景を見物してやるのもいいかもしれない。そう考えて体を起こし、ぐぐっと背伸びをしていると、部屋の隅で丸くなった白銀の毛並みに視線が吸い込まれた。

「よし、足は確保できたな」

「……いや、足って何よ」

不穏な気配を感じ取ったのか、妖狐はすぐに怪訝な顔つきになった。

「よくわからないけど、今仕事から戻ってきたところなの。少し休ませてちょうだい」

「大丈夫大丈夫。遊びみたいなもんだからこれ以上は疲れないさ。どうせ遠出にもならないだろうしね。現地についたら寝てくれて構わない」

彼らが撮影しようとしているのはキャンプ動画らしいが、妖怪の目撃情報が流れてから慌ててやってきたところを見ると、あわよくば怪奇現象をカメラに収めたいと考えているに違いない。だったら遠野から離れるわけがない。

「それにさ、今朝言っちゃったんだよね。何が起きるかわからないから外出時にはツーマンセルで行動するようにって。だから仕方ないんじゃない？」

「あたしは初耳なんだけど……？　それって全部あんたの都合じゃない」

「まあね。ただちょっと気になることがあるのも事実だし……。ところで空太は？」

背中に乗せてくれるなら化狸の空太でも構わない。そう思って周囲を見渡すが、目の届く場所にはいないようだ。先生の布団もめくってみるが、やはりいない。

「どうせお風呂でしょ」と妖狐。「河童が連れていったんじゃない？」

「そっか。まあいつものことだね。てことはやっぱり妖狐しかいないわけだ。早くしないと車が出ちゃうから準備してくれる？」

「あのさぁ……。いっそ清々しいほど自分勝手ね、あんた」

呆れたように呟きながらも妖狐は体を起こした。前足を長く伸ばしてお尻を突き上げると、豊かな被毛に包まれた二股の尻尾を震わせる。

「……一応確認しておくけど、気になることがあるっていうのは本当ね？」

「もちろんだよ。僕がその手の話で、今まで嘘ついたことってある？」

「数えきれないほどあると思うけど……まあいいわ。乗りなさい」

言いつつ、彼女は背中を許してくれた。なんだかんだ面倒見がよくて、包容力のある彼女のことが僕は大好きだ。もちろん普段は照れくさくて、本心を口に出したことはないんだけれどね。

「――やってきましたこちら、丹内山神社！　なんとですね、こちらの神社の境内ではいろいろ不思議な現象が起きるといわれておりまして、それらをまとめて七不思議と呼ばれているんだとか！　では、はりきって行ってみましょう！」

カメラを向けられるなり、スイッチが入ったようにハヤケンの口調が切り替わった。

「何だかすごく楽しみになってきました。……ああそうそう。ところでご存じですか？　遠野では最近、赤い妖怪の目撃情報が相次いでいるらしいですよ？　もしかしたら出会えちゃったりするかもね！」

うーん、厳しい評価を下さざるをえないかな。流暢（りゅうちょう）な喋りではあるが脚本を守ることを意識し過ぎており、説明臭さが鼻についてしまう。採点するなら四十五点といったところか……と、少し離れた場所からこっそり撮影風景を眺めつつ、僕は考える。

彼らが迷家荘を出発したのは朝の九時過ぎだ。それから撮影補助のアルバイト二名を車で拾い、まっすぐ向かった先がこの丹内山神社だった。

入り口付近の案内板によると、この社の創建は約千二百年前だという。空海（くうかい）の弟子である〝日弘（にっこう）〟が不動明王像を安置したことで、奥州藤原氏（おうしゅうふじわらし）などが篤（あつ）く信仰するようになったそうだ。江戸時代には南部藩主の祈願所としても使われていたらしい。

「――境内に到着です！　なかなか綺麗で、広々としていますねぇ。ずっと見ていたいですが時間は有限。早速本題に移りましょうかね！　怪奇現象対ハヤケンの七番勝負、間もなく始まります！」

と、そこで坂上が構えていたカメラを下ろした。カットの合図だ。

すると直後にぱらぱらと、見学者たちから温かい拍手が送られた。その中で一番大きな音を出していたであろう少年が高揚した声を上げる。

「うおぉ、これが本物の有名配信者！　かっこいい……！」

やばい、本気の目だ。何とも奇特なことである。

少々残念な言動の目立つこの少年の名は本宮健吾。十六歳の高校一年生だが髪は茶髪で目つきも悪い。はっきり言って不良にしか見えない容姿なので、ハヤケンも顔合わせのときには若干引いていた。今は憧れの視線を向けられてまんざらでもない様子だが。

「坂上さん、そのハンディカムの画素ってどれくらいなんです？」

それをよそに、坂上に歩み寄っていったのは柚木静香だ。

健吾とは同級生ながら中学生くらいの背丈で、言動にもどこか幼さが残る少女である。しかし侮るなかれ、〝さとり〟と呼ばれる反則級の異能力をその身に宿しており、軽度の身体的接触さえあれば対象の心を読むことができる。あと関西弁なので語尾がちょくちょく尻上がりになる。

「画素数は結構上げられるんだけど、そしたら画質が低下するんだよね。うちの事務所の倉庫に放置されてたやつだから、性能はそこそこって感じ」

坂上はにこやかに答えた。今回のメンバーで女性は二人だけなので、ほとんど面識がなかったにも拘らず急速に仲良くなったようだ。

一方、一歩引いた位置から興味深げに観察しているのが紺野だ。三年前に見たときにはもう少し近寄りがたい印象だったと思うが、年を経て丸くなった気がする。彼が着用している黒革のジャンパーにも、かつてのような厳(いか)つさを感じない。

「じゃあ続けて七不思議パートいこうか。まずは――」

ハヤケンこと早見憲太も、今のところのびのびと撮影に臨んでいるようだ。その手に持ったクリアファイルには進行スケジュールと脚本がびっしり書き込まれており、意外と神経質に行動を起こすタイプであることが見て取れる。

事前の準備は十分なようだし、よせ集めじみたスタッフながらコミュニケーションは良好。幸いにも境内には他の参拝客の姿はなく、天気は快晴でまさに撮影日和といった感じだ。

だから当初は、順調に行程が推移していくものと思われたが……。

「――ええと、次の七不思議はこちらです。この神社の境内には竹が生えないといわれておりまして」

撮影が進むほどに皆の元気がなくなっていく。そんなふうに見えたのもきっと錯覚ではないのだろう。

その証拠に、ここまで僕を運んでくれた妖狐がすっかり眠りこけている。物音に敏感なはずの彼女が何の反応も示さないくらいに、現場が静か過ぎるのである。さっきまでうるさいくらいにリアクションを返していた健吾も、今や苦笑を漏らしながら成り行きを見守るばかり。それほどまでに絵面が地味なのだ。

順を追って説明しよう。これまでにこなした七不思議は四つだ。いわく、『本殿脇障子の唐獅子を舐めると居眠りをしない』。でもさすがに本当に舐めるのは不衛生だし、文化財保護の観点から動画に批判が殺到するので実行できなかった。

『神社境内の建物にはツララが下がらない』は、天気が良すぎて検証不能。

『肌石と呼ばれる石の上には雪が積もらない』も、同じ理由で無理。

『どんな日照りでも水が乾かない手水鉢』も右に同じ……って、なんか天候に左右される系ばっかりだな。

　残っているのは『境内に竹は生えない』、『境内の銀杏の葉はどんな強風でも外に飛び散らない』、『杉の幹から桐が生えた、祖父杉と呼ばれる木がある』の三つだが、字面を見ただけで確信できそうなほど、動画映えする可能性を感じない。

「……早見くん。もう七不思議から離れてみてはどうかな」

　恐らく皆が思っていただろうことを、代表して紺野が口に出した。

「とてもじゃないが地味すぎる。対決形式にして煽った分のリターンが見込めない以上、一度コンセプトから見直すべきだ」

「そう、ですよね……。なんかすみません。見込みが甘かったみたいで」

「あとな、今さらこんなことを言うのもなんだが、丹内山神社の所在地は遠野じゃないぞ。花巻だ」

「え……？　そう、なんですか？」

　まさかそれすらわかっていなかったのか。脱力したように視線を落としてしまう彼。

　何だか可哀想になってきた。もう見ていられない。帰ろうかな？

「だ、大丈夫ですよ、まだ日も高いし。元気出していきましょうよ！」と健吾。

「そ、そうですって！　ていうかうちは全然面白かったと思いますよ？　ですよね坂上先輩⁉」

「ん？　何が？　素人ってことを差し引いたとしてもお蔵入りでしょ？」

静香のフォローをばっさり切り捨てる坂上。「というか、さっきから録画してないんだよね実は。容量もったいないから」とまで続けた。おまえは鬼か。

「そ、そんな……」

消え入りそうな声で呟き、早見がその場に膝から崩れ落ちる。

ネットの荒波で揉まれ、批判耐性があるはずのストリーマーでも耐えられなかったか。まあ彼の場合、傍から見ていると坂上に好意を抱いているのが丸わかりなので、その点でショックにプラス補正がかかったのだろう。

「まあ待て。せっかくここまでやってきたのだから、建設的な思考をすべきだ」

元テレビディレクターとしての経験からか、紺野が落ちついた口調で場の空気を変えようとする。

「映像は無駄にはならない。テロップなりナレーションなりを後付けすれば、如何様にも編集できるさ。この際、観光案内に徹した方が印象は良くなるだろう。本番は山でのキャンプなのだから、軽く前菜程度の扱いでいいんじゃないか？」

「で……ですよね！」

早見が何とか息を吹き返した。

「じゃあそれで行きましょう！　この奥にでっかい岩があるんで、それだけ撮って移動しましょう。メインはキャンプ場所の下見なんで！」

空元気も痛々しいが、テンションを上げて境内の奥へと足を向ける彼。

仕方ないな、という感じで坂上が後についていくと、健吾も静香もほっとしたように歩き出す。紺野もだ。ついでに僕も後ろに続く。

早見の言う岩とは、きっとアレに違いない。結構有名な話だと思うが、丹内山神社の奥には〝アラハバキ〟という古代神を祀った大岩があるのだ。

かつては神社の祭神もこの神だったそうなのだが、時代が流れるうちに何故か別の神にすり替えられてしまったのだという。その理由は不明だ。

かく言う僕も、実際に目にするのは初めてだ。そのせいか、思ったよりもテンションが上がっている自分に気付く。先程までと比べると、足取りも随分と軽くなった。

するとやがて、本殿のちょうど裏側になる場所に、苔（こけ）むした巨大な岩が見えてきた。なるほど立派なものである。高さだけでも三メートルはありそうだ。

さらに岩の中央を貫くようにして、一本の古木がそびえたっている。それらが周りの景観にも溶け合って、何とも荘厳な雰囲気を醸し出していた。

「……よし、これでアラハバキの岩は撮れたな」

と、どこかほっとしたような口振りで紺野が言う。

「ものついでだ。これから先の予定を確認させてくれないか。詰めが甘そうなところは現地に着く前に改善しておきたい」

「あ、はい。もちろんです。少々お待ちください」

すぐさま応じる早見。いつの間にか完全に上下関係が築かれてしまっている。

「キャンプをするのは砥森山という場所で、登山口が二つあるんですが……今回は東の宮守（みやもり）方面から攻めようかと」

地図を示しながら彼は説明するが、紺野の表情は優れない。

「どちらかといえばという話だが、田瀬湖（たせこ）側からの方がよさそうに思う。だって君は、あわよくば河童が映らないかと思っているのだろう？　今回の裏テーマはそこなんじゃないか？」

「わかりますか」

「そりゃわかるさ。さっきも自分で赤い河童がどうこうと言ってただろうに……。だったらキャンプ場所も沢に近い方がいい。湖を見下ろすアングルの方が動画映えするだろうしな」

「おっしゃる通りです。じゃあこの辺りまで車で行って、そこからは徒歩で――」

二人の間でどんどん話が決まっていく。それに口を出す気は元よりないのか、坂上は静香や健吾と雑談を始めていた。

当初の予想よりぐだついた撮影になってしまったせいで、僕の興味は尽きかけている。妖狐なんて熟睡のあまり、砂利の上で寝返りをうって腹を見せているくらいだ。

正直に言えば、もう帰りたい。けれど一つだけ気になることがある。撮影メンバーの一人がこぼした不用意な一言が、今も頭の中に反響し続けているのだ。

果たして何故、そんなことを言ったのか。何の目的があってこんな真似をしているのか。それがどうしても気になってしまい、この顚末（てんまつ）を最後まで見届けなくてはならないと感じる。ジレンマだ。

空を見上げると、いつの間にやら雲行きも怪しくなってきていた。天気予報では終日晴れだと言っていたはずだが、これはどうしたことだろう。何だかぞわりと、背筋に沿って嫌な予感が走る。無駄に鋭い僕の勘は、こういうときにばかりよく当たる。

「――あの、紺野さん。砥森山は遠野ですよね？」

「そういうのは撮影許可をとるときに確認しておけ」紺野は呆れ顔で答える。「安心していいぞ、遠野だ」

耳に届いた会話がさらに不安を煽ってくるが、どうにか午後の方針は決定したようだ。もはや誰一人としてこの神社に心残りはないらしく、足早に立ち去ろうとしている。と、なれば僕も妖狐を起こしてついていかねばならない。まったく気は進まないのだけれども。

「何も起こらなきゃいいけど……。この分だと、そうもいかないんだろうな」

誰に聞かせるでもなくこぼしたその一言は、自分で踏みしめた砂利の音にたちまち掻き消され、わずかな余韻すらも境内には残らなかった。

午後からの天候の悪化により、遠野上空は分厚い雲に包まれた。

晴れた日には夕陽(ゆうひ)が山々の稜線をそっとなぞり、やがて群青が下りてくる様を存分に眺めることもできるのだが、この空模様では望むべくもない。

夕暮れ時になると案の定、どこからか淡い黄昏(たそがれ)が忍び寄ってきて、あるときを境にしてあっという間に周囲を黒く塗りつぶしていった。まるで騙し討ちのように。

その頃の俺はというと、客室棟の窓から外の様子を見渡しつつ、ちょっと途方に暮れてしまっていた。というのも、本日の宿泊予定客のほとんどが、未だに旅館に戻ってきていないからである。

紺野さんと早見憲太、そして坂上さんの三人だ。彼らはいつまで待っても帰ってこず、誰一人として電話にすら出ない。バイトに雇われた健吾や静香を含め、全員の携帯電話が揃って不感地域にあるとしか思えない。明らかな異常事態だ。

そのせいで誰よりも被害を受けているのが、一人きり父親の帰りを待っているだろう少女、真魚である。彼女は撮影に同行することを拒んだため、朝からずっと部屋に閉じこもっているはずだ。

「お昼ごはんにも誘ったんですけど、断られちゃいまして……」

と、和紗さんの表情も曇りきっている。その端正に整った眉の端も垂れ下がっており、萎れた花を連想させるようだ。何とかしなければならない。

時刻はもうすぐ午後七時になる。なので業務として夕食の予定を確認すべく、俺たちは紺野親子の部屋をノックした。だがしばらく待っても返事はなく、ドアノブを捻ると鍵までかかっていた。

強固な拒絶の意志を感じ、思わず踵を返したくなったが放置するわけにもいかない。

「失礼します」と一言告げて合鍵を差し込み、中に入ってみると、広縁の椅子の上で膝を抱えた少女の姿が見えた。

予想していたことだが、酷く気落ちしているようだ。その虚ろな視線は小テーブル上に置かれたタブレット端末に向けられていたが、見る限り画面は真っ暗のままで、何かが映し出されているようには思えない。

「あのー……。真魚ちゃん、ちょっといいかな?」

和紗さんが柔らかい口調で話しかけていく。

「お父さん、ちょっと遅くなってるみたいでね、先に夕ご飯を食べたらどうかなって思うんだけど、どうかな」

「……ううん。あとで、一緒に食べる」

こちらを一瞥もせず、俯いたまま彼女は答えた。

「だってお父さん、私が勝手に何かしたら、怒るから」

「そ、そうなんだ。でもね?」

まるで見えない壁が幾重にも立ちはだかっているように感じた。しかしそれでも和紗さんは鋼の精神力で続ける。

「お腹、空いてるんじゃないかな。お父さんも、真魚ちゃんが辛い思いをするのは望まないと思う。先に食べようよ」

「全然、辛くないよ。いつものことだから」

まったく抑揚のない声で、途切れ途切れに言葉が返ってきた。

「ちょっと前までお父さん、私のこと、全然見えてなかったし。いてもいなくても別に同じだったから。だから平気」

「………」

その途轍もない空気の重さに、たまらず口を閉ざしてしまう和紗さん。紺野家の闇を垣間見てしまった気がする。やはり無策で立ち入るべきではなかったか。となるとここは一時撤退すべきだ。

「じゃ、じゃあもう少し待ってみようか！　また後で様子を聞きにくるからね！」

努めて朗らかに俺は言い、固まった彼女の手を引いて部屋の外に出る。

それからそっとドアを閉め、ある程度の距離をとった途端に口から吐息がこぼれ落ちた。もう少しで俺までプレッシャーに呑まれるところだった。これまでの経験の中でも屈指の難敵だと思う。一番勝ち目が見えなかったと言ってもいい。

「……本当に、どうしましょうか」

不安そうに呟きながら、和紗さんは懐からスマートフォンを取り出す。

しかし何度確認しても折り返し着信はないようで、画面に目を落としつつ溜息をつくばかりだ。

「雪まで降ってきてますしね……」

視線を窓の外に向けると、白い綿毛のような雪が夜空から降り注いできていた。あたかも右往左往する俺たちを嘲笑うかのように。

「キャンプの下見と言ってましたから、そこまで山深くに立ち入ってはいないと思いますけど」

「でも何かしらトラブルが起きたのは間違いないですよね。静香ちゃんと健吾くんを含め、全員に連絡がとれないなんて」

「もう少し待ってみて……。いや」

言いかけて、そこで思い直す。どうせ捜しに行くのならば早い方がいい。こんな精神状態でただ待つよりは、体を動かした方が余程楽だからだ。

「今からすぐに、俺が捜しに行ってきますよ。大丈夫です。すぐ見つかりますから」

「……お願いできますか」

常識で考えれば、俺一人捜しに出たところで現状解決は見込めない。だが妖怪の力を借りることができれば話は別だ。

俺の眷属でもある化狸の空太は、人間の数万倍といわれる鋭い嗅覚を持っている。彼に捜索を頼めばすぐに見つかるはずだ。過去に何度か同じような事例があったため実績もある。

「ただ、どれくらい時間がかかるかはわかりません。和紗さんは引き続き真魚ちゃんのケアをお願いします。なるべく早く帰ってきますので」

「わかりました。ちょっと強引にでも部屋から連れ出してみます。一人きりでご飯は寂しいですから、うちで食べた方がいいでしょうね……。もっと遅くなるようなら、今夜はわたしの部屋に泊まってもらいます」

方向性が定まると、開き直りに近い情動が込み上げてきた。気温の低下に縮こまっていた体の関節も解れていくようだ。

きっと大丈夫。やってやれないことはない。今まで何度もこんな状況は経験してきたのだから。

「じゃあ早速、行ってき――」

と、行動を起こしかけたそのときだった。

事務所のすぐ脇にある勝手口の戸がひとりでに開き、その向こう側から「ふぃぃ」と緊張感の感じられない声が聞こえてきたのである。

「いやー、まいったまいった」

水色のダッフルコートの肩を払い、入念に粉雪を落とす少年は座敷童子だ。

「コートを借りていって正解だったよ。まさかあんなに雪が降るなんてね」

誰よりも聡明で頼りになる相棒の姿を見て、心の中に温かいものが溢れてきたのがわかる。安堵と希望がないまぜになった感情だ。

「おまえ、どこに行ってたんだよ！」

高揚のあまり、その小さな肩を摑んで激しく前後に振ってしまう俺。

「緊急事態なんだ！　坂上さんや紺野さんと連絡がとれなくて――」

「あ、ああ、はいはい。わかってるわかってる。とりあえず落ち着けって。……うん、ちょっとマジで落ち着け。頼むから。あんまり揺らすと吐いちゃう」

手を放すと、口元を押さえながら「妖狐の背中で乗り物酔いした」と続ける彼。

ということは……。

「じゃあおまえ、やっぱり撮影についていってたのか」

「……うん。まあね。あー危ないところだった」

「危ないところって何です⁉　みなさん無事なんですか⁉」

続けて和紗さんも童子の肩を摑んだ。そして目を見開きながら詰め寄っていく。

「こ、こわいこわい、こわいって‼　危ないってのは僕の体調の話で……。くそ、この天然似た者カップルめ。ちゃんと話すからとりあえず放して。体が冷えちゃってるんだから一服くらいさせてくれよ」

自ら体を振って拘束から逃れた童子は、そのまま俺たちの脇をすり抜けて事務所の中へと入っていった。

後を追うと、彼は勝手知ったるという手つきでコーヒーメーカーを起動させ、蒸気口から立ち上る香ばしい香りに目尻を緩める。それからゆっくりと現状を語り始めた。

「まあ全員、命に別状はないよ。無事とも言い難いけどね。というのも、砥森山を散策している途中で、なんと猪(いのしし)に遭遇してね。襲われはしなかったんだけど、驚いた坂上が沢のほとりで足を踏み外しちゃってさ」

足首を捻ってしまったのだそうだ。つまりは捻挫である。

当初は歩行に支障がなかったものの、時間が経つにつれ患部が大きく腫れてきてしまい、肩を貸されなければ歩けなくなったとのことだ。

それでも天候さえ崩れなければ下山できたのだろうが、折り悪く雪が降ってきて、風まで強く吹き始めた。全員が何とか山小屋に避難したときにはほぼ吹雪のような有様で、五メートル先の視界も定かでないような状態だったという。

「……それで帰ってこられないんですね。酷い怪我じゃなさそうで、安心しました」

和紗さんがぽつりと言う。話を聞き始めたときに蒼白だった頬には、少しずつ赤みが戻ってきているようだ。きっと暖房のおかげではない。

「天候が回復すれば戻ってこられそうなのか？」と俺が訊くと、

「基本的にはそうだね」と童子が答える。「でも日が上るまでは待機かな。地面が凍り始めていたからすぐに下山するのは難しいよ。ただ、キャンプ道具を持ち込んでいたから余裕はありそうだった。……まあ、足りないものもあるだろうから、僕と妖狐でもう一往復してくるつもりではいる」

「おまえ……」

何ということだろう。俺のよく知る童子は、いわば怠惰の化身のような存在だ。それに加えて皮肉屋でひねくれ者でドライなところもある彼が、今回ばかりは随分と献身的ではないか。感動のあまりじぃんと胸を打たれていると、何やらじとっとした目つきが向けられたのがわかる。

「……あんたさぁ、僕のこと冷血動物か何かだと思ってない？　事態が事態だし、みんな知らない相手でもない。そのくらいはするよ」

　出来立てのコーヒーをカップに移しつつ、不満げな口ぶりで彼は言った。すると、

「さすがです！　座敷童子様！」

　和紗さんが憧憬の瞳をまっすぐ童子に向ける。もはや崇拝と言った方が正しいような目の輝かせ方だ。黒々とした円らな眼(まなこ)は水晶のように透き通っていた。

　それを受けて、「別に普通だよ」なんて平然と答える彼の顔つきを見て、俺は全てを理解する。この場にいるのが俺だけだったなら、童子は「えー、僕がもっかい行くの？　面倒だなー」くらいは言っただろう。だが和紗さんの前では兄貴分を気取りたいらしく、不満を表に出すのを避けたようだ。まあ口では何と言おうとも、彼が全力で救出作業に当たるだろうことに変わりはないのだが。

「……おい。何だよ、その生温かい目は」

「いいや何でもない。それで俺たちはどうすればいい？　坂上さんたちに届けるものは何が必要だ？」

「とりあえず河童に言って軟膏(なんこう)を用意してもらうよ。明日の朝までにある程度、歩ける

ようになってもらいたいからね。あとは――」

河童の妙薬は恐るべき効能を持つ秘薬である。打ち身、切り傷、ギックリ腰など何でもござれだ。ただしその成分は秘密。世の中には知らない方が幸せなこともある。

あとは患部を固定するためのテープと毛布を何枚か持っていくよ、と童子は続けた。あちらの面子に妖怪が見える人間はいないが、さとりの力を持つ静香がいれば問題ない。童子と手を繋ぎさえすれば意思疎通はできるので、追加の物資を山小屋から偶然発見したことにしてくれるだろう。坂上さんと健吾もそれで察してくれるはず。

「やっぱり真魚ちゃんのケアは必要ですね」と和紗さん。「いつ戻ってくるかわからない父親を待つのは、とても心細いと思いますから。今夜は戻らないと伝言があった、ということにした方がいいと思います」

「そうだね。変に期待を持たせたままじゃ可哀想だ。悪いけど和紗に任せるよ」

「俺は？　俺は何をすればいいんだ？」

「余裕があれば一緒に真魚を慰めてくれ。でも早めに仮眠をとって、明け方すぐに車で迎えに行くつもりでいて欲しい。まだいろいろと気掛かりなことがあるからね。……というわけで、体も温まったんで僕はまた出てくるよ」

カップのコーヒーを飲み干すなり、彼はぱんと自分の頬を叩いた。いくら実際に走るのは妖狐だとはいえ、雪の降る中を高速で移動するのだから大変に違いない。

「気を付けろよ」

後ろから声をかけると、勝手口の戸の前で立ち止まった彼は、黙ったまま握り拳を宙に掲げた。それからドアノブを引いて外に出ていく。

瞬間、戸の隙間から吹き込んできた風に思わず目を細めた。すると白い流線となった妖狐が視界に飛び込んできて、あっという間に童子を乗せて飛び去ってしまう。

後に残されたのは軒下の暗がりと、ひんやりとした夜気だけだ。それが足元を伝って俺の方まで届くと、たまらず体の内側から震えが湧き起こった。

ただ寒いというだけではない。未だ拭い去れぬ不安のせいでもない。言語化するのは難しいが、それは近い将来に待ち受ける、何か得体の知れない危機に対する悪寒のように感じた。

童子が出ていった数分後のことだ。俺と和紗さんは紺野親子の部屋を再訪し、不退転の覚悟で真魚の説得に当たった。

半ば頼み込むような形で客室から連れ出し、そのまま白沢家の食卓に招き入れると、従業員全員で温かい空間を演出した。大女将はもちろん、紘六さんと伊草さんにも事情を伝え、彼女が少しでも寂しさを忘れられるよう、可能な限り家族のように接してあげて欲しいとお願いする。

その甲斐あってか、当初は凍り付いたようだった表情も次第に柔らかくなり、食後にテレビを見せたときには笑い声すら漏らすようになっていた。

ただ、待ち続けたことで心に疲労が溜まっていたのだろう。午後九時を回った辺りでうとうととし始め、やがて電池切れのようにぱたりと眠りに落ちてしまった。その後は和紗さんの部屋のベッドに運ばれたので、夜中に起きても一人ぼっちになることはない。

これで一安心。

その三十分後に童子が戻ってきたところで、軽く打ち合わせをして出発時刻を午前五時半と定めた。それから明日に備え、部屋に戻って眠ることにしたが、上司の許可は得ているのでもちろん職務放棄ではない。

童子は押入れの中に入ると、すぐに寝息を立て始めた。彼の後を追うように目を閉じていると、すぐにそのときはやってくる。

眠った自覚はあった。ただし夢は見なかった。ぬかるんだ意識の中で藻掻くように時を過ごしたが、それでも覚醒後に気怠さを感じることはなかった。

当然ながら、窓の外はまだ暗い。しかし早めに寝たので気力は十分。だから布団を撥ね上げるなり計画を実行に移すことにした。やるべきことは全て頭に入っているため、もはや一片の迷いもない。

押入れから這い出してきた童子はまだ目をこすっている。その背中をそっと押しつつ、傍らで欠伸をしていた空太をマフラーのように首に巻く。

あとは入念に防寒具を着こめば支度は完了だ。事務所に寄ってミニバンの鍵を借り、駐車場から速やかに発進。門を抜けて坂道を下りていく。

しばらく道なりに進んでいると、助手席の童子が「次は右」などと夢うつつのような口ぶりで呟いた。それでも彼の方向指示は的確で、型の古いカーナビなどよりもはるかに信頼が置けた。さすがだと思う。

そうして走ること約一時間。ほぼ他の車と擦れ違わなかったため、かなりの速度で進んできたはずなのだが、思ったよりも時間がかかってしまった。山道のアップダウンが激しく視界も悪かったので、慎重になり過ぎた箇所があったかもしれない。

が、ようやく目的地らしき場所が見えてきてほっとする。見晴らしのいい雪原の手前で唐突にアスファルト道が途切れているのだが、そこに一台の車が停められているのを確認した。

六人乗りのコンパクトカーで、色はシルバー。ナンバーは宿泊台帳に記載されていたものと同じ。つまりは早見の車に相違ない。

「――よし。ここからは空太、頼むぞ」

車を下りながら言うと、もこもこマフラーと化していた化狸が「きゅうん」と肯定の鳴き声を上げた。

彼が軽やかな動作で地面に飛び降りると、みるみるうちにその輪郭を大きく膨らませていく。ほんの数秒後には、巨大な黒き獣が目の前に姿を現した。

「静香ちゃんの匂い、覚えてるよな？」

童子と一緒にその背に乗り、毛皮を摑むとまたもや肯定が返ってくる。

ならばあとは彼の嗅覚にお任せだ。いきなり走り出したので少し後ろに仰け反ってしまったが、俺も童子も振り落とされることはない。上体を思い切り屈めてしがみつき、ただ身を任せることに専心して数分。

未だ真っ暗な山の中で、その一帯だけ淡い光が宿っているように見えた。

古びた木造りの小屋の煙突からは一筋の煙が伸びており、中で火を焚いていることが一目でわかる。全体的な建物の作りからして、林業用の作業小屋のようだ。

こんな場所で一夜を過ごした坂上さんたちには同情を禁じ得ない。できることならばすぐにでも戸を叩いて無事を確かめたいが、事前に聞いた童子の推理——とある人物の不審点について考えると、ここからは慎重を期する必要がある。

「……さてと、どう説明したものか」

「そうだね。ここまで一人で探しにきたって言うと不自然だけど、今さら取り繕っても仕方がない気もするんだよね。半分以上のメンバーが事情を知ってるわけだし」

「だよなぁ」

小屋の中にいる面子の中で、こちらの事情に明るくないのは早見と紺野さんだけだ。二人には何を口にしても疑われそうな気がするし、逆に他の三人は何も言わなくてもわかってくれそうだ。

どちらにせよ、俺が一人で救助に来たという事実は曲げようがない。それはそのまま言うとしても、独断専行に至った動機や経緯だけでも考えておくとしよう。

「三分後に小屋の戸をノックして、声をかけることにする。おまえは?」

「空太と一緒に、高台から様子見かな。誰かが不審な動きをしたらすぐに気付けるようにしておくよ」

最後に拳を軽く合わせて互いの健闘を祈ると、俺たちは一旦別行動をとることにした。

山小屋の戸を数回ノックすると、まるで待ち構えていたように返事があった。

「緒方さんか⁉」

戸を開けて外に飛び出してきたのは静香だ。彼女は俺の顔を見るなり表情を綻ばせ、そのまま胸の中に飛び込んでくる。

「遅いわ、ほんまに……。寒いし、お腹は減ったし、よう寝られもせんし最悪や」

「頑張ったな。帰りにコンビニで好きなもの買っていいよ。奢るから」

「約束やで？　それならあともうちょっとだけ我慢できるわ。……絶対やからな？」

「他のみんなは？　坂上さんが怪我したって聞いたけど」

「――あっ、緒方さん、来てくれたんスね！」

続いて中から出てきたのは健吾だ。少々ヤンチャな性格をしており、外見的にも近寄り難さのある少年だが、〝トイレの花子さん事件〟を契機として俺に尊敬の目を向けてくれるようになり、今では可愛い後輩のような存在である。

「これでもう大丈夫っス！　オレら完全に助かりました！　最高に頼りになる救助隊員が来てくれましたよ！」

やや誇大表現かと思われる言葉が飛んだ方向には、疲れ果てたように壁際に寝そべる早見と、膝を抱えて座る坂上さんの姿があった。

山小屋の中心部は囲炉裏のようになっており、火の番をする紺野さんの姿も確認できたのでほっとする。三人とも予想していたほどには憔悴した様子もなく、俺の姿を視認するなりそれぞれ安堵の笑みを向けてくれた。

「聞いてや緒方さん！」

「そうそう。大変だったんスよ」

小屋に入るとすぐに、若人二人が高いテンションで事情説明を始めた。どれも既知の情報ばかりだったが、童子に聞いたとも言えないため、しばらく黙って耳を傾ける。

ただ、だからといって時間の浪費だったかというとそうでもない。二人の元気な語り口が、場の雰囲気を少しずつ和やかなものにしていくのがわかったからだ。

そのうちに、早見がぽつりと呟く。

「……本当に助かりました。一時はどうなることかと」

「ええ。ご無事で何よりでした」

「正直に言って遠野の山を舐めてましたよ。ここ、標高六百メートルしかないのに……。登山初心者でも二時間あれば登れるって聞いてたのに、道が険しすぎですよ」

「知らないうちに登山道を外れてたんだね」と坂上さん。「そもそも、入り口からしてわかり辛かったし。どこからどこまでが道なのかも全然……」

「それでも吹雪さえなければ戻れただろうな」と言ったのは紺野さんだ。「番頭さんはよくここまで来られたな。雪は止んだようだが、道には積もっていただろう？」

「結構大変でした。でもこういう山道には慣れていますから。観光案内で山に入ることもそれなりにありますし」

「ほう、それは凄いな。心強い」

ストレートに感心されてしまったが、もちろん嘘である。山中に分け入ってまで観光案内をすることなどありえない。こういった捜索に慣れているのは事実だが。

「ところで怪我の具合はどうですか、坂上さん」

場が落ち着いたところを見計らって訊ねると、彼女は「平気ですよ」と答えた。

「静香ちゃんに塗ってもらった薬が効いたのか、今は全然痛くありません。健吾くんにテーピングもしてもらいましたしね」

「役に立って何よりっス！」健吾が誇らしげに胸を張る。「親父の趣味がテニスで、付き合ってるとときどき怪我したりするんスよね。それで覚えてたんスよ」

「意外すぎる特技やな」と静香が茶化す。「繊細さの欠片もなさそうな顔しといてなあ？　でも今回は褒めたろうかな。今後も慢心することなく励むんやで？」

「めっちゃめちゃ上から目線だよなおまえ！　……まあおまえのおかげで助かった部分もあるから文句言わねぇけどよ」

そもそも静香の能力がなければ童子と連携がとれず、薬もテープも手には入らなかったのだ。健吾もそれを理解しているから強くは言わないのだろう。

「わかっとるやん。もっとうちを敬ってもええんやで？　そして平伏せ。未来永劫」

「どんだけ恩に着せたいんだよ！　さすがに割に合わねぇよ！」

言い争いを始めた二人は脇に置いておくとして、一応自分の目でも坂上さんの怪我の具合を確認しておくことにする。

近くで見ると見事なものだ。整然と巻かれたテープの表面には一切の皺やたるみがなく、関節部をきっちり固定しているようだ。これは自慢してもいい特技だと思う。

「何とか歩けそうですか？　車まで一時間もかからないと思いますが」

「大丈夫です。暇だったので、夜の間に杖も作りましたから」

　そう言って彼女が視線を向けた先には、木の枝で作られた簡素な杖があった。必要に応じて補助を加えれば、何とか下山できそうだ。そう考えていると、腰を滑らすようにして近寄ってきた早見が口を開く。

「悪い、坂上。おれの責任だ」

「ううん。怪我をしたのはあたしの不注意だから」

「いや、なかなかロケ地が決められなくて、山中を彷徨うことになった原因は全ておれにある。本当にすまん」

　板張りの床にあぐらをかいた姿勢のまま、深く腰を折って頭を下げた。

　今回の撮影の責任者が彼なのは事実だし、計画を詰めきれていなかったのも事実だろう。さらに言えば坂上さんの怪我の治療に貢献してもいない。失点ばかりが積み重なって、かなり落ち込んでいる様子だ。慰めの言葉もない。

　だがしかし、無事に帰るまでがロケである。下山の際には補助をする人手が必要だ。

　そのことに彼も思い至ったようで、何やらやる気の漲った口調で宣言し始めた。

「だからおれに責任をとらせてくれ。嫌かもしれないが、下山中はずっとおれがおまえを支える。そして可能な限り早く、病院にも連れて行く。そこまでやって初めて、おれはおれを許せる気がするんだ。頼む」

「早見くん……。でも、それは」

真剣な目を向けられたことに驚いたのか、何かを言い淀んだように坂上さんの言葉が途中で停止する。

二人の間に漂うこの空気は——よく鈍感だと言われる俺でもさすがに察した。早見は坂上さんに好意を抱いているのだろう。そしてそのことに、坂上さんも薄々気が付いているに違いない。きっとそうだ。

「うん、でも、そうだよね……。責任、とってもらわなきゃだもんね」

複雑な表情になりつつ彼女が呟いたかと思うと、しばらくして目線を上げ、はっきりとした口調でこう言った。

「ありがとう。じゃあお言葉に甘えるね。……でも途中で重いとか疲れたとか一言でも漏らしたり、変なところに触ったりしたら殺すから。和ちゃんにも言いつけて社会的にも殺すからね。そのつもりでいてね？」

口元は笑っているが、目つきが本気だと物語っている。非常に怖い。

となれば前言撤回である。早見の好意は確定だが、坂上さんの方はまったく気付いていないらしい。

下山できるかどうかはともかくとして、いろいろな意味で前途多難な二人だった。

山小屋で談笑を続けること約三十分。窓から見上げた空は十分に明るく、木々の合間に晴れ間も見えた。雲は多いようだが雪は完全に止んでおり、この分なら気温の上昇も期待できそうである。

「――では行きましょうか」

機は熟したとみて、俺たちは山小屋を後にした。

そして一列になって山道を進んでいくのだが、先頭はここまで一人で辿り着いた実績を買われて俺が務めることになった。また、坂上さんの歩行補助に専念するという早見を最後尾にすることも決まっていたので、俺の後ろには紺野さん、健吾、静香と続く。特に意図したわけではないが、俺以外はほぼ体力順の並びとなった。

このまま順調に行けば数十分で下山できる予定だ。森の切れ目まで辿り着けば田瀬湖が見えてくるはず。思いがけず優雅なハイキングになるかもしれない……なんて甘い考えは、傾斜を降りていくうちに捨てざるをえなくなった。

なにしろ下山を進めれば進めるほど、麓に近づけば近づくほど霧が濃くなっていくのである。もはや数メートル先の視界も怪しいくらいだ。朝靄（あさもや）などというレベルではない。

「……コンディションは良くないな」

俺のすぐ後ろで紺野さんが呟いた。

「引き返すなら今のうちなのだろうが……進むべきだろうな。道は昨夜より幾分マシだ。雪に覆われてはいるが、凍結してはいないからな」

そうですね、とだけ答えて足を進めていく。できるだけ後続にネガティブな情報を与えたくない。ただでさえこの濃霧が、先程から不安を掻き立ててくるのだから。

本当にどこまで行っても前方は真っ白。ただ勾配はそれほどでもないので、方角さえ間違えなければ大丈夫だと思う。足元をじっと見つめながら進めば、数十分後には麓に辿り着いているだろう。そう信じる。

「しっかり付いてきてくださいね。後ろにもそう伝えてくれますか？」

「わかった。……おい！　あまり距離を空けず、しっかり付いてくるように！」

紺野さんが振り返って声を上げた。彼の後ろには健吾がいるはずだ。

それからも定期的に後ろを振り返り、後続がついてきていることを確認しながら進んでいく。どこかから童子と空太も見守ってくれているはずなので、野生動物と遭遇したとしても何とかなる。余程のことがない限り事故は起こらない。だから今は、集中力を切らさず歩くことだけに専念するべきだ。

そうして一歩一歩、慎重に雪を踏みしめて前進していくと……やがてどうどうと地響きに似た音が聞こえてきた。恐らくは土の中を雪解け水が通り抜け、近くの沢から勢いよく溢れ出しているに違いない。湖の近くだということから考えると、地下水の通り道が網目のように足場の下に走っていてもおかしくはない。

「霧さえなければ、絶好のロケーションだったかもしれませんね」

「そうだな。早見くんも不運なことだ。残念ながら撮影は延期するしかない。坂上さん抜きでやってしまう手もあるだろうが、心情に配慮するとな……」

そんな雑談をしながらも歩くペースは据え置きだ。

紺野さんはまだまだ余裕そうだが、俺の方は早くも息が乱れてきた。

歩く姿勢が違うのか、重心移動のやり方が違うのか、もしくはそもそも体の造りが違うのかもしれない。何にせよ、そういったものを小説家に求めないで欲しいと思う。

「大丈夫か？　疲れたようなら休憩をとるが」

「平気です。ちょっと体質的に疲れやすいだけなんで、気にしないでください」

または単純に体力がないとも言うが、ないものねだりはこの辺にしておこう。

そのまま二十分ほど進むと、前方に大きな岩が見えてきた。その群青色の岩肌を舐めるようにして冷たい清水が滑り落ちていく。

霧は相変わらず濃いままだが気温は確実に上がっているようで、雪がどんどんと溶けていき、今ではみぞれ状になっている。この先は歩きやすくなっていくはずだ。

高度が下がった影響は、環境の変化にも如実に表れた。知らぬ間に道が太くなってきており、断続的に聞こえる水音に反応して視線を横に向けると、水草に覆われた小さな川が見えた。その傍らの尖った岩の上に、『湧水をどうぞ』と言わんばかりにガラスのコップが置いてある。是非ともお言葉に甘えたいところだが、雪解け水はあまり綺麗ではないと聞く。我慢するしかないだろう。

さらに前進を続けると、徐々に見晴らしが良くなってきた。霧が晴れたわけではないが、鬱蒼(うっそう)とした広葉樹中心の森から、枝の落ちた裸の杉林に変化したためだ。ただ同時に足場もやや急斜面になったようで、靴底を滑らせないよう心がけつつ、慎重さに意識を全て傾けながら下りていく。

白い息を吐きながら、時折「付いてきてますか？」と訊ねた。いちいち振り返るのはもうやめてしまったが、定期的な確認を怠るわけにはいかない。

すると「大丈夫だ。見えてる」と返ってくる。

続けて紺野さんが後方に同じ問いを投げかけ、返答を得たのがわかった。そのさらに後ろでどんなやりとりが行われているのかは、まったく聞こえない。

だからまた進む。また声をかける。最初に戻ってまた繰り返し――

そんな時間をどれだけ過ごしただろうか。実際の時間としては恐らく数十分といったところなのだろうが、体感では数時間が経過したようにさえ感じた。

着実に目的地には近付いているだろう。いや、そろそろ麓に下りていてもおかしくはない。あちら側は。

となるとそろそろ頃合いか――

「……もう足が限界かもしれません。休憩にしましょうか」

「ん？　そうか？」と紺野さん。「もう少しで麓に辿り着くと思うがな。まあ念には念を入れて、ここらで休憩をとるのもいいかもしれん」

「ですね。後ろにも伝えてもらえます？」

俺が言うと、彼は振り返ってその旨を伝えた。するとまだまだ元気そうな健吾の声で「了解！」と返ってくる。

「じゃ、ちょっと座ります」一言ことわって路傍の岩に腰を下ろした。「紺野さんも休んでくださいね」

「言われるまでもない……が、地面はぬかるんでるし、岩も濡れてるな」

彼のズボンは防水仕様ではないらしく、そのまま座るのは躊躇われる様子。

そのせいか、道脇の木に背を預けて腕を組んだ姿勢になった。それで妥協するようだ。

「しかし予想外に時間を食うな。もしかして道が間違っているのか？　登山道に戻ると言っていたはずだが」

「予定通りですよ？」と俺は答える。「紺野さんのオーダー通りに、沢に沿って道を下りていきます。もうすぐ湖が見えてくるでしょう」

「……何だと？」

返答すると即座に、彼の目つきが胡乱げなものに変わった。

「沢に沿って……？　誰がそんなことを頼んだ」

「頼まれてはいませんが気を利かせました。だって紺野さん、早見さんに言ったらしいじゃないですか。『河童を撮りたいなら、キャンプ場所も沢に近い方がいい』って」

そう。実を言うと、俺は最初から登山道に戻る気はなかったのだ。

昨夜降った雪が地面を覆い隠しているせいで、どこが道で、どこがそうでないのかは判別がつかない。だからここまでバレずにすんだわけだ。怪我の功名というやつである。

「何を言ってるんだ、もう撮影は中止だろうが」紺野さんの語調が強くなる。「怪我人まで出てるんだぞ。そんな悠長な――」

「おかしいんですよね、どう考えても」

彼の声に被せるようにして、俺は静かに告げた。

「よく思い返してみてくださいよ。早見さんは、一度も河童なんて言っていない」

「……何？」

「赤い妖怪、そう言っていたはずです。さっき坂上さんたちにも確認しましたから間違いありません。なのにどうしてあなたは、それが河童だと思ったんですか？」

「それは……」

と一時言葉を詰まらせたが、数秒思案して彼は答える。

「別に、普通だろう。そのくらい知ってるからだ。遠野の河童の顔は赤い。遠野物語にも書いてあったはずだ」

「そうですね。それは事実です。でも、だからといっておかしいことに変わりはありません。赤い妖怪と聞いただけで、すぐに河童を思い浮かべるわけないんです。最初からそうだと知っていない限りは」

「ニュースで見たんだよ、少し前に。遠野で赤い河童が目撃されたってな。だからわざわざ娘と泊まりに——」

「残念ながら、それも嘘なんですよ。俺もニュースは見ましたし、録画データも残ってます。ですがあのニュースでも妖怪としか言ってない。テロップもそうでした。だからわかったんですよ、紺野さんは嘘をついているって。何か別の目的があってこんなことをしてるんだって」

「………」

推理の刃を突き付けると、何の返事も返ってこなくなった。霧に包まれた白い空間の中に、ただ静寂だけがぽとりと落ちる。

それからたっぷり数十秒ほど悩んだ挙句に、紺野さんはゆっくり後ろを振り返った。

そして視線の先にいた健吾に、妙に落ち着いた声でこう訊ねる。

「後続はどうした。君しかいないようだが？」

「別ルートで山を下りてるっスよ。今頃はもう麓じゃないっスかね」

その通り。全ての事情を伝えた静香を先頭に、正規のルートから速やかに下山を行っているはずである。あちらは座敷童子と空太が先導についているので迷うわけもなく、とっくに麓に辿り着いて車で病院に向かっていると思う。

「つまり君も知っていたわけだ。……いや、知らなかったのはおれだけか」

「オレも聞いたのはさっきなんで、似たようなもんスよ。早見さんも知りませんし」

と告げたあとに、「自首をお勧めするっス」と彼は続けた。

するとそれを聞いた紺野さんが笑い始める。

「自首？　何のことだ。おれが何の罪を犯したと？」

「さあ、それは知りません」と俺は正直に言う。「そもそも、どこからどこまでが紺野さんの計画だったのかがわかりません。この際なんで教えてくださいよ。坂上さんが見たっていう猪は？」

「あんなの天然ものに決まってる。ただの偶然だよ。おれだって驚いたんだ」

「早見さんの撮影に協力した理由は？　彼のことを知っていたってのも嘘ですよね」

「知るわけがないさ。宴会場から漏れ聞こえてきたんだよ。彼自身がストリーマーだと自慢していたんだ。取り入るために知っていたふうを装っただけだ」

「どうして取り入る必要が？」

「何かに利用できるかなと考えただけだ。はっきり言うが、全部行き当たりばったりだよ。ご大層な計画なんてない。そもそもおれの目的はほぼ達成されていてな、今は惰性で手伝っているだけ。あんたらを迷家荘から誘い出してくれって頼まれたんだよ」

「誘い出す……。なるほど。そうでしたか」

概ね予想通りの返答だったので意外性はない。実際、彼の行動はかなり無軌道なものだった。別に失敗してもいいと考えていたのだろう。

であれば、聞きたいことはあと一つだけだ。

「じゃあ最後の質問です。これだけ教えてください。土蜘蛛衆の中にも雪女っているんですか？　昨夜の突発的な吹雪は紺野さんの指示ですよね？　もしやこの霧も？」

「ああ、そうだよ。そこまでわかっているなら茶番は終わりにしよう」

そう言って彼が片腕を高く上げた途端、不思議なことに、周囲を取り囲んでいた霧のベールが一際濃度を上げた。

「――ちょ、何スかこれ⁉　これ大丈夫なんスか⁉」

張り詰めたような健吾の声を耳にして、緊張感が一気に増していく。

そんな中、濃霧のせいで黒いシルエットと化した木々の間から、異形の影がのそりと姿を現したのが見えた。しかも二体いる。

「荒っぽいことはしたくなかったが」

紺野さんは苦笑交じりに言った。

「一応、彼らとは対等の協力関係でな。義理は果たしておく必要がある」

「それは悪手じゃないですか？」背筋に冷や汗を浮かべながら口を開く。「遭難者が出たとなれば山狩りです。大騒ぎになりますよ？」

「おれに言われても知らんよ。本当に乗り気じゃなかったんだ。だから君の方で彼らを説得してみてくれ。身柄を拘束されたあとでな。得意だろう？」

と、彼が言うが早いか、二つの影が俺に向かって飛びかかってきた。白い霧の尾を引きながら瞬く前に肉迫してくる。

至近距離になってようやく攻撃手段が目に見えた。ぶん、と白刃が煌めき風圧が襲いかかってくる。それをかろうじて避けると、背後の木の幹が大きくえぐれた。

おい、拘束するのではなかったのか。完全に殺す気じゃないか。

思わず非難の目を影に向けたところで、見据えるような冷たい視線と正面からぶつかってしまう。

それは、武士風の直垂に身を包んだ青年妖怪だった。その手には刀が握られており、先程の斬撃はこちらの仕業だと一目でわかる。

もう一人は花魁風の衣裳を身に纏った女妖怪だ。鮮やかな紫の着物を着崩して退廃的な情調を漂わせているが、一方で恥じらいを表現するように扇子を広げて口元を覆い隠してもいる。

「見覚えが……。二人とも……」

と、我知らず声を漏らしてしまう。

土蜘蛛の里で長老会議に参加した折に、この二人の姿を確かに見た。岩鬼と呼ばれる大柄な土蜘蛛と同じく、里の穏健派グループに所属している妖怪だったはずだ。

「……ふむ。一応名乗っておくか」

侍風の妖怪が、威圧感を滲ませた声を放つ。

「我の名は〝高丸〟だ」

「あちきの名は〝赤頭〟でありんす」

見た目からして彼女は火の妖術使いなのだろうか。夜会巻きにまとめられた髪が名前の通り赤く染まって……いや、燃えている。遠隔攻撃手段もありそうだ。

「高丸に赤頭……。紺野さん、この物騒な方々を止めていただけませんか？　話し合いの余地はまだ残っていると思うんですけど」

「無理だな。さっきも言ったが、別におれの配下ってわけじゃないしな」

「それでも一言くらいは試してくれてもいいんじゃないですか？　知らない仲でもない

じゃないですか。あんな刀で斬られたら、拘束どころか即死ですよ」

「まあ、そうだな……」

意外なことに、彼はそこで少し思い悩むようにした。そしてこう口にする。

「赤頭、旦那さんを止めてくれないか。番頭さんはただの人間だ。闘う力はない」

「んふっ、無理でしょうなぁ」

妖艶な声色で赤頭は答える。指先で唇をなぞりつつ。

「うちの旦那は頭が固いことに定評がありんすぇ。一度こうなってしまうと……」

「案ずるな。命まではとらぬ」と高丸。「手足の二、三本は覚悟してもらうが」

冗談じゃない。土蜘蛛の基準で考えないで欲しい。三本いかれたら一本しか残らないじゃないか。唐傘お化けに転職しろとでも言うのか。

「待ってくださいって。話はまだ――」

「時間稼ぎなどさせるか」

高丸は摺り足のままで前に出る。と、思えばそのまま素早く踏み込んできた。さらに何の躊躇もなく俺に向けてまっすぐ刀を振り下ろ――

一瞬の出来事だった。閃光が走ったとしか形容できない刹那の斬撃。

あまりの恐怖に目を閉じてしまったが、しばらく待っても痛みはない。そこで薄目を開けてみると、刀の切っ先は俺に届くことなく、水かきのある小さな手に掴み取られていた。さらに。

「おらぁっ!」

気勢とともに放たれた飛び蹴りが高丸の腹部を襲う。刀を掴まれていては回避のしようもないと思われたが、あちらもさすがに猛者だ。

瞬時に左手で脇差の鞘をたぐり寄せ、蹴り足にぶつけたらしい。がつん、と音がしたその結果、双方が弾かれたように距離をとることになった。

「いきなりご挨拶じゃねぇか！　土蜘蛛の侍がよう！」

そう口にしたのは大きな甲羅を背負った緑の怪生物――河童だった。彼は俺の前に立ちはだかるようにして、武士妖怪に向けてさらなる威圧を飛ばす。

「殺気をぷんぷん匂わせやがって……！　てめぇまさか〝悪路王〟か？　千年ほど噂を聞かなかったが、どっから化けて出やがった？」

「……河童の分際で、我の刃を止めるとは」

脇差を構え直しながら高丸が呟く。

「しかし身の程知らずも甚だしいな。こちらの正体を知っているならば、どう足掻いても勝てぬことくらいわかっているのではないか？」

悪路王と聞いて、実は俺も驚いていた。かつての蝦夷の族長、〝アテルイ〟のことを指す言葉だという説もあるが異論もある。〝悪事の高丸〟、〝岩手山の大高丸〟など複数の異名で呼ばれるこの鬼の正体が何であれ、とんでもない大物妖怪には違いない。

なにせ彼らが活躍したのは、今から千二百年以上前の奈良時代だ。俺の知る妖怪たちの中でも抜群に古い。晴明や酒呑童子が活躍した時代ですら、その二百年後なのだから。

「それでも尚、戦意を失わぬのか」

「当たりめぇだろ」と河童。「自慢じゃねぇが、挑まれた相撲から逃げたこたぁねぇぜ。おいらはよ」

「愚かな。ならば──」

ふっ、と体の輪郭がぶれたかと思えば、一拍の後に高丸の姿が掻き消えた。

霧の中から地面を蹴る音だけが響く。河童の間合いを避け、大きく迂回しながら俺の方へ向かってきているようだ。狙いはあくまでこちららしい。

一般的に妖怪には、人を傷つけないという不文律があると聞いていたが、彼は例外なのだろうか？　隙あらばぶった斬る気まんまんだと言動が物語っている。

「──させないわ！」

と、そこで一陣の風が吹き、目前にまで迫った土蜘蛛侍を吹き飛ばした。

呆気にとられるまま瞠目していると、す、と音もなく何者かが大地に降り立つ。

それは白銀の毛並みを輝かせる妖狐だ。彼女が全身の毛を逆立たせると、空中に青い火の玉がいくつか浮かび上がった。そして指揮をするように二股の尾を振るうと、火球がそれぞれ働き蜂のように飛んでいく。俺を傷つけようとする敵へと。

「なんと、神使が生身の人間の肩を持つのかぇ。面倒な」

そうこぼした赤頭が、手に構えていた扇を振るとこちらにも炎が生まれた。陽炎(かげろう)とともに空中でうねり、赤い尾を引きながら飛翔(ひしょう)して妖狐の火球と衝突した瞬間、大きな爆発が起こる。その衝撃に、俺はたまらず地面に身を伏せてしまった。

「ちっ……」と妖狐が舌打ちを響かせながらも、俺を庇(かば)うように目の前に立つ。「あっちも火か……。これじゃ勝負はつかないわね」

「確かに、なかなか手強(てごわ)そうだ」

そう言ってさらに後方から現れたのは、黒い獣となった空太の背に乗る座敷童子だ。一仕事終えたようなその表情からすると、どうやら首尾良く坂上さんたちを麓まで送り届けられたみたいだ。

これで五対二になった。数の上では圧倒的有利だが、俺と童子は戦力外なので、実は大して状況は好転していない。もしかするとあちら側は不利になったと考えているかもしれないが。

その点を突けばこれ以上の戦闘を避けられるかも。そう思って俺は口を開こうとしたのだが――

「ふんっ！」

高丸がまたもや切り込んでくる。河童に向かって斬りつけたその太刀筋を見る限り、逡巡の欠片もない。

敵がどれだけ増えたところでやることは変わらない。そう言わんばかりである。彼の自信を裏付けているのは、いつの間にか抜刀していた二本目の刀だろうか。

高丸の腕の数は全部で六本。そのうちの四本を使って、二本の刀をそれぞれ両手持ちしていた。こういうのも二刀流と呼ぶべきなのかはわからないが、この分だともう一本刀を増やす余力もありそうだ。

「てめぇ器用すぎんだろっ！　――わっ、とっ」

二刀を操るようになり、高丸の攻撃範囲と速度が目に見えて向上した。それぞれの刀が別々の生き物のように襲いかかってくるのである。さすがの河童も防戦一方だ。

加えて、

「ちょこまかと動きなさんな！　そこ！」

他方、赤頭は器用に炎を操り、驚異的なスピードで動き回る妖狐を追尾させている。逃げながら迎撃をする妖狐だが、小さな火球をいくら当てたところで赤頭の炎は消せないようだ。火力負けしている。

と、そこで急ターン。炎を引き連れたまま突進する妖狐。赤頭はそれを鉄扇で迎え撃つ。すると鈍い音がして風が起こり、妖狐が吹き飛ばされて地面を転がった。

勝負あったかと思ったが、激突の衝撃で赤頭の方も大きく体勢を崩していた。しかも炎を操るのは思いの外体力を使うようで、既に肩で息をしているようだ。

どうやら実力は伯仲している様子。となると、俺と座敷童子と空太が戦線に加われば天秤(てんびん)は傾くかもしれない。そう考えはするのだが……。

「こりゃ駄目だ。手の出しようがない」

早々に諦めた童子が呟き、頭の後ろで腕を組んだ。

「どっちも完全に異次元の闘いだね。応援くらいしかできないなぁ、残念ながら」

「おい、それでいいのか」と俺は突っ込む。「何かできることは……」

「ないね。んなもんない。僕らが下手に手を出したら邪魔になるだけ。空太ですら戦力外だよ。……なあ、あんた。あんたもそう思うだろ？」

そう言って童子が紺野さんに目を向ける。

すると、しばし妖怪同士の闘いを興味深げに見ていた彼が、こちらに視線を向けて口の端をわずかに吊り上げた。

「ああ確かに。凄いものだな。あそこに突っ込んでいけるのは自殺志願者だけだ」

「てことはあんたも生身の人間なんだよね？　だったらこんな超常バトルは人外に任せてさ、僕らは僕らで話をしようよ。主に、あんたからの謝罪と賠償について」

「面白そうな申し出だが、断る。悪いことをしたとは思っていないのでな。君たちにも旅館にも迷惑はかけていないはずだが？」

「あんたが面倒事を持ってきたせいで、時間外労働をしてる番頭がそこにいるけどね。まあいいよ。じゃあ賭けでもしない？　勝った方が負けた方の言うことを聞くってことでどうかな」

「それは楽しそうだ。だが、さっきも言った通り彼らとはただの協力関係でね。疑われたり反感をもたれたりすることは避けたい。それに……」

足元に転がる石礫に目をやりながら、彼は口元に苦笑を滲ませる。妖狐と赤頭の闘いの余波で飛んできたものだ。

「思っていたよりもずっと、君たちの連れが強い。万が一、ここで戦力低下なんてことになったら目も当てられない。撤退すべきだと、おれも思っているんだ」

「ならとっとと退きなよ。別に止めないから」

「そうしたいのはやまやまだと言ってるだろう？　火がついてしまったんだよ」

二人が軽口を交わしている間にも、攻防の激しさは加速度的に増していく。

四名とも絶えず動き続けているため、凡人である俺の目にはそれぞれ色つきの流線としか認識できないくらいだ。そのくせ、金属が触れ合うような衝突音がすぐ近くで発生することもあるため、何度も体をびくりと震わせている。

目の前で巨大な四枚刃のミキサーが回転しているみたいだ。もしほんの少しでもそれに触れようものなら、間違いなく指を失うことになるだろう。

「……だったら今のうちにはっきりさせておきたいんだけど」

若干の焦燥感を漂わせながら、童子が問いかけていく。

「あんたらの目的って、僕らをここに誘き寄せることだよね。もう十分なんじゃないの？　迷家荘の全戦力はここに集中しているよ？　思い通りじゃないか」

「そうかもな」

紺野さんは即答する。

「今頃、土蜘蛛衆の別働隊が迷家荘に侵入しているだろう。ここから戻っていては到底間に合わない。守り神としてはどう思う？」

「悔しくて泣きそうだよ。旅館の付喪神であり土地神でもある僕にとって、依代が危険に晒されるなんて最悪だ。もう恐怖しかないね」

「……その割には随分と余裕のある口振りだが？　まさか強がっているだけでもないのだろう？」

「いやいや、強がりに見えないとしたら諦めの境地さ。だからね、サービスでいろいろ教えてくれない？　あんた、いつから土蜘蛛衆と関わってんの？　三年前に迷家荘に来たときには、妖怪の姿なんて見えてなかったよね？　あとそれから……」

そこで一旦息継ぎをして、童子は不意打ちのように彼の核心を突く。

「あんたの娘さん、真魚ちゃんだっけ？　――あの子、なんで三年前から姿が変わってないの？」

「……っ」

訊ねた瞬間、紺野さんの表情が明らかに変わった。

そう。俺たちが気付いたもう一つの不審点がそれだ。完全にこの目で見ていたにも拘らず、〝見た目上の変化はほとんどない〟と軽く流してしまった。だがとんでもない。そんなこと、あるわけがないのだ。

宿泊台帳に記載された真魚の年齢は十歳。となると三年前は七歳だったはずである。だが成長期の子供が、三年を経て見た目が同じだなんてことはありえない。小学二年生と五年生の違いなのだ。まったく成長していないとすれば、別の可能性に目を向けなければならない。

「あんたが必死になって土蜘蛛衆に協力しているのって、それが理由？　娘のために何かしたいってこと？　それなら僕らで力になれるかもしれないよ？」

「……大きなお世話だ」

紺野さんの声が、俄かに剣呑な響きを帯びた気がした。

「もう二年早く、そういう台詞が聞きたかったたな。残念ながら一番辛かったときに手を差し伸べてくれたのはおまえたちじゃない。それが事実だ」

この反応からして図星のようだ。紺野さんの娘、真魚にはやはり秘密がある。その割にはあまり隠そうとしていなかったように感じるが、それも仕方がないのかもしれない。彼自身は、三年前に接点を持った俺が、番頭になっているとは知らなかったのだから。

迷家荘の従業員に関しても同じだ。一度泊まりにきただけの客の顔を覚えているはずがないと高をくくっていたか……もしくはそもそも見えないと思っていたか。

今から考えると、遠野駅に彼ら親子を迎えに行ったあのとき、実は俺たちは試されていたのではないだろうか。もし俺と和紗さんに真魚の姿が見えなければ、彼は何食わぬ顔で宿泊人数の変更を申し出ていたに違いない。

「いまからでも手遅れじゃないかもしれない」童子も語気を強くする。「手を組む相手として、土蜘蛛衆は正直どうかと思うけど？　本当に信用できるの？」

「おれから見れば似たようなものだ。彼らも、おまえたちもな」

「そう結論付けるのは早計でしょ。まずは相談してみなよ。一体あんたの身に何が」

「いや、残念ながら時間切れようだ」

何故か虚空に目を向ける彼。そして――

「やつが、来た」

ぽつりと呟いた直後、その場に一際強い風圧が発生した。

見ると、上空に小さな竜巻が発生しているようだ。周辺の空気を巻き込みどんどん大きくなっていくそれは、山肌の残雪をこそぎ取り、白い靄をもバキュームカーのように吸い寄せていく。

唖然（あぜん）としながらその光景を見守っていると、あれよあれよという間に視界は晴れていき、頭上から太陽の光が差し込んできて世界を照らし始めた。

今まで気付かなかったが、何とも風情のある風景である。鬱蒼と茂った森の中にある、沢沿いの美しい広場といったところか。そんな景観に俺が目を惹（ひ）き付（つ）けられたと同時に、闘い続けていた四つの影がぴたりと動きを止めたのがわかった。

いつの間にか、何者かが四人の只中（ただなか）に立ち、周囲に睨（にら）みをきかせている。恐らく先程の超常現象は、彼の術が引き起こしたものなのだろう。

「何とか間に合ったか……。この闘いはおれが預かります。双方刃を引いてください。お願いします」

柔らかな物言いながら、芯の強さを感じさせる眼差（まなざ）しが両陣営に向けられる。それでいながら、圧倒的な力の波動によって牽制（けんせい）し、一定の間合いをキープし続けているようだ。俺が知っている彼の技量とはまるで違う。何があればこれほどまでに実力が急成長するのだろうか。

そう、彼の名前は久我凪人という。五ヶ月前にただ一人土蜘蛛の里に残り、ここしばらく消息を絶っていたはずの綾斗の兄だ。

だがその中身は判然としない。姿形は確かに凪人のものだ。言葉遣いから受ける穏和な印象も彼そのものだが、纏う雰囲気が全く違う。

「まさか、安倍晴明……？」

口から勝手に懐疑が滑り落ちた。それは凪人の身に宿る稀代の天才陰陽師の名だ。

しかし、俺の呟きを耳にした凪人はにこりと柔らかい笑みを浮かべ、ゆっくりと左右に首を振ってみせる。

「この五ヶ月、いろいろなことがありましてね。少しだけ晴明様の力を引き出せるようになりました。……もっとも、代償はそれなりに大きかったですが」

何やら悟りきったような笑みをこぼし、目尻を細める彼。一体この五ヶ月の間に、彼の身に何が起きたというのか……。

一つの謎がまた新たな謎を呼ぶようにして、事態は混迷を極めていく。

俺たちを迷家荘から引き離し、土蜘蛛衆は何を企んでいるのか。紺野さんはどうしてそれに協力しているのか。三年前から成長していない真魚の正体は？　……いや違う。全ての始まりはもっと前だ。そもそも何故急に、和紗さんたちに妖怪の姿が見えるようになったのか。あの赤い河童は本当にアカメなのか。違うのか。

いくつもの疑惑がバラバラの歯車となって俺の脳内で回転を始めるが、未だにそれらが有機的に噛(か)み合(あ)うことはなく、当然ながら裏側に隠された真実が明らかになることもない。ただ漠然と、不安という名の靄となって視界を覆い尽くしていくだけだ。

果たしてこの遠野の地に……いや、俺たちの未来に何が待ち受けているのだろうか。

これら一連の事件の裏に誰の、どれだけの策謀が交錯し、絡まった糸玉のように状況を複雑化させているのか。それを解く鍵はどこにあるのか。

残念ながら今はまだ、その問いに答えられる者は誰一人としていない。

第二話　最後にもう一度だけさよならを

春の到来が待ち遠しい三月初旬。木々に芽吹いた蕾（つぼみ）はまだ固く、日が落ちれば真冬の冷気が漂い、時折雪がちらつくこともある今日この頃。出会いと新生の季節を前にして、俺たちは三年振りに〝はじまりの事件〟の当事者、紺野重明と再会を果たした。

だがその年月は彼の内面を大きく変えていた。性格もやや丸くなった気がするが、何よりの変化は妖怪が見えるようになっていたこと。そして、遠野妖怪と敵対する土蜘蛛衆と協力関係を結んでいたことだ。

彼の策略によってまんまと山中に誘き出されてしまった俺たちは、続いて現れた高丸、赤頭と呼ばれる二体の大妖怪からの襲撃を受ける。その力は想像を絶するものだった。

仲間の河童、妖狐の力だけでは事態を打破するのは難しい。空太はまだ実力不足で、俺と座敷童子は元より戦力外。闘いの行く先に暗雲が立ち込めかけたそのとき、一人の青年が戦場に割って入ったことで状況は一変する。

彼の名は久我凪人。久我流陰陽道宗家の現当主であり、綾斗の実の兄であり、俺にとっては数少ない友人と呼べる存在だ。

〝神降ろし〟と呼ばれる秘術により、古の陰陽師の魂をその身に宿した彼は、超常の力を振るって見事に戦闘を収めてみせた。

「――もう一度言います。双方、闘いを止めてください」

静けさを取り戻した森閑たる山中に、凛とした彼の声がこだまする。

「そちらの、紺野さんもそれでいいですね？　ここで戦力を削り合っても得はありませんよ。撤退するならば、こちらから手出しはしません」

「……まあ、そうだろうな。ここらが引き際だろう」

呼びかけられた紺野さんは苦笑しながら同意した。それから、油断無く二刀を構えたままの土蜘蛛侍に「なぁ」と声をかけていく。

「高丸殿、時間稼ぎならもう十分だ。この状況では互いに無傷で済ませるのは難しい。ここは一旦、お言葉に甘えるべきだと思うが？」

「…………」

だが話を振られた高丸は無言のままだ。そしてゆっくりと刃の切っ先を河童に向けていく。正眼の構えだ。まったく退く気はないように見える。

と、そこで彼に歩み寄った赤頭が、ついとその袖を引いた。

「主さんや、ここは退いておくなんし。河童や妖狐なんぞいくら屠ったとて意味はござりんせん。それよりも――」

「……で、あるか。死合いに水を差されたのは甚だ遺憾だが」

「大事の前の小事でござりんす。このような小兵どもに何ができましょうや？　少々口先は回るようでありんすが、もはや言の葉でどうにかなるものでもありんせん」

「確かに、な」

高丸はようやく戦意を鎮め、刀を鞘に収めた。このまま大人しく帰ってくれればいいのだがと思っていると、次に声を上げたのは座敷童子だった。

「おいおい、勝手に話を進めないで欲しいんだけど？　ここまでやってただで済むとでも思ってるのかい？　僕、こう見えても激おこ中なんだけど」

「あら坊や」赤頭が流し目を向けてくる。「無体は言いなんすな。せっかく見逃すと言っているのでありんす。よう考えてみなんし？」

「そりゃこの場に限ってはそうかもしれないね。だけどここは遠野で、周りはこっちの味方ばかりだ。どこへ逃げてもあっという間に包囲されるよ？　不在の隙をついて迷家荘を占拠したとしても、それこそ四面楚歌(しめんそか)。悪いことは言わないから、今すぐ尻尾を巻いて里に逃げ帰った方がいいよ」

「いいや、手遅れだな。あらゆる意味で」

と高丸が返す。

「我らはみな、覚悟を決めてここに臨んでいる。神に餌付けされ、飼い慣らされた遠野の犬どもとは違うのだ」

「じゃあ遠野妖怪と全面戦争でもする気かい？」

「貴様らがそう望むなら致し方あるまい。大義はこちらにある。土地を奪われ、日々の糧を奪われ、一族諸共(もろとも)無残に蹂躙(じゅうりん)された。その恨みを捨てることなどできぬ。……が、ともに高天原(たかまがはら)に反旗を翻すというならそれでよし。拒むことはない」

「いやいや、時代錯誤も甚だしいでしょ。あんた悪路王なんだよね？　じゃあ恨みって千二百年前のこと？　〝蝦夷戦争(えみしせんそう)〟の話を今さら持ち出す気かい？」

「どれだけ時が経とうとも関係ない。差別と迫害による怨恨(えんこん)は消えぬ。そのために生き恥を晒してきたのだ。泥のような平穏の中に身を沈めてまでも――」

「はいそこまで」

ぱん、と柏手(かしわで)を打ち、再び凪人が割って入った。

剣呑になりかけた場の空気を打ち消し、その上で再び紺野さんに呼びかけていく。

「みなさん血気盛んなご様子で何よりですが、一度、場を仕切り直してはいかがでしょうか。緒方さんたちを迷家荘から引き離すという目的は達成されていますよね？　ここで口論を続けるのは不毛な気がしますが？」

「ああ、同感だな。こちらはそれで構わない。高丸殿も既に刀を収めていることだしな。

番頭さんの同意さえ得られれば、撤退したいと思う」

「わかりました。一時停戦を受け入れます」

未だ興奮冷めやらぬ様子の童子の肩に手を置き、俺は答えた。こうしているうちにも迷家荘が襲撃を受けている可能性があるし、先に下山した坂上さんたちの様子も気になる。となれば、ここでぐずぐずしてなどいられない。

「なら良かった。安心したよ」と紺野さんは口元に微笑を浮かべる。「ついでと言っては何だがね、後を追ってくるのも勘弁してくれないか。これから土蜘蛛衆の拠点に戻るつもりだが、その場所はあまり明らかにしたくない」

「わかりました」と凪人。「ではこちらで機会を作りますので、その隙に撤退していただくということでご了承願えませんか。追跡はしませんし、させません」

「それはありがたい申し出だ。こちとら生身の人間なんでね。最低でも十秒くらいは欲しいところだ。頼めるかな？」

「もちろん」

と言って指をぱちりと鳴らした直後、凪人の影の中からのっそりと、獰猛な顔つきをした黒い獣が現れた。

さらにその艶のある毛並みが、見る間に帯電したように逆立っていく。となると晴明の十八番（おはこ）であるあれを繰り出すつもりだろう。

「では、また近いうちに相見(あいまみ)えましょう。それまでお元気で――」

言うが早いか、視界が真っ白に染め上げられていった。ぎりぎりまで高丸たちを警戒していたせいで、目を閉じるのが間に合わなかったらしい。

晴明の眷属であるあの黒き獣の名は〝雷獣(らいじゅう)〟。ハクビシンが妖怪に変じたものであるが、その名の通り稲妻と閃光を操る怪異だ。

彼が放つ強烈な光の威力は、日中であってもまるで勢いを失わない様子。目蓋を閉じた後でも眼球に突き刺さってくるほどだ。しかもいつになく持続時間が長い。

紺野さんが事前に依頼した通り、きっちり十秒ほどその暴力的な閃光は収まることはなかった。その最中、どこかで「グシュッ」というくしゃみのような音が聞こえた気がしたが――

やがて視界が正常に戻った頃には、全てが終わっていた。

ひりつくような感覚に耐えながら目をこじ開け、慎重を期して周囲を確認してみるも、高丸と赤頭、紺野さんの姿はどこにもない。既に立ち去ったようだ。

今やこの場には静けさが残るのみ。ほっと息を吐くと、清らかな山中の空気が木々の匂いを運んできて気が和んだ。まるで最初から、ここには平穏しか存在しなかったかのようにすら感じた。

「……ふう。何とか切り抜けられた、ってところかな」

俺がそう呟くと、近くで童子が憤慨したような声を上げる。

「何をほっこりしてんのさ！　やられ損なんて冗談じゃないよ！　仕切り直す必要なんて僕は感じなかったけどね。何なら勝ち目だってあった。そうだよね、河童」

「まあ負ける気はなかったがよ。でも勝てたかどうかもわからねぇな。……あと、何か釈然としねぇんだが？　おめぇは安全圏で喋ってただけだろうが。ちょっとでも手伝おうとしてたか？」

「今さら何言ってんだ。僕は頭脳労働専門なんだっていつも言ってるだろ。いわば軍師のポジションだよ。直接手を下すだなんて野蛮なことするわけがない」

「全部他人任せのくせに、野蛮とか失礼じゃない？」と妖狐も声を怒らせた。

そんなこんなで急に和気藹々とし出す妖怪たち。彼らのやりとりを眺めながら、相変わらずだなと俺は安堵する。はっきり言って、今回は結構なピンチだったと思う。あの高丸と赤頭は、これまでに見てきた妖怪の中でも特別な風格を備えた存在だった。まだ何か隠している能力がありそうだ。

それだけの相手とついさっきまで斬り結んでいたのに、すぐさま軽口を叩ける精神力には脱帽である。俺なんてまだ膝が震えているというのに。

知らない間に切り傷とかできてないだろうな。そう思いつつ自分の状態を確認してみると、下半身に大量の土が付着していた。それを掌で払っていくが、湿り気を帯びていたせいで染みになってしまっている。

「いやぁ、怖かったですね」

と、そこへ凪人がにこやかに話しかけてきた。

「まだ心臓がバクバクいってますよ。以前よりはちょっとだけ強くなった気がしますが、荒事にはまだ全然慣れません」

「そうは見えませんでしたよ？　すごく堂々としてて……」

少なくとも五ヶ月前とはまるで違う。それに、彼の本心がどこにあるのかもいまいちわからない。戦いを収めようとはしていたが、どこか土蜘蛛側に手心を加えたようにも見える。今の凪人が本気でこちらに味方すれば、普通に勝てていたのではないか。なのに何故、撤退の時間を与えるなんて真似を……？

「というかいきなり滅茶苦茶強くなってません？　土蜘蛛の里で何があったんですか」

「いろいろありましたよ。そのせいで実践の機会には事欠かなくて……。まあその話は落ち着いてからゆっくりと。とりあえず迷家荘に戻りませんか？　心配ですし」

「あ、そうですね」と返した俺だったが、そこで大事なことを思い出す。「――いえ、待ってください。そういえば健吾くんは？」

言って周囲を見回してみる。完全に忘れていたが、高丸たちが現れる直前まで健吾は近くにいたはずだ。あの白い霧のせいで見失ってしまったが。

「ああ、ちょっと捜してみますね」

凪人は眉間に指先を当てながら目を閉じた。そして数秒ほど瞑想すると、やがてゆっくりと目蓋を開けながらこう呟く。

「道に迷ってるみたいですね。五十メートルくらい離れた場所で、何やら声を張り上げてますよ。深刻そうな顔つきをして」

「そんなことまでわかるんですか？　すごいですね」

「これは晴明様の力というよりは、占術の技法で磨いた直観力の応用ですけどね……。と、また話が逸れかけましたね。迎えに行って、一緒に山を下りましょう」

はい、と俺は答え、健吾のいる方へと歩き出した彼の後を追った。

「――いろいろ酷い目に遭ったっスけど、ようやく戻ってこれましたね」

恙なく下山を終え、車を停めた登山道の入り口に戻ってくるなり、健吾が大きな溜息をついて脱力した。しかしすぐに立ち直り、ポケットからスマートフォンを取り出すと手早くメッセージを打ち込んでいく。多分、父親に無事を伝えたのだろう。

「しかし、なんだったんスかね、あれ。あのヤバイくらいの濃霧。いきなり目の前が真っ白になりましたよ。あれも妖怪の仕業なんスか？」

「あーそれね。それは僕も気になってた」と童子。「吹雪を起こした雪女とは違うよね。霧を操る妖怪でもいるの？」

二人は揃って凪人に目を向けるが、彼は一度苦笑を返した。その気持ちはよくわかる。健吾の方には童子の姿が見えておらず、声も聞こえていないからだ。なのに一緒に質問が飛んできたので、どちらに向けて答えるべきか逡巡したに違いない。

「あれは高丸の能力だね。……ええと、そういう名前の妖怪がいるんだよ。彼には〝大多鬼丸〟という異名があってね、霧を自在に操る力を持っている」

「それは何というか、性質が悪いですね……」

と、俺は言う。六本の腕による刀捌きだけでも手に負えない感じだったのに、濃霧で視野を限定してくるとなると、必ず接近戦を強いられることになる。一時休戦の判断は正解だったな、と今さらながらに思う。

そんな話をしつつ車に乗り込むと、すぐさまキーを差し込みエンジンを始動させた。助手席には座敷童子。後部座席に健吾と凪人。三列目のシートには河童と妖狐、空太が並んで腰を下ろす。車内の妖怪密度がいつになく高いが、健吾の目に映っているのは俺と凪人の二人だけなのだと思うと、何だか不思議な感じがする。

だというのに、アクセルを踏み込むなり遠慮もなく童子が発言した。

「迷家荘の方は心配ないよ。しっかり防衛戦力は置いてきたからね。だけど、とりあえずは帰って作戦会議かな。いろいろとわかったこともあるし、みんなで情報を共有しておきたい。凪人、おまえにも知ってることは全部吐いてもらうよ」

「うん、まあそうだね。……慣れないな、これ」

反応を返す凪人はやり辛そうだ。妖怪が見えない一般人から見ると、凪人が独り言を喋り出した感じになるからだ。健吾の目が気になるのである。

「あ、オレのことは気にしなくて大丈夫ですんで、お話を続けてくださいっス。大体のことは聞いてるんで」

と、隣から本人が助け船を出したので、凪人の表情が目に見えて軟らかくなった。

「ありがとう、話を進めさせてもらうよ」

「どうぞお気遣いなくっス！　……あ、電話かかってきました」

健吾のスマートフォンに着信があったようで、彼の注意はそちらに向いた。父親からか、もしくは静香からだろう。坂上さんの怪我の診断結果について連絡してきたのかもしれない。

ともあれこれで気兼ねなく話ができそうだ。凪人が再び口を開く。

「迷家荘の防衛戦力っていうのは？　ここにいない綾斗のことかい？」

「それと牛鬼だよ」と童子が答える。「ちょっと二人で調査に出てたんだけど、昨日のうちに帰ってくるよう言っといたんだ。こんなこともあろうかとね」

「なら平気かな。牛鬼殿が本気を出せば、大抵の攻め手は返り討ちにできそうだ」

「いや、あの方の本気……は勘弁して欲しいんですけどね」

そう呟いた俺の脳裏には、彼女の本性――三十メートル級の巨牛の姿が映し出されていた。そんなものはもう怪獣だ。たとえ防衛に成功したとしても、迷家荘が滅茶苦茶になってしまう。

「そういう意味では、高丸がこっちに来ていて良かったと思いますよ？　あれは牛鬼殿に匹敵するレベルの災厄なので」

「えええ……？　あいつも巨大化とかできるんですか？」

「全長三十メートルの大蜘蛛になれるみたいですね。その上で三本の光の剣を操って、どんなものでも真っ二つとか。全力でこられてたら危なかったですね」

「本物の化け物じゃないですか。よくそんなのとぶつかって無事で済んだな……」

バックミラー越しに河童に視線を向けると、彼は「かかか」と笑い声を上げる。

「どうせなら巨大化して欲しかったな！　三十メートルならどう足掻いても土俵の外に出ちまう。相撲ならおいらの勝ちだ。白星増やすチャンスだったのによ！」

「そんなこと言える神経がすごいよ。怖くなったりしないのか？」

「さぁて、どうだろうなぁ。あのまま続けても押し切られる気はしなかったが……」

「言っときますけど」と凪人が口を挟む。「迷家荘の戦力がおかしいだけですからね？

普通の河童とか妖狐は、ここまで強くありませんから。異名持ちじゃないのが不思議なくらいですよ」

「異名なら持ってるぜ？　土俵の鬼、角界のプリンスってな」

「それ、若乃花と貴乃花のキャッチコピーだろ？　なっつかしいなぁ！」

童子が声を上げ、しばし相撲の話題できゃいきゃいと笑い合う。今、そんな和やかな空気だっただろうか。緊張感のないこいつらが憎らしい。

「ともあれ安心しました」と凪人。「迷家荘が占拠されることはないようで」

「そう、それです。結局、土蜘蛛衆の目的は何なんですか？」

何とか話を本筋に戻そうとする俺。

「迷家荘に入り込んで、何をするつもりなんですか？　もしかして、最近遠野で妖怪が見えやすくなったことと関係あります？」

「関係はありますよ。まさにそれが彼らの第一目標です。彼らは迷家荘を中心として、〝見鬼の結界〟を展開しようとしているんです」

また聞き慣れない単語が飛び出してきた。返す言葉で説明をお願いすると、凪人は落ち着いた口調で語り始める。

見鬼の結界とはその名の通り、領域内の人間に見鬼の力を付与する結界らしい。ようするに、妖怪の姿が見えやすくなる結界だということだ。

　土蜘蛛衆はそれを生み出すために、里の結界を維持していた呪物を地中から掘り起こしたそうだ。すなわち〝源頼光の遺骨〟を牛鬼の屋敷の地下から奪い、その機能を作り替えたわけである。

「五ヶ月前、里に残ったおれは、土蜘蛛衆の穏健派と協力しながら結界の維持に努めてきました。でも一月ほど前に防衛網を突破され、頼光の遺骨を奪われてしまって……」

「そうですか……。大変だったんですね」

「しっかりしなよ。何のために残ったんだか」

　フォローする俺の横から、童子が軽口をぶつける。そう言うおまえはこの五ヶ月間、特に何もしていなかったよな？　寒いからと部屋に閉じこもって、お菓子食って寝転がってただけだよな？

「面目次第もないね。でも言い訳させてもらうと、おれにはどうにもならなかったんだ。寝込みを襲われたというか……ちょうどその日の夜だけ記憶がなくてね」

「それってもしかして、晴明に意識を乗っ取られてたってこと？」

「多分ね。確認できてはいないけれど」

　彼の中にいる安倍晴明は、一言で言うと傍若無人な人物だ。なので時折、彼の意思を無視して勝手に体を操ることがある。その結果として俺たちが不利益を被ったこともあるが、凪人を責めても仕方がないと思う。

ただ、肉体の支配権を奪われたとしても、その最中の記憶は残るらしいのだが、何故か今回ばかりは何も覚えていないようだ。晴明が意図的に情報をシャットアウトした上で、わざと土蜘蛛衆に協力したとしか考えられない。

「そりゃまた不穏な情報をどうもありがとう」と童子。「だからあんた、わざわざ土蜘蛛たちに撤退の時間を与えたのか。晴明がやつらの肩を持ったことに、何か意味があるかもしれないと考えて」

「まあね。でも晴明様はときどき、ノリと勢いで判断するところがあるから……」

「それでも真意がわからない以上、全面対決は避けるべきだってこと？ ……まったく、考えなきゃいけないことばかり増えていくじゃないか。僕が過労死したらどうするの？」

「そのときは良いお坊さんを紹介するけど……。あ、お坊さんで思い出した。紺野さんのことだけどね」

「あ、そうそう。それも気になってました」

話を振ってくれて助かる。凪人と紺野さんは面識がある様子だったが、どこで会ったのだろうか。会話していたときの様子から考えると、あまり穏やかな関係ではなさそうだが……。

「彼はね、言うなればおれと同じなんですよ。簡単に言うと、弘法大師（こうぼうだいし）〝空海〟様の魂を神降ろししています」

「えっ――――」

驚きのあまり言葉が出なくなる。凪人と晴明が足取りを追っていたという空海が……その魂を宿しているのが紺野さんだなんて、いくら何でも想定外だ。

「ふうん……。そんなことだろうとは思ってたけど」と童子。「一体いつから？　三年前にはそんな素振りなかったけど？」

「いつからかは知らない。でも土蜘蛛の里で、彼とは何度か相見えたからね。もちろん敵同士として」

「神降ろしということは、紺野さんも空海に操られてるってことですか？」

それが事実ならば、彼の変わりようもうなずける。時間が性格を丸くしたのだと考えていたが、今にして思えば言葉遣いからして別物だった。空海の魂を宿したことによって人格が変容したとすれば……。

「いえ、違うでしょうね。あまり確かなことは言えませんが、受け継いだのは記憶だけだと思います。人格にも多少影響は出ているかもしれませんが、晴明様ほどはっきりとした自我が宿っているとは思えません。あくまでおれの印象では、ですけど」

「まあ僕もそんな気はする」と童子も同意した。「そもそも即身成仏（そくしんじょうぶつ）を実践した空海の魂が、綺麗にこの世に残ってるとは思えないからね」

「確かに……。まあそれはともかくとして、話を戻そうか。見鬼の結界を発生させているのは頼光の遺骨だけど、それは今、土蜘蛛衆の〝がしゃどくろ〟の体内にあるんだ。そのせいで移動式の結界みたいになっていてね。彼を中心にした一団が遠野に向かったと聞いて、一早く里から飛び出したのがアカメさんだった」

凪人と協力関係にあったらしいアカメは、遠野に危機が迫っていることを伝えるため、単身こちらに向かったそうだ。きっとそのときに目撃され、ニュースになってしまったのだろう。

「なるほど。アカメが目撃されたってことは、そのとき既に見鬼の結界の影響下にあったわけだ。つまり土蜘蛛衆にも追いつかれてる」

「そしてその後の消息は不明。恐らく捕らえられているだろうね」

「大体の経緯はわかった。がしゃどくろたちが僕らの近くまで入り込んでるだろうってこともね。……で、移動式のままじゃなく固定するために迷家荘を占拠しようってか。そんなに効果として違うもん？」

「比較にならないだろうね。迷家荘は遠野の中心に程近い位置にあるし、龍脈が地下を通ってもいる。その上で、仮に座敷童子の神具までをも取り込んだとしたら……遠野中の全ての人に妖怪の姿が見えるようになるかもしれない。下手したらカメラにだって映るようになるかもね」

「うっそだろオイ」さすがの童子も目を丸くした。「そんなの大騒ぎどころじゃないよ。

トレンド一位は間違いなしだ。自衛隊が派遣されるレベルじゃない？」

「革命が起きても不思議じゃない。社会常識が一変し、妖怪と人間との間で戦争が起きる可能性だってあるよ。まるで神代の時代のごとくに――」

と、俄かには信じ難い話を凪人が口にした、そのときだ。

やりとりの最中にも帰路を急いでいたため、車は迷家荘まで残り数分といったところまで近づいていた。だがその、普段から見慣れているはずの街の風景に、明らかに異物が一つ紛れ込んでいる。もはや無視できないほどの強烈な違和感だ。

思わずハザードランプをつけてブレーキを踏み込み、路肩に車を停車させた。本当は目を逸らしたい。なのに惹きつけられて仕方がない。指先で一度眉間をよく揉み解してから、俺は改めてその方向に視線を向ける。

「何だよ、あれ……」

薄っすらと茅葺（かやぶ）き門が見える小高い丘の上に、陽炎のごとく揺蕩（たゆた）いながら浮かび上がる黒いシルエットは何なのか。しかも恐ろしく巨大である。遠近感が狂ってしまったかのような錯覚すら覚えるほどの、途轍もなく存在感のある異形だ。

「……牛鬼殿、本気出しちゃったみたいですね」

ぽつりとこぼされた凪人の呟きが、情け容赦なく俺を現実へと引き戻す。

よく見れば自明だ。あのシルエットは紛れもなく牛である。そして側頭部から伸びた凶悪極まりない一本角が、日光を受けて照り輝いているのだから疑う余地もない。

やりやがった……と頭を抱えてしまう俺。旅館に何らかの被害が出ているのは間違いないだろう。どうやら帰ってからも仕事は山積みのようだ。考えれば考える程に暗澹とした気分になり、このまま車でどこかへ逃亡したくなってくるが……。

恐らく悪手だろう。ここで怠けたツケは、時間が経つにつれ雪だるま式に肥大化することは想像に難くない。強引にでも気持ちを切り替え、一刻も早く迷家荘に帰るべきだ。そして和紗さんに会って癒されよう。それがいい。……まあ彼女もまた、今頃頭を抱えているかもしれないが。

うん。そうだな。考えても仕方がないことは、一旦考えないようにしよう。

自己防衛本能が脳内でアラームを鳴らす中、晴天の下にそびえ立つ巨牛の姿から逃げるように視線を外し、俺は進路だけを見つめながらミニバンを再発進させた。


見るも無惨に荒れ果てた中庭の様子を直視できず、視点を一方向に定めたまま駐車場に辿り着くと、深く長く嘆息しながら車を降りる。

ちなみに健吾はもういない。会話内容から不穏な気配を察したらしく、「ここから歩いて帰りますんで」と言って途中で降車した。その去り際に「そういえば丹内山神社で紺野さんの――」と漏らしていたが、その情報の精査は後回しにする。今は思考のキャパシティが足りていないのだ。

凪人や他の妖怪たちとも一旦別行動をとることにした。早速被害状況を確認するために敷地内を回るという彼らの背中を見て、頼もしいような、ついていけないような心情を抱く。どこまでいっても俺は一般人らしい。

一人きりになると、その足で白沢家の玄関へと向かうことにする。三和土で靴を脱いで廊下を進み、リビングの戸を開けるなり中から大きな高笑いが聞こえてきた。

「――かっかっか！　久しぶりにすっきりしたぜ！」

ソファーの上であぐらをかき、腕を組んだ姿勢で愉快げに声を張り上げているのは、本件の主犯と目される牛鬼である。

「すみませんが、もう少し声のボリュームを落としていただけませんか？」

にこやかに注意するのは対面に仁王立ちした和紗さんだ。

穏やかな笑みを湛えてはいるものの、頬が片側だけ妙に吊り上がっており、こめかみに青筋が浮いているのがわかる。牛鬼が旅館を守ったことは理解しているが、その代償の大きさに納得できていない。そんな表情だった。

「派手にやったみたいですね」と俺は発言する。「少しだけ中庭の様子を見ましたが、酷いことになってましたね……」

「牛鬼様のお部屋もですよ。ですよね？　牛鬼様」

　底冷えのするような声で訊ねると、牛鬼が「まあ必要な犠牲ってやつだ」と返した。そこで和紗さんの頬が引き攣ったのを見て、このままではまずいと感じ、「何が起きたんですか」と俺は口にする。

　彼女たちの説明によると、襲撃があったのは午前七時頃らしい。そのとき、牛鬼は割り当てられた客室の一つで眠っていたのだが、敷地内に侵入しようとする複数の気配を感じて飛び起きた。

　彼女の部屋は客室棟の二階だ。悠長に廊下に出て階段を下りている暇はない。事は一刻を争う。そのため窓を大きく開いた牛鬼は、中庭に飛び降りながら変化したのである。三十メートル級の巨大な牛の姿へと。

　質量が急激に増加したことによる空気圧と震動で窓ガラスの数枚に罅が入り、尻尾が撫でた部屋の窓枠は歪み、直上部分の瓦が剝がれ落ちたそうだ。

　そして着地地点である中庭は、もう中庭とは呼べない何かになった。中央部分に大きな蹄の痕が刻まれているので新名所になりそうだ。復旧ができれば、の話だが。

「でもすっごく格好よかった！」

　言いつつリビングに入ってきたのは真魚だ。彼女はぴょんと飛び跳ねる勢いで牛鬼の隣に座り、きらきらとした憧れの眼を向ける。

「ねえ、今度お背中に乗りたい。駄目？」

「ははは、機会があったらな。……そうか、格好よかったかぁ。わかるやつにはわかんだな。よしよし」

上機嫌になった牛鬼は、真魚の頭を愛おしげに撫で始めた。

「おまえさんはいい子だなぁ。和紗とはえらい違いだよ。……見てみな、頭に角が生えてるみてぇだ。どっちが鬼なのかわかんねぇくらい」

「――牛鬼様？　反省されてます？」

和紗さんの左頰がひくりと痙攣する。

「旅館を守ってくださったことには感謝しますが、もうちょっとやりようがあった気がするんですよ。なんか全部終わったあとで、その辺に体を擦りつけてませんでした？　毛づくろいか何かですか？　あれ、必要なかった気がするんですけど」

「うるせぇな。久しぶりに変身したからいろいろあんだよ。……なぁ、真魚っていったか？　いろいろ落ち着いたらうちの子になるか？　ん？」

「んー、でもね、真魚はおばあちゃんが好き」

と少女が指さした先はキッチンだ。そこにはお茶の用意をする大女将の姿があった。

「まんずええ子だなぁ。和紗のちんこい頃を思い出すでな」

「そうかぁ？　この子は成長しても和紗みたいにゃならんと思うがなぁ」

「何の話ですか！　わたしのことはどうでもいいんですよ！」

　ぐっと握り込んだ両手を振りながら若女将が叫ぶ。話を聞く限り、牛鬼にも落ち度はあったようだが、旅館の防衛という役割はしっかり果たしてくれたようだ。何の報酬もなく請け負ってくれた以上、俺には文句など言えない。

　被害はそれなりに大きかったようだが、群馬の大工天狗(てんぐ)に頼みさえすれば二つ返事で直してくれそうでもある。などと考えていると、

「まったく牛鬼様はいつもいつも……。真魚ちゃんも、せっかくお父さんが帰ってきたんだからお部屋に戻ってもいいんですよ？」

　彼女がそう言葉を続けたので、思わず俺は「えっ」と漏らしてしまった。

「待ってください。紺野さん、帰ってきてるんですか？」

「え？　ええ、そうですよ。戻るなり宿泊期間を延長したいと仰られて……。あっ、結ちゃんからもさっき連絡ありました。足の怪我は思ったより大したことなさそうです。薬をくださった河童様に感謝ですね」

　笑顔で報告してくる彼女をよそに、俺は複雑な想いを抱いてしまう。

　紺野さん……。どの面下げて、とまでは言わないが、まさか普通に戻ってくるとは思わなかった。童子たちに捕まり、尋問を受ける可能性は考えなかったのだろうか。

「……紺野さんはお部屋に？」

「はい。さすがに疲れたので眠ると仰ってましたが、何かご用でも？」

「いえ、別に用はないですが」

何と説明したものかと迷う。近いうちに和紗さんには全てを話す必要があるだろうが、真魚の同席だけは避けなければいけない。さて、どうするべきか……。

と、そのタイミングで大女将がこちらへやってきた。そしてリビングのテーブル上に流れるような手つきで人数分のお茶とお菓子を並べ、「おあげんせ」と目を細めながら勧めてくる。

さすが接客一筋で生きてきた大ベテランである。熟練の達人というよりもはや仙人といった貫禄(かんろく)だ。その隣に場所を移した真魚が、小さなおかきを口に入れながら言う。

「私、あっちの部屋には戻らない。お父さん嫌い」

「ええと、それはちょっと可哀想かも」と和紗さんが苦笑した。「あのね、お父さんにも何か事情があったんだと思うよ？　聞いてみたらどうかな」

「どうせ答えないいから、いい。子供は何も心配しなくていいとしか言わないよ」

紺野さんならそう答えそうなので、真魚の判断は正しいと感じる。……それに今まで得た情報から考えると、簡単に説明できるような内容でもない。

娘のために彼が無茶をしていることは間違いないだろう。加えて言えば、土蜘蛛衆に協力している以上、遠因的には中庭の崩壊を引き起こした張本人でもある。そう考えると真魚を白沢家で預かっている現状は悪くない。争いに巻き込む可能性が減るからだ。お菓子を食べてご満悦の少女に、続けて父親の元に戻るよう説得する和紗さんだったが、俺がこっそり袖を引いて目配せするとすぐにやめてくれた。持つべきものは察しのいい上司である。いや、この場合は察しのいい恋人というべきか？

ともあれ、だ。ひと悶着(もんちゃく)はあったものの、その後は概ね穏やかで温かい時間を過ごすことができた。旅館の見えない場所に被害が出ていないといいな、とときどき憂慮しながらではあったが。

その夜の宿泊予約件数は三件。一件目は連泊の紺野さんで、二件目は旅館を守るために残ってくれた凪人。そして最後の一件は、昼過ぎにかかってきた電話による飛び込み予約である。

ちなみに牛鬼は客ではないのでカウントしていないし、彼女が荒らした客室棟の一帯は安全確認が終わるまで使用禁止となった。経営的にはかなりの痛手であり、和紗さんが怒るのも仕方がないと今では思う。

ところで話を戻すが、元よりこの時期の客入りは良くはない。一般的に、旅館のオフシーズンは一月と二月だといわれるが、豪雪地帯の遠野では三月も十分に冬期。俺自身も三年前に長期滞在したので、客足の少なさはよく知っている。だから例年ならば妖怪絡みの騒動に巻き込まれたとしても、幾らか余裕をもって仕事を進められるはずだったのだが……。

ここ最近は何かがおかしい。こう言っては失礼かもしれないが、いろいろと癖の強いお客さんしか来ないのである。

というのも——

「久しいなぁ緒方くん！　元気にしていたか？　そういえば君の新刊、家のポストに届いていたよ。今度じっくり読ませてもらうからな！」

「あ……はい、ありがとうございます」

時間は流れて夕食時のこと。客室の座卓を挟んで向かい合うなり、壮年の男性が朗らかな笑みを浮かべてそう言った。たまらず目を伏せて恐縮してしまう。

さもありなん。俺にとっては永遠の憧憬を捧(ささ)げるべき相手だ。日本全国に知らぬ者はいないと言っても過言ではない大作家、〝烏丸(からすま)天明(てんめい)〟のご降臨である。

「あの、その……。今回も取材旅行ですか？」

緊張しつつ訊ねてみると、彼はすぐに「ああ」と答える。

「君なら当然知っているだろう？　最近、遠野で赤い妖怪が目撃されたって話を。ここんとこしばらく書斎にこもってたんだが、我慢できなくなって来てしまったよ」

「ああ、それで進藤さんはご一緒じゃないんですね……」

脳裏に自然と、職場のデスクで取り乱す進藤さんの姿が映し出された。彼は今頃大変な思いをしているだろう。こっそり教えてあげた方がいいのだろうか。

進藤久臣は、小説家としての俺の担当編集者であるが、最近は烏丸先生の担当もしているそうだ。いつも最低保証部数ぎりぎりの本しか出せない作家と、逆に桁違いの初版部数を叩き出す烏丸先生。そんな両極端に挟まれているせいか気苦労が絶えない様子である。硬いガラスだって温度差で割れたりするので、ご自愛願いたいものだ。

「おお、そういえば、去年の夏は進藤くんも一緒だったな。ついこの間のことのように感じるよ。あのときも緒方くんには世話になってしまったな」

「いえいえ。あのぐらいでしたら別に」

俺の記憶にもあの夏は鮮明に残っている。仕事の都合で進藤さんが東京へ戻らなくてはいけなくなり、しばらく俺が先生の相手を務めた一幕もあった。

あのときに知った先生の気性からすると、こうなったことはむしろ必然と言えるかもしれない。何しろ、彼の旺盛な創作意欲を支えているものの正体は、怪異全般に対する強烈な執着――すなわち愛なのだ。

いつか妖怪に会いたい一心で、怪しげなミイラを毎日枕元に置いて眠っていたほどの人なのである。遠野近辺で妖怪が目撃されたというニュースに、何の反応も見せない方がおかしい。この来訪は予想して然るべきだった。

なので、それはいいとして。

「……で、どうして紺野さんがこちらに？」

「ん？　おれか？」

つい最近、同じやりとりをした気がする。デジャブに苛まれながら訊ねた俺に、紺野さんは酒杯を傾けながら「実は……」と口を開く。

「烏丸先生とは面識があってな。以前、先生の著作が発表されたときに、仙台テレビで取材を組ませてもらったんだ。そのときにお話しさせていただく機会があって」

「懐かしいなぁ」

座卓の向かい側で烏丸先生は呟く。その視線は虚空を彷徨っているようだ。もう既に酔いが回っているのかもしれない。

「『火桜(ひざくら)』を書いたときだったな。あのときは、東北を回りながらいろいろなところでＰＲ活動をさせられたもんだ」

「おお、あの火桜の……！」

烏丸作品の純血のファンでもある俺は、思わず感嘆を口から漏らしてしまう。火桜はとんでもない本なのだ。古き英雄である〝坂上田村麻呂(さかのうえのたむらまろ)〟と、蝦夷の戦士〝阿弖流為(あてるい)〟の対決を描いた一大叙事詩であるだけでなく、そこに神々や妖怪の思惑も交錯していき、物語のラストまで読み終わったときにはかつてない感動に包まれたのを覚えている。

妖怪文学の金字塔であるだけでなく、歴史もの、戦記ものファンからも大好評だったあの名作は、紛れもなく烏丸先生の代表作の一つだろう。

「火桜、素晴らしい作品でした」と紺野さんが言うと、

「お世辞でも嬉しいよ。ほら、グラスが空だぞ」と烏丸先生がお酒を注ぐ。俺の知らない間にすっかり関係性が出来上がっているみたいだ。

「そういえば昨日、砥森山に登ってきたんですよ」

「ほう！　それはいいな！　どうだった？」

「ええ、いいところでした。坂上田村麻呂が頂上から蝦夷の集落を見下ろし、戦の勝利を神に祈願した場所。そこで初めてアテルイと邂逅（かいこう）を果たすんですよね」

「そうだ。実際に砥森山の頂上にはお宮があり、田村麻呂が立ち寄ったという言い伝えが残っているそうだな」

「はい。お宮自体は既になくなっていましたが、宮を守ることを役目とされた一族が『宮守』と名乗り、麓に住んでいたそうです。今でもあの辺りの地名は宮守ですね」

豊富な知識を披露する紺野さん。俺もその話は知っていたが、さすがに憧れの大作家の前で話す気にはなれなかった。間違いを指摘されたら怖いし、指摘されなくても誤っ

た知識を先生に植え付けてしまう可能性がある。あまりにも恐れ多い。

「そうか。その辺りのことに関しては、もう紺野くんの方が詳しそうだな。一つ書いたら一つ忘れる、最近はそんな感じだよ。年はとりたくないものだ」

「いえいえ。まだまだご壮健ではありませんか。どうぞお注ぎします」

手慣れた様子で献酒。そして返杯を受けていた。大人の世界である。まだ経験不足の俺ではこうはいかない。

どうやら性格上の相性もいいらしく、二人の会話はその後もぽんぽんと弾む。どこかで入っていかなければと考えていると、

「――緒方くんはどう思う？」

烏丸先生御自らが話を振ってきた。

「え、はい、そうですね」

会話に参加してはいないが内容は把握していたので、すぐに最適な回答を探す。

「東北地方にはどうして妖怪伝説が多いのか、そういうお話ですよね？」

「ああそうだ。緒方くんも、遠野に移住してそれなりの時間が経っていると聞いている。そんな君の目から見てどうだ？　何か発見はなかったか。というのも、今書いている話のテーマがまさにそれでな。東北地方が妖怪研究の〝特異点〟たる所以（ゆえん）は何か、そういうものなんだ」

「それならやはり、柳田國男の遠野物語の存在が大きかったように思います」

「もちろんだ。それを抜きにしては語れまい。しかしな、そもそも遠野物語に編纂された民話を、誰かが語り継いできたからだろう？　それらの発生はどこからだ。何が原因となって東北独自の文化が築かれていった？　どうして人々の生活の中に、こんなにも怪異の影がちらつくのか……」

そこでぐいっとビールを喉に流し込み、座卓の上にグラスを下ろすとさらに言葉を続ける。

「起源となるのは、およそ千二百年前に行われた蝦夷征伐……。私はそう考えている。さっき紺野くんに同じ問いかけをしたら、同じ答えを返したよ」

「その通り」

紺野さんはにこやかに答える。

「奈良時代の末期から平安初期にかけて起きた〝三十八年戦争〟。あれが全ての基点となったのは間違いないでしょう。緒方くんも当然知っているよな？　かつてこの地に、蝦夷と呼ばれる民族が住んでいたことくらいは」

「はい。まあ、一応は」

動揺を表に出さないよう答えた。彼は一体、どういうつもりなのだろう。恐らくその話題は、今回の騒動の核心に繋がるものだ。きっと土蜘蛛衆が蜂起した動機にも直結しているはず。空海の記憶を受け継いだ彼が、それを自ら口にする意味とは……。

よくわからないが、この場には烏丸先生の目もある。話に付き合うしかない。

「蝦夷とは、時の権力者と闘った、まつろわざる東北の人々のことかと」

「さすがに文学的な表現をするものだ。君の言う通り、朝廷に恭順せず討ち滅ぼされた民族のことだよ。しかしその際、朝廷は自らの側を正義であると主張するために、蝦夷を人ならざるものであるとした。鬼や化けた獣、土蜘蛛であるとしてな」

「そこに空海が絡んでくるんだったか。紺野くんの考えでは」

烏丸先生が問いかけると、彼は深くうなずきを返す。

蝦夷征伐に空海が絡むだって……？　そんな説は初めて聞いた。

けれどそれを提唱しているのは他ならぬ紺野さんだ。空海を神降ろしした彼ならば、歴史の裏に隠された真実を知っているのかもしれない。

「実は空海自身も、蝦夷の出身だという説があるんですよ」と彼。

「えっ？　そうなんですか？」

思わず素直に驚きを見せてしまった俺に、「そうだ」と答えて紺野さんは続ける。

「空海の本名は佐伯真魚（さえきまお）というんだが……佐伯氏というのは讃岐（さぬき）の出（で）でね」

「もちろん讃岐は四国の地名だ」

烏丸先生が補足する。

「当時の四国というのはほぼ流刑地のような扱いだったという。空海はそこの出だったとされているな」

「捕らえた蝦夷の民を讃岐に送っていたのでしょう。そして蝦夷の出身である空海は、そこで通訳のようなことをしていた」

当時、朝廷に属する人々と、蝦夷の者が操る言葉には大きな差異があったとのことだ。だから通訳が必要とされていた。

ちなみに〝佐伯〟という姓も、〝騒ぐ〟という単語からきているだなんて説があるらしい。蝦夷の者が喋る言葉は、朝廷の官吏たちにはただ騒いでいるようにしか聞こえなかったわけだ。

「さてここで問題だ、緒方くん」

酒に火照った顔色をして、紺野さんが訊ねてくる。

「佐伯氏は朝廷の要請を受けて蝦夷の捕虜を管理していた。つまり牢獄の中の牢名主のような存在だったわけだ。朝廷から見れば敵対部族の一員だが利用価値がある。だからある程度の身分を認められていた。……けどな、それっておかしくないか？　その後、空海は遣唐使という国家の代表に選ばれ、中国大陸に渡っている。そんな重役に任じられるだけの功績を、彼はどこで為したのだろうか」

「言われてみれば、確かに……」

通訳として使われてはいたものの、朝廷から見れば空海も被差別民族の一員。それがいきなり遣唐使に大抜擢(だいばってき)されたわけだ。その裏側にはどんな事情があったのだろうか。朝廷が空海を認めざるをえなかった、何かがあるとすれば——

「……もしかして、蝦夷征伐に尽力した、とかですか？」

「ああ、そういうことだろうな」

紺野さんが深くうなずく。

「もちろん証拠はない。そんな文献など残っていないしな。だが異例とも言える空海の大出世を鑑みれば、自(おの)ずと答えは出る。当時の朝廷にとって蝦夷は侮りがたい相手だった。実際、〝巣伏(すぶし)の戦い〟では大敗しているしな。しかし坂上田村麻呂が指揮をとった戦には勝利。蝦夷の族長であったアテルイに敗北を認めさせ、その後の和睦を勝ち取った。そこに空海が絡んでいたとすれば」

「通訳として征伐軍に同行し、アテルイを説得したってことですか」

「そうらしい」

烏丸先生から肯定の言葉と視線が飛んでくる。

それが事実ならば、確かに大きな功績だろう。……いや、ただの通訳でしかなかった空海がいきなり遣唐使に任じられる理由としては、他に考えられないほど相応(ふさわ)しいかもしれない。もしもその異文化コミュニケーション能力を買われたのだとしたら、全てがしっくりとくる気がするのだ。

「ただし、話はそこでは終わらない」

紺野さんが表情を変え、場の空気を引き締めるような声を出した。

「空海の活躍によって、蝦夷征伐は成功裏に終わった。だがここである事件が起こる。坂上田村麻呂が『降伏するなら命まではとらない』と約束したにも拘わらず、アテルイが配下を引き連れて都に出頭すると、朝廷は彼らを斬首刑に処してしまった」

「それが歴史的事実だ」と烏丸先生。「蝦夷の者からすれば、許されざる裏切り行為に見えたことだろう。田村麻呂は考え直すよう何度も掛け合ったが、一部の公卿の暴走を止められなかったとされている」

「しかしその騙し討ちのせいで、朝廷と蝦夷の間には深い溝が残りました。結果、大規模な征伐遠征が成功した後も、細々とした紛争はいつまでも続くことになる。都に本拠を置く権力者と、東北に棲まう者たちとの争いは、その後数百年にも亘って果てしなく続き……」

話し続けて喉が渇いたのか、もう一度グラスを大きく傾け、さらに。

「鬼や土蜘蛛、山人や天狗……。そういった存在が生まれた背景には、先住民族たちがまつろわぬ者として非業の死を遂げた過去がある。だから東北の地には怪異譚が多く残されているのでしょう。権力者たちが人でないものとして切り捨てていったから――」

重いトーンで放たれたその言葉に、思わず俺は顔を伏せてしまう。

遠野物語を読むだけでもその片鱗を感じとることはできる。あの本には怪異にまつわる数多のエピソードが収録されているにも拘わらず、〝鬼〟に関する話は一つもない。それは何故か。

かつての遠野の民こそが、鬼であったからだ。時の権力者に朝敵と見なされ、討ち倒されてきた被差別民族であったからだ。

「……空海は、どう考えていたんでしょうか」

訊ねてみるならここしかない。そう思いつつ口を開いた。

「アテルイを説得して降伏させたのは空海かもしれない。だとすれば、蝦夷にとっての真の仇は、空海だったことになりますよね？」

「しかし空海もまた、アテルイの処刑を不満に思っていたかもしれん」

と口にしたのは烏丸先生だ。

「説得した時点では命を助けたつもりだった。しかし朝廷はアテルイを処刑してしまう。そのせいで不満を持っただろう空海を、朝廷も持て余した可能性がある。なまじ功績者であるがゆえにな。だから遣唐使として国外に飛ばした線も考えられる」

大作家の含蓄のある考察に、紺野さんは「そうですね」と首肯を返す。

それが真実なのだとすると、彼が土蜘蛛衆に力を貸した理由もそこにあるのか。

高丸は千二百年前の恨みだと言っていた。それを晴らす機会をずっと待っていたのだとすれば、土蜘蛛衆はいわば蝦夷の亡霊。権力者に反逆し続けたまつろわぬ者たちが、今度は神の威光に縋る遠野妖怪を標的としているのか？　そんな単純な話でもなさそうだが……。

などと俺が考え込んでいる間に、話の流れはまた少し変わったようだ。

やはり烏丸先生にとって最大の関心事は妖怪らしい。千二百年前の闘争の真実よりも、現代に現れた妖怪の方が気になるみたいだ。なのでそこからは、例のニュースで報道された赤い妖怪に関する持論を展開し始めた。

「恐らくは河童、もしくはあかなめだろう」と言い出したときには、さすがは烏丸天明だと尊敬レベルが一段階上がる思いだった。

そのまま変わらぬペースでお酒が消費されつつも、ゆっくり夜は更けていく。

気付けば普通に会合を楽しんでしまっており、まだまだ尽きない話題に名残惜しさはあったものの、残念ながら俺には番頭としての仕事が残っている。だから、きりのいいところで場を辞去することとした。

帰り際にそっと顔を寄せてきた紺野さんが、「娘に戻ってくるよう伝えてくれないか」と囁いてきたときには返答に困った。本人の意思を尊重したいし、今の状況では白沢家に保護してもらっている方が安心だからだ。

「どうぞご自分でお伝えください。娘さんの決定に従いますので」

彼の心情を思うと意地悪だったかもしれないが、そう返すとすぐに頭を下げて廊下に出た。ちょっとした意趣返しが込められていたことは否定しない。

部屋の熱気に火照った体を冷まそうと窓に近づいていくと、ガラスに付着した夜露が外の寒さを如実に物語っていた。近いうちにまた雪が降りそうだ。

消灯作業を終えて自分の部屋に戻ると、何故か照明も暖房もつけっぱなしだった。

注意深く気配を探ってみると、かすかにアルコールの香りがする。ここで酒を呑むようなやつは河童しかいないが、一人で呑んでいたとも思えない。大人数で呑むなら牛鬼のところに行くはずだし……となると凪人を部屋に連れ込んで酒を勧めた可能性が高い。そう推理した。

時間帯から考えるに、ここにいない連中が揃って向かいそうな場所は一つしかない。なので箪笥（たんす）の抽斗（ひきだし）から着替えをとると、すぐに踵を返して廊下に出る。そして魂の洗濯場へと足を向けた。

暦の上では春だというのに、遠野の外気にそのつもりは微塵（みじん）もないらしい。吹きつけるような風は脱衣所の窓をがたがたと揺らし、一糸まとわぬ姿で屋外に出ようとする俺に「正気か？」と問いかけてくるようだ。

洗い場に出るとその傾向はさらに顕著になった。鋭利に研ぎ澄まされた冷気は肌を突き刺すようで、数秒たりともじっとしていられない。

それでも身をよじらせながら体を洗い終えると、白い靄の中に迷いなく足を進めていき、やがて湯船へと足を沈めていった。すると我知らず「ああ～」という感嘆の言葉が口から溢れ、湯気とともに空へ上っていく。

「――あれ、もう来たんだ」

案の定、彼らは露天風呂で待っていた。

「烏丸天明と話が弾んでいたみたいだから、もう少しかかると思ってたけど」

「先生は真面目だからなぁ。仕事を優先したってこったろ」

童子と河童が口々に言う。その背後の石造りの床の上では、岩盤浴をしながら空太の毛繕いを手伝う妖狐の姿があった。

湯船の対岸では綾斗が湯に浸かっており、さらにその隣で凪人も白い息を吐いていた。どうやらフルメンバーである。

「お仕事お疲れ様でした、緒方さん」

「お疲れ様です。凪人さんこそ……本当に随分お疲れみたいですね？」

「ええ。土蜘蛛の里ではゆったり湯船に浸かることもできなかったもので……タオルで体を拭くぐらいでしたよ。しかも水で」

苦い顔つきになりながらそう口にした。当時のことを思い出したのかもしれない。

「まあ陰陽師としては得るものも多かったですけど。ほぼ修行でしたね、あれは」

「はは……。まだいろいろと気掛かりかもしれませんが、休めるときにゆっくり休んでください」

「そうさせてもらいますよ。ふあぁ……」

肩まで湯の中に沈めると、さらに長く吐息を放つ。すると水面にさざ波が起きたのがわかった。本当に疲労が溜まっているみたいだ。せめて今夜はふかふかの布団で眠って欲しい。俺も土蜘蛛の里から帰った日には、死んだように眠ったものだ。翌日からすぐに、締め切りの迫った原稿と対決することにはなったけれど……。

そんな凪人を見つめる綾斗の顔も、いつになく長閑やかなものだ。口には出さずともずっと兄の身を案じていたに違いない。

「あ、そうそう。昼間に被害を確認してきたよ。牛鬼の」

とそこで童子が言った。片頬だけを吊り上げ、皮肉じみた笑みをこぼしながら。

「ありゃ駄目だ。いろいろと見えないところにガタがきてるし、大工天狗を呼んだ方がいいね。ちょっと時期は早いけど、あいつらには貸しがあるから平気だろ」

「そうだな。頼んでみるよ」

大工天狗の棟梁である〝羊太夫〟との関係は良好だ。例年通りなら五月頃には湯治にやってくるだろうが、事情を話せばすぐに来てくれると思う。本人が来られなくとも、弟子の誰かを送ってくれるはずだ。

「まったく困ったものだよ。僕の依代をえらい目に遭わせてくれて……。犯人の一味である紺野はどうしてんの？　烏丸天明の部屋にいたよね？」

「ああ、それな……」

当然ながら童子は紺野さんを警戒しており、行動の把握に努めているようだ。なので情報共有がてら、先程耳にした話をこの場で披露することにする。

「紺野さん自身の口から、空海に関する話が出たよ。それは――」

順序だてて彼の仮説――というよりほぼ経験談だと思うが、耳にしたそのままを口に出してみる。

そして全てを語り終わったあとで、凪人に目を向けて「あのう」と訊ねた。

「紺野さんの娘の真魚って名前、空海の幼名と一緒なんですよ。偶然ってことはないと思うんですが、神降ろししたのって最近のはずですよね？」

「ああ、言わんとすることはわかります。紺野さんは恐らく、元から空海様の因子を持っていたんでしょうね」

少々のぼせてきたのか凪人は立ち上がり、湯船の縁に腰かけて息を吐く。

「神降ろしって誰にでもできるわけじゃないんです。晴明様の場合は子孫限定でしたし、命がけでしたしね。だから空海様の場合も条件があるんだと思います」

空海の魂は即身仏となった際に、天へと還ることもなくその場で飛び散ってしまったらしい。その欠片の一つが、偶然紺野さんの身に宿っていたのではないか。生まれつき因子を宿していたからこそ、神降ろしにより記憶を継承することができたのではないか。だから無意識に真魚という名を選んだのではないか。凪人はそんな推論を口にする。

あと、これは余談だが、湯船の縁に腰をかけると怒られることがあるので注意が必要だ。あそこには頭を乗せる人も多いので、尻を置くなんてとんでもないと言う人もいる。俺自身は何とも思わないが。

それはともかく。

「……となると、紺野さんはある意味、空海の生まれ変わりってことになりますね」

「いやぁ、そう言われるのは不本意だと思うよ？　空海的には」

童子がにやにやとしながら言う。

「紺野が聞いたら憤慨するかもしれないね。だって仏教ってのは極論すれば、輪廻の環からの逸脱を目指すことを目的とした宗教だから。転生なんてとんでもない」

「えっ、そうなのか？」

「うん。日本仏教の輪廻思想においては、死後に魂が向かう世界は六つ。これを六道というんだけど、地獄道、餓鬼道、畜生道、阿修羅道、人間道、そして天道だ。良い悪いで分けると、人道と天道が善趣。他四つが悪趣とされる。ここら辺は他にも諸説あるんだけどね。それで――」

喜々として語り続ける彼。蘊蓄妖怪の本領発揮である。こうなると止まらないし誰にも止められない。

「空海が目指したのは即身成仏。つまり人間が現世の肉体を持ったままで悟りを開き、仏になることだ。もっと言えば、煩悩も執着も全てをあるがままに受け入れ、今の自分を肯定すること。人は既に仏であると認め、輪廻に戻る権利を放棄する。それが真なる救いだと主張していたわけだ。だから空海の生まれ変わりなんているはずがない」

空海は輪廻転生を、逃れられぬ苦しみだと認識していた。だからそこから脱する――すなわち解脱のために悟りを開けと訴えてきた。そんな空海自身の生まれ変わりがいたとしたら、確かにちょっと幻滅かもしれない。

即身仏となったときに魂が霧散したというのも、輪廻に還ることを拒否したためなのだろう。でもその飛沫が何の偶然か人の体に宿り、他の欠片と引き合うようにして一つになったわけだ。紺野さんが元々因子を持っており、そのおかげで神降ろしに成功したというのはそういう意味だ。

「そろそろ真面目に考えないとね」と童子は続ける。「真魚の真実ともいつかは向かい合わなきゃいけないだろうけど、優先順位としては低いかな。紺野は義理で土蜘蛛衆に手を貸しているだけで、僕らに直接敵対している自覚がない。だからこそすんなり戻ってこられたんだって感じがする」

「俺もそう思う。紺野さんの目的は、見鬼の結界を迷家荘に設置することだよな？」

「それについては本人も言っていた通り、もうある程度達成されてるんじゃないかな。今なら烏丸天明にすら、僕らの姿が見えてもおかしくないからね」

「そうなのか⁉」

驚いて大きく声を上げてしまった。すると童子は唇に人差し指を当てて「しーっ」と息を漏らす。

「そもそも土蜘蛛衆は、ここに牛鬼がいると知っていたはずだ。僕らだけを迷家荘から引き離しても、その隙に占拠できるかどうかは微妙なところだったはず。なら別動隊がよそに拠点を築いていてもおかしくない。どちらもが囮になるからね」

「待てよ。じゃあその拠点って……」

「多分、すぐ近所だろうね。だから今、迷家荘内ではまた一段階、妖怪の見えやすさが向上していると思う」

だとすると、紺野さんにとってはむしろ、土蜘蛛衆による占拠が失敗した現状こそが一番望ましいものだという可能性すらある。

「……いずれにせよ、土蜘蛛衆への対応が最優先か」

「うん。やつらは迷家荘を諦めていないだろうからね。そうだろう凪人？」

「ああ、間違いなく。他に拠点を築いたとしても、迷家荘ほど条件の揃った場所はないからね。……それにもう、彼らに帰る場所はないんだから」

土蜘蛛の里の結界は失われてしまった。それも彼ら自身の手で。

凪人が続けて話したところによると、里には穏健派の妖怪が多数残っているらしい。だが彼らと強硬派の関係は決裂しており、出て行った者を再び受け入れることはありえないそうだ。

となると自明である。遠野のどこかに潜伏しているだろう高丸たちは諦めない。何度撃退したとしても、また戦力を揃えて挑みかかってくるに違いない。ならば現状を打破する手段は一つだけ。

「こっちから打って出る」と童子が答えを示した。「そして土蜘蛛衆を一人残らず捕まえる。そうでもしなきゃ問題解消は不可能だ。でも僕らだけじゃ全然手が足りないよ。明日にでも協力を要請しに行く必要があるね」

「わかった」

覚悟を決めつつ俺はうなずく。ここまで状況が進行してしまった以上、もはや迷家荘単独での解決は至難だ。遠野妖怪たちに助力を請わねばならないし、しかもできるだけ早く対策を進めるべきだ。

だからここで引き続き、明日以降の予定と役割分担についても話し合うことにした。いささか長風呂にはなってしまったが。

真面目な話が続いたため、途中からついてこられなくなった空太は、凪人が喚（よ）び出した雷獣と河原で時間を潰し始めた。あと湯あたり気味の綾斗は、顔の上に濡れた手拭いを載せ、床に寝転んだ状態で話に参加していた。悪いことをしたと思う。

けれどその尊い犠牲の甲斐あって、かなり詳細に計画を詰めることができた。あとはそれを実行に移すのみ。方向性が明確に定まると、未来の展望に少しだけ光が差してきた気がした。

鉛を溶かしたような曇り空の下、今日も今日とて車を走らせる。

目的地は遠野郷八幡宮（とおのごうはちまんぐう）。今朝早く、妖狐を通じて八幡権現に面会を申し入れておいたので、今頃は他の大妖怪たちにも声をかけた上で、俺たちの訪問を待ってくれているだろう。持つべきものは権力者の友人だ。コネ万歳。

時刻は昼過ぎなので、同行メンバーも特殊仕様だ。特筆すべきは助手席に和紗さんが座っていることである。今回は迷家荘に実害が出てしまったため、彼女も完全に当事者だ。なので足を運んでいただくことにした。

あとは童子と牛鬼の二人。彼らは後部座席で眠たげに欠伸を放っているが、いざ会談が始まればしゃんと背筋を伸ばしてくれると信じている。頼むぞ。

本当は凪人や綾斗にも来てもらいたかったのだが、俺たちの留守中に迷家荘が襲撃される危険性が高いため、防衛のために残ってもらった。仕方がない。

さて、これまでの経緯を復習している間にも、車は八幡宮の駐車場に到着した。まだ日中なので当然のことながら他の参拝客の車もあり、社務所へと続く道にもちらほら人の姿が見える。

が、向かう先は結界に包まれた裏本殿なので問題はない。境内の外れに隠された細い道から小さな社に入り、八幡権現に招かれた者しか通り抜けられないという回廊を抜けていくと、彼の配下である兎妖怪が姿を現した。

いつも通り遊びに来たとでも思っているのか、その表情に緊張感はない。事態が事態なので緘口令を敷いているのだろうな、と考えているうちに兎妖怪は背を向け、すぐに奥の宮へと案内してくれた。

やがて通された八幡権現の居室には、先着していた大妖怪たちの放つ妖気が充満しており、思わず踵を返しかけた。何とか我慢したが。

「——待っていたぞ、座敷童子たちよ」

歓迎の言葉を投げかけてきたのはこの宮の主だ。白い着流しに身を包んだ長身の優男であり、遠野を統括する大妖怪の一人、八幡権現である。その正体は玉兎（ぎょくと）と呼ばれる兎の妖怪だそうだ。

衣服のみならず肌まで真っ白で、顎のラインも実にシャープ。長い黒髪を肩にさらりと流し、胸元で結わえている。頭からぴょんと飛び出た兎耳（うさぎみみ）がややミスマッチには思えるものの、それを除けば怖気（おぞけ）を震うほどの美男子と言える。

「話は聞いた。……が、大変なことになっているようだな」

続けて重低音に近い声を発したのは、半牛半人のミノタウロスだ。六角牛山（ろっこうしさん）を根城にする大妖怪、六角牛王である。筋骨隆々とした体軀（たいく）に平安貴族のような狩衣（かりぎぬ）を纏う巨漢なのだが、余程今回の事態を重く見ているのだろう、奥まで裂けた獰猛（どうもう）な口から焦燥のような息遣いが聞こえてくる。

「お待たせしてすみません」と俺はまず頭を下げた。

正直、未だに大妖怪と顔を合わせるのは怖いのだが、今日ばかりはそうも言っていられない。何故なら後ろに和紗さんがいるからだ。極力情けない姿は見せたくない。

と、そこで部屋の壁を背にして座る女性の姿が目に入る。

「あれ、乙姫（おとひめ）様も来てくださったんですか？」

「はぁ？」すると背後から声がした。牛鬼だ。「げっ、マジだ。くそババァがいるじゃねえか。まだ生きていやがったのかよ……」

「ちょっとあんた！　なんて言い草だい！」

憤慨したのは紫色の着物を着た女性、乙姫だ。非常に痩身ながら艶のある容貌をしており、煙管（きせる）を片手に妖艶な色気を漂わせている。

「おしめまで替えてやったあたしに、よくもそんな言葉を吐きかけられたもんだ。この恩知らず！」

「わしが頼んだわけじゃねぇ」牛鬼は言いながら前に進み、広間の一角にどかりと腰を下ろした。「その後のあんたのしごき、今でも夢に見るくらいだ。トラウマってやつだよ。恨んでねぇとでも思ってんのか」

「何言ってんだい。そのおかげでまだ現世にへばりついていられるんだろうが。筋違いも甚だしいよ。むしろ感謝しなって話だ」

どうやらいろいろと因縁のある関係性らしい。深く突っ込んで聞いてみたいが、それだけで今日の会談が終わってしまう気もする。ここは掘り下げず、後の楽しみにとっておく方がよさそうだ。

なので二人が揉めているうちに、さっさと席を決めて座ることにした。

八幡権現と六角牛王に軽く和紗さんを紹介し、自分で座布団を敷いて腰を落ち着けると、早速本題に入るべく口を開く。だがそこでまたもや、

「童子くんはこちらにいらっしゃいな。お姉さんの膝、貸してあげる」

「……いや、ちょっと遠慮したいんだけど」

自分の膝を叩いて呼ぶ乙姫と、心底嫌そうな顔でうめく童子。

忘れていたが、彼女はとても子供好きなのだ。しかも少年限定の。

「行け、童子」

「えええ……？」

話が進まないので、彼の肩を叩いて乙姫のもとへ向かわせた。童子もどうせ逃げ切れないと思っていたのか、特に抵抗することはなかった。

なにせ乙姫は強い。この場に集った大妖怪の中でも最年長だろう。だって酒呑童子の父親、伊吹童子(いぶきどうじ)と親交があったと本人が言っていたのだ。

そして伊吹童子の別名は〝八岐大蛇(やまたのおろち)〟。つまり乙姫自身も神話の時代の存在である。決して逆らっていい相手ではない。童子を生贄(いけにえ)に出すだけで済むなら儲(もう)けものだ。

「では早速状況説明を。昨日、迷家荘が襲撃を受けた件についてですが、その頃俺たちは別の場所に誘き出されていて――」

と、これまでの経緯を順序だてて説明していく。もちろん可能な限り詳細に、一切の虚飾を交えることもなく。

これから先、彼らには今まで以上に協力してもらわなければならない。だから不信感を抱かれるような行動は絶対に避けなければいけないのだ。

紺野さんの滞在を許している事実はマイナス要因だと思う。裏で土蜘蛛衆と繋がっているのではないかと疑われかねない。だから慎重に言葉を選び、誤解を招く表現を避け、全ての説明を終えると牛王が重苦しい吐息を吐いた。

「……むうう、想像以上に逼迫した状況だな」

「こちらにも報告が上がっている」と八幡権現。「あやかしが人に目撃されたと思われる事例も増えているし、土蜘蛛衆と思しき者どもとの遭遇報告も多数だ」

「急ぎ、対抗策を講じねばならんが……。相手がよりによって高丸とは……」

「ああ。あれは厄介だ。何より先に潰しておかねばな……」

何やら物騒な相談を始める二人。古い妖怪同士、どこかで面識があったのだろうか。気になって訊ねてみる。

「高丸という妖怪がどうかしましたか?」

「強い、という話だ」牛王が即座に答える。「まともにやり合うのは避けたい。こちらの被害がどれほどになるか想像もつかんからな。搦め手を考えねばなるまい」

「緒方よ、あやかしの強さはな、どれだけ多くの異名を持っているかで測れる」

八幡権現も後に続いた。

「それだけ多くの伝説に残っているということだからな。赤頭も〝小脛〟という別名を持っているが、高丸の異名の数は群を抜いて多いのだ。大高丸、大多鬼丸、悪事の高丸、八束、悪路王……そして〝大嶽丸〟」

「大嶽丸……？」

嘘だろ。冗談じゃないぞ。だってその名は――

「日本三大妖怪じゃないですか。あの高丸がそうなんですか……？」

本当によく無事だったな、河童のやつは……。今さらしみじみとそんなことを考えていると、目の前の大妖怪二名が「三大妖怪？」と小さく疑問の声を上げる。

「それに六角牛王は入っているのか」

「八幡権現は？」

「入ってません。……何かすみません」

落胆の表情を浮かべた二名に、とりあえず謝る俺。……あと離れたところからこちらをちらちら見てくる牛鬼と乙姫。あなたたちも入ってはいません。

日本三大妖怪とは、文化人類学者であり民俗学者でもある小松和彦が提唱した概念であり、酒呑童子、玉藻前、大嶽丸の三体を指し示す言葉だ。知らないうちにその全員と面識を持ってしまったことになる。よく無事に済んでるな、俺……。

「話を戻しましょう。高丸がかなり厄介な相手だということはわかりました。ではその目的は何だと思われますか？　お二方ならよくご存じなのでは？」

「それは、アテルイの仇討ちだろうよ」と牛王。

「間違いあるまい」八幡権現も重いトーンの声で追従する。「高丸と赤頭の二人はな、蝦夷の英雄、アテルイの親なのだ」

「親……？」

これまた予想外の事実が飛び出してきた。詳細を訊ねてみる。

「二人の息子ってことですか？　じゃあ高丸たちは子供を殺された恨みで……」

「そうだ。嘘か本当かは知らんが、高丸たちがあやかしとなった後から生まれた子供だそうだ。そのため生まれながらにして強大を妖力を持っていたという。だからこそ当時の朝廷軍を退けられたのだ」

「子供の仇……」ぽつりとそんな呟きが隣から聞こえてくる。和紗さんだ。「なら怒っておられるのも当然ですね……」

それが事実ならば、彼らが未だに復讐心を捨てきれない理由も理解はできる。家族を失った痛みは、どれだけの年月が流れても風化しないのだろう。しかし今はそこを掘り下げても仕方がない。むしろ訊ねるべきは……。

「それで思い出しましたが、アテルイと闘った田村麻呂は、伝説上では天女から神刀を授けられていますよね。あれって事実なんですか？」

「そりゃ本当のことだろうぜ」

答えたのは牛鬼だった。

「高丸自身から、何度も恨み言を聞いたからなぁ。神々の助力さえなければアテルイが負けることはなかったってよ。全部〝鈴鹿御前〟のせいだって」

――そうか。だからこその〝神の支配からの脱却〟だったのだ。

蝦夷征伐を成功させた坂上田村麻呂は、鈴鹿峠の盗賊退治に赴いた折に、鈴鹿御前という名の女性から刀を与えられたと伝承に残っている。

彼女は田村麻呂に神刀と神通力を与え、間接的にも直接的にも蝦夷征伐に力を貸したのだという。さらにはその後、田村麻呂の伴侶になって子供までもうけたとか。

それが史実だというのなら、いわば神の尖兵でもあった田村麻呂に我が子を殺された高丸たちの想いは……その憤怒はどれほどのものだっただろうか。

「……鈴鹿御前は本当に天女だったんですね？」

「高天原に確認はしておらん。が、余らが知る限りでは、そうだ」

八幡権現が断言する。その隣で牛王も深くうなずいた。

となると、土蜘蛛衆の主張も正当性を帯びてしまう。蝦夷征伐の裏側には神の関与があったのだ。そうでなければ妖力を持つアテルイに勝てなかったに違いない。

当時の情勢がわからないので、どちらが正義か悪かを断じることはできない。いや、全てを知っていたとしてもわからないだろう。戦争はそういうものなのだから。

「でもさ、だったら何で今なの？」

そこで新たな疑問を提示したのは、乙姫の膝に抱かれた座敷童子だった。

「千二百年前だよ？　その間、高丸たちはずっと恨みを忘れず耐えてきたんだよね？　でもやつらほどの力があれば復讐の機会だってあったはずだ。なのになんで土蜘蛛の里に引きこもってたのさ」

「ああ……そりゃあな……」

何やら言い辛そうに牛鬼が口を開く。そのせいで場の視線が全て彼女に集中した。咄嗟に呟いてしまったが本当は喋りたくない。そんな顔をしていたが、しばらくすると無言の圧力に負けたようだ。諦めたような表情になりながら「実は」と言う。

「……口止めされてたんだがよう。長いこと世話になってる旅館に被害が出たんじゃ、黙ったままでもいられねぇよな」

被害のほとんどは牛鬼のせいだが、その点に言及せずにいると彼女は続けた。

「アテルイが処刑された後に、蝦夷の巫女ってのが予言したんだってよ。千二百年後に全ての恨みを晴らす機会が訪れると。だからそれまで耐えろってよ」

「そうか、なるほどな……」

全てを悟ったかのように言葉を漏らしたのは、八幡権現だ。

「だからやつら、あんなにも予言獣に固執していたのか。千二百年が経過した今だからこそ、目の前に迫った闘いの結果を知るために」

そういうことだったのか……。俺の中でもすとんと全てが腑に落ちた。

五ヶ月前だってそうだ。土蜘蛛衆の強硬派が突然、それまでからは考えられないような暴力的手段に出て、牛鬼の屋敷を燃やすという事件が起きた。あれは未来予知を司る妖怪であるアマビエ――いや〝天彦〟が里を訪れた翌日のことだったはず。

「予言獣の力で勝利を確信し、それで攻めてきたってことか」

童子は呆れたように言う。

「我慢強いというか、執念深いというか……生真面目と言い換えてもいいかもしれないね。信じられないような気の長さだよ、ったく」

「まあ高丸はそうかもしれん」と牛王。「しかし全員が全員、復讐心を抱き続けてきたとは到底思えん。ただ暴れたいだけの者もいるだろう。むしろそれが大半かもしれんぞ？　ずっと待ちかねた祭りに参加する程度の気構えでな」

長き時を生きる妖怪にとって、もっとも性質の悪い病は〝退屈〟らしい。退屈から逃れるために彼らは田を耕し、食事をし、時には酒を呑んで賭け事に興じていた。ならばその手段に闘いを選んだ者がいるのも当たり前だと感じる。

「結局、暇つぶし目的ってことか。救えないね。そういうのが一番対処に困るんだよ。どんな説得も意味をなさないじゃないか」

顔をしかめつつ童子が呟いた言葉に、反応を返す者はいなかった。

だがその推察が恐らく事実であろうことは、きっと誰もが理解していたことだろう。部屋に堆積した静寂の重さが、それを裏付けているような気がした。

八幡宮を出て帰路についた途端、自然と大きな溜息がこぼれ落ちた。

時刻は午後三時を回ったところだ。ふと空を見上げれば会談の間に雲は晴れており、サイドミラーで跳ねた日差しが睡眠不足の脳を刺激してくる。一切の容赦もなく。

そんな状態で運転中の俺は、ややあって助手席の童子に疑問をぶつけることにした。六角牛王たちには最後まで訊ねられなかった事柄をだ。

「結局さ、俺たちはどうしたらいいんだろうな？」

「土蜘蛛衆の捜索と討伐はあっちでやるって言ってたからね。だったら専守防衛でいいんじゃない？」

童子も酷く眠そうな声で答えた。

「正直言うとがっかりだ。僕らが知らないだけで、もっと崇高な使命感に燃えてるのかもしれないと思ってたよ。なのに蓋を開けてみればこれだ。もう僕らの出る幕じゃない。勝手にやってろって話だ」

「そうかもしれないけど、狙われてるのは迷家荘なんだよな……」

きっと俺たちはこの問題から逃げることはできない。だけどいまいちモチベーションが上がらないのも確かだった。

実際、迷家荘に住んでいるからといって、遠野妖怪に味方しなければいけない理由はない。別に神の僕（しもべ）でもないし、土蜘蛛衆に敵視される理由はもっとない。ただ単に巻き込まれただけだということが先刻判明してしまった。だから後部座席の和紗さんも黙ったままなのだ。どうして、という想いが一番強いのは彼女だろう。

八幡権現や六角牛王は、遠野を統べる大妖怪であると同時に、高天原との折衝役でもある。だから神への復讐を掲げる土蜘蛛衆と闘う理由はあるが、彼らとて蝦夷戦争の頃には生まれてすらいなかった。その恨みを向けられるのも理不尽だし、本当の目的は暇潰しだと言われればいろいろ葛藤もあるだろう。だが立場上は先頭に立って闘う必要がある。治安を守るために。

彼らでさえそうなのだから、俺たちだって守るべきものを守るだけ。そう割り切らなければやっていられない。それが今の偽らざる心境だ。

「牛鬼様はどうされるんです？　土蜘蛛衆と闘われるんですか」

「そうだな……。どうしたもんかなぁ」

後部座席へと話を振ってみると、長い前髪の先を指で弄びながら彼女は答える。

「高丸や赤頭のことは、今でも家族同然だと思ってる。本当に高天原とやり合うことになりゃあ、手ぇ貸してやるのが筋ってもんだろうが……」

「里に残ってるやつらもいるだろ？」と童子。「そいつらを守って生きていくって道もあるんじゃないの？　今はもう結界もないんだしさ。闘いを選んだやつらは死んだって自業自得だろ」

「ああ。そりゃあおまえさんの言う通りだ。わしも正直迷ってるよ。……でもまぁ」

彼女はそこまで言ってから、隣の和紗さんの肩に手を置いた。

「先に借りは返さねぇとな。迷家荘を守るのが一番だ。それが終わるまでは誰にも力を貸すこたぁねぇ。おまえさんたち以外にはな」

「牛鬼様……」

思いがけぬ一言だったらしく、和紗さんの瞳が揺れ動いた。ちょっと涙腺にきちゃったのだろう。バックミラー越しにも目が潤んでいるのが見える。

と、そのときだ。

呆れるほどまっすぐに伸びた田舎道のはるか先に、三つの人影が並んで立っているのが見えたのだ。

しかもこちらに向けて手を振っているようだ。あれは一体……。

「――アカメ！　それに岩鬼！」

路肩に寄せて車を停めるなり、牛鬼がドアを開けて外に飛び出していく。

人影の正体は見覚えのある妖怪ばかりだった。紋付袴を着用した大柄な武士妖怪は、土蜘蛛衆の長老の一人で岩鬼。子供ほどの背丈のシルエットはあかなめのアカメだ。

「会いたかったぞ！　元気にしていたか？　うん、そうかそうか……！　苦労をかけたな……！」

道端でがしっと抱き合いながら、再会を喜び合う牛鬼たち三人。そんな暑苦しい姿を、いまいち事情が呑み込めていない様子で傍観する童子と和紗さんをよそに、残る二体の妖怪に向けて俺は話しかけていく。

「ええと、おまえ、なんでここに……？」

「くはははは！　緒方よ、水臭いことを言うでない。友の窮地に駆けつけるのは当然のことだ。どうだ嬉しいか？　オレ様が来てやったぞ！」

開口一番、不敵な高笑いを響かせた男の容姿は、悔しいが美形と言う他はない。

緑色の和服に袖なしの羽織を重ねた痩身の青年なのだが、細面で鼻は高く、目尻は切れ長で眼光は鋭い。さらに、腰まで伸びた黒髪の生え際からは小ぶりな二本の角が突き出ており、全身から漂うワイルドな空気感に神秘性のアクセントを加えている。

彼の名は酒呑童子。日本三大妖怪の一人であり、俺の個人的な友人でもである。

「助けにきてくれたってことか？　じゃあ大体の事情は……」

「ああ、道中こいつに聞いた」と、隣の小さな老人の肩に手を置きながら言う。「先週、東京から出てきたんだが、ちょっと寄り道してたら偶然こいつらに会って――」

話を要約するとこうなる。彼は東京から北に向かうトラックの荷台に忍び込んだのだが、乗り過ごして盛岡まで行ってしまったそうだ。そこから徒歩で南下する途中、土蜘蛛の里周辺で岩鬼たちに遭遇したのだという。そして彼らが遠野へ向かうと聞き、これ幸いと一緒に付いてきたらしい。

「……家出か？　舞原（まいばら）さんと喧嘩でもしたのか？」

「う、うるせぇな！」図星だったのか、酒呑はわかりやすく顔色を変えた。「喧嘩なんかしてねぇし、オレ様は悪くねぇ。玲奈（れいな）が忙し過ぎるのが悪ぃんだ！」

彼の契約主である舞原玲奈さんは、今をときめく人気女優である。昨年の夏に公開された映画、『まれびとの花宿』で主演を務めたことから一気に知名度が上がり、最近はテレビのバラエティ番組などにもよく出演している。

「じゃあ舞原さんが多忙だから、かまってくれないことに拗（す）ねて家を出てきたと」

「拗ねてねぇよ！　無言の抗議だ！　男は背中でものを語るんだよ！」

台詞の威勢はすこぶる良いが、内容はかなり情けない。でも相変わらずのようで安心した。酒呑童子はこうでなければ。

　ともあれ経緯は理解したので、彼の隣で苦笑している老人に目を向ける。質素な黒袈裟を着用し、綺麗に頭を丸めた法師のような風貌の男性だ。

「……あの、お久しぶりです。俺のこと、わかりますか？」

「もちろんでございますよ」

　両目を布で覆い隠した彼は、全て承知の上といった表情で首肯する。

「牛鬼様の屋敷でお会いしましたな、元座敷童子殿。あと川べりの賭博小屋でも」

「はい、その通りです。あのときはこの姿じゃありませんでしたけど」

「ふふふ。私は盲目ではありますが、視力は良い方ですのでね。見れば本質がわかるのですよ。魂の形と言ってもいいですが」

　彼の名は目目連（もくもくれん）。その正体は碁盤、もしくは家屋に宿る付喪神であるという。特性は格子状の線が交わったところ――碁の目や障子の交点のような場所に、任意に眼球を出せるというものだ。ただどうやらその視覚自体も特別に鋭敏らしい。

「もしかしてその目の力で、俺たちの居場所を探り当てたんですか」

「ええ。この地点を車で通りかかることはわかっておりました。以前、アカメさんには申し訳ないことをしてしまったので、牛鬼様のもとへお連れしたいと思いまして――」

　土蜘蛛衆の拠点に囚（とら）われていたアカメを、酒呑童子や岩鬼とともに救出し、その足でここまでやってきたとのことだ。

「酒呑童子様とはちょっとした面識がありましてね。お力を貸していただきました」

目目連がそう言うと、酒呑はにやりと笑みを浮かべつつ、尊大な態度でうなずいた。両者の間にどんな因縁があるのかは知らないが、二人とも魔眼を持つ妖怪だ。その部分で過去に接点があったのかもしれない。

「でもそれだと、仲間を裏切ることになったわけですよね？」

彼らの能力を考えると、アカメの救出自体は簡単にできそうではある。しかし目目連は土蜘蛛衆の、しかも〝彼岸村勢〟と呼ばれる強硬派の一員だったはずだ。

「俺が聞くのはちょっと違うかもしれませんが……大丈夫なんですか？」

「まあ確かに。見ようによっては裏切り行為にも映るでしょうが」

穏やかな声色のまま、彼は続ける。

「里を出てきた者たちは皆、抗争以外の道はないと思い込んでいるようですが……私はそうは思いません。あなた方なら、きっと他の道を見出してくれるのではないかと」

「俺たちなら、ですか？」

「見る目はある方ですので。これでも」目目連が皺深い顔で微笑む。「それに、私には私の目的がありましてね。争いなどしなくとも達成できるはずなのですよ。だから土蜘蛛衆とは袂を分かつと決めました。容易く寝返った者を信じられないというお気持ちはわかりますが」

「いいえ、俺は信じますよ。前にも助けていただきましたし」

それは土蜘蛛の里にいた頃の話だ。がしゃどくろの襲撃を受け、意識を失った俺が目を覚ましたのは牢獄の中だった。そこで目目連は牢番に名乗りを上げ、その上で役目を放棄し、結果として俺を逃がしてくれたのだ。

そのことに対する礼を改めて口にすると、「借りを返しただけですよ」と彼は答える。やはり良い人のようだ。こんな人がどうして今まで強硬派に手を貸していたのだろう。彼の目的とは一体何なのか。そう考えていると――

「――――っ!?」

瞬間、眼前を透明な何かが通り過ぎた。

恐ろしいほどの速度で、風を切り裂いて何かが飛んできたみたいだ。俺にはそうとしか認識できなかったが、数瞬の後、衝撃的な光景に瞠目することになる。

異変が起きたのは目目連だ。驚愕を貼り付けた顔のまま、彼の上半身と下半身が徐々にずれていき、やがて分割されて倒れ伏してしまったのである。

信じられない想いから何度も瞬きをする。あたかも豆腐を切るかのような手軽さで、目の前で命が奪われた。しかもこの目にしっかりと焼き付けてしまった。

凄惨過ぎるその事実に、恐怖よりも激しい怒りが込み上げてくる。だって理不尽ではないか。あの気の良い老人が何をしたというのか。彼を無慈悲に殺害する正当な理由がどこにあったというのか。

恐らくあれは、不可視の斬撃だったのだろう。見えない何かが飛んできた方向に目を向けると、やはり、やつがいた。

「なんて、ことを――」

感情の昂ぶりを抑えきれず、それだけ口に出すのがやっとである。

少し離れた場所で電柱の上に直立し、こちらを睥睨（へいげい）しているのは高丸だ。晴れ間から差し込む陽光に白刃を煌めかせ、残心を見せつけている。まさか白昼堂々と襲撃を仕掛けてくるなんて……。

目の奥がちりちりと熱を持ち、鼻の奥がつんとする。どうやら見誤っていたようだ。やつらの覚悟の重さと、仲間だったはずの目目連を斬り捨てるほどの非道さを――

「てめぇっ！　いきなり何しやがる！」

たちまち酒呑が激怒の咆哮（ほうこう）を上げた。その声を聞いてようやく事態を把握したのか、童子や和紗さん、牛鬼たちの視線も集まってくる。

「……ふん、何を憤っておるのか。我は裏切り者を粛清したまで」

だがまるで悪びれず、能面のように無表情のまま高丸は答えた。

「それよりも、だ。貴様らは己が身を案じるべきだ。小者を斬り捨てた程度で終わると思うか？　この期に及んで、我に人が斬れぬなどと高をくくっておるのなら」

　言いつつ、ゆっくりと太刀を上段に構えていく。

　昨日は気付かなかったが、俺の知る日本刀よりも反りが浅く、柄の先も手前側に少し曲がっているようだ。あれがもしや、蝦夷の戦士が用いたという蕨手刀なのだろうか。

「笑わせんな！　てめぇは止まってろ！」

　酒呑が裂帛の気合を向けると、高丸の周囲の空気がぐにゃりと歪んだのが見えた。恐らくは魔眼が発動したのだろう。視界に映る全ての物体の動きを問答無用で静止させるという、反則級の異能である。

　それを受け、ぐっ、と一瞬うめき声を漏らした高丸だったが、すぐにその体を白い霧が覆い隠していく。

「なっ⁉　汚ねぇぞ！　隠れんじゃねぇよ！」

「貴様に言われる筋合いはない！　では、参る――」

　魔眼の力は直接見たものにしか作用しない。その証拠に、霧の一部はその場で静止しているが、内部の高丸は明らかに移動していた。

　ただ、再び斬撃を飛ばせば霧の盾を切り裂くことにもなり、再び酒呑の力に晒されるはめになるはずだ。だからか、やつは一度電柱の裏側に下りて身を隠し、全く別の方向に弾丸のような速度で走り始めた。真っ白な尾を引きながら。

となると狙いはこちらではない？　……そうか。やつは『裏切り者を粛清した』と言った。優先目標がそれだとするなら、次に狙われるのは……。

「こ、こっちか⁉」

アカメが悲鳴のように言うが、足が震えて逃げ出せないらしい。離反者が狙われるというなら彼と岩鬼が一番危ない。近くにいた牛鬼が咄嗟に前に出て、体で斬撃から庇おうとするが——

「——駄目ですっ！」

なんと驚くべきことに。桜色の着物を着た女性が、両腕を広げながら渦中に飛び込んできた。和紗さんだ。

多分、先程の牛鬼の言葉が嬉しかったのだろう。だから守らなければいけないと考えたに違いない。もしくは、八幡宮での会談であまり益になる発言ができなかったと気に病んでいたのかもしれない。そんなの当たり前なのに……。

みるみるうちに彼女へと、霧に包まれた高丸が肉薄していく。するとまるで時の流れに狂いが生じたように、目の前の光景がスローモーションになった。駄目だ、遠すぎる。このままでは止められない。

本当に助けられないのかと、目を閉じかけたそのとき。

「斬るなっ！」

一際力強い声が響いた途端、全てのものの動きが止まった。

ぴたりと高丸も静止していた。振り下ろした刃を和紗さんの直前で止めた彼は、切り裂かれた霧の隙間で、大きくその目を見開いていた。自分でも何故刀を止めてしまったのかわからないとでもいうふうに。

「そうだ、それでいい。わかるはずだ。あんたには和紗は斬れないと」

冷静な口調で言いながら、誰かがそこへ近付いていく。

その人物は誰あろう、この場で最も闘う力を持たない少年、座敷童子だった。

ふう、と彼が一つ息をつくと、酒呑が再び魔眼を発動して高丸に浴びせ、牛鬼が和紗さんを庇うように抱きしめる。その頃にようやく俺もその場に駆けつけることができて、止まった刃と彼女たちの間に自分の体を滑り込ませた。

「もう大丈夫だ。和紗に手を出したのが、運の尽きってやつだね」

童子は平然とした顔で言葉を続ける。

「なあ高丸。あんた、アテルイの父親なんだってね。子供の仇を討つために闘ってるんだろう？　なら絶対に斬れないよ。和紗はあんたの、遠い子孫なんだから」

「…………何、だと？」

高丸が唇を震わせるようにして呟く。刀の握り手も少し震えていた。酒呑の力を受けながらもまだ喋れることに驚くが、さすがは三大妖怪同士といったところか。

そこへ童子が畳みかけるように告げる。

「昨日からそれは予想していた。雷獣が閃光を放ったときに、誰かがくしゃみをしたのがわかったからね。あれってあんただよね？」

「……くしゃみ？　それが、どうかしたのか。アテルイと何の関係がある」

「大アリさ。強い光刺激によってくしゃみが出る現象のことをね、〝光くしゃみ反射〟と呼ぶんだ。これは優性遺伝として、子孫に伝わるという特性がある」

「遺伝、だと……？」

「そうだよ。そしてそれを本能的に理解したからこそ、あんたには斬れなかった」

にやりと笑みを浮かべながら、童子は勝ち誇った目で高丸を見る。自分の方が優位に立ったと確信したときの彼の仕草である。

実を言うと、俺も光くしゃみ反射については知っていた。数日前に和紗さんが言っていたことについて、自分なりに調べていたのだ。

以前、東北地方でアンケートをとったところ、『まぶしい光を見るとくしゃみが出る』と答えた人は、なんと全体の四分の一にも及んだそうだ。これは驚異的な数値である。実はかなり一般的な遺伝的要素らしい。だからもちろんそれだけを証拠として和紗さんがアテルイの——ひいては高丸と赤頭の子孫であると断じることはできないが、可能性はあると思っていた。それを奇しくも高丸自身が証明してしまったわけだ。

「妖怪は人を害してはならない。この不文律がどうしてあるか、長生きしているあんたが知らないわけないよね？」

「………」

ついに沈黙してしまう高丸。彼は知っているのだ。妖怪が人を傷つけないようにしているのは、誰の子孫かわからないからだと。

　寿命の楔から解き放たれ、長き時を生きる彼らだからこそのルールである。何故なら今、刃を向けている相手は自分の子孫かもしれない。そうでなくとも、交流のある他の妖怪の子孫かもしれない。どんなに大きな川の源流だって遡れば水の一雫なのだから、現代に生きる人々のほとんどは誰かの末裔（まつえい）であり、傷つけてはならない存在なのだ。

「……ふん」

しばし逡巡（しゅんじゅん）を見せた後で鼻を鳴らすと、高丸は再び自らを霧で包み込み、少し離れた場所へと移動した。それから刀を収めて言う。

「斬るまでもなかろう。多少の裏切り者が出ようと、我らはもう止まらぬからな」

「あはは、そうかそうか。もっと早く気付いて欲しかったね、その事実に」

　ここぞとばかりに皮肉を投げかける童子。

「じゃあ解散でいいかな？　そっちがこれ以上手を出さないなら、僕らも見逃してあげるとするよ。それでいいかい？　いいよね？」

「よくねぇ！」と声を上げたのは牛鬼だ。「そいつは里のもんに手ぇ出しやがったんだ！　いくら古馴染みとはいえ――」

犬歯を剝き出しにして怒気を飛ばすと、高丸は目を逸らした。さすがに牛鬼に対しては別の感情があるのか、素早い動作でバックステップ。さらに距離をとる。

そして結局、肯定も否定も返さぬまま、軽やかに空を舞うようにしてその場から立ち去っていった。後を追おうにも既にかなり離れている。もうすぐ背中も見えなくなってしまうだろう。

ならば仕返しなんてどうでもいい。俺にとって今考えるべきことは、アスファルト道に倒れ伏した小柄な老人の安否だけ。

いくら妖怪だといっても重傷には違いない。果たして彼の、命の行方は――

「――いやぁ、一時はどうなることかと。刀で斬られたのは何百年振りでしょうか」

朗らかな笑い声を上げる目目連を見ながら、心底呆れ返ったのは数十分後のことだ。いろいろと気を揉んでしまった自分が馬鹿馬鹿しく思えてくる。

彼が人間なら当然即死だったのだろうが、やはり妖怪はズルい。非常識な存在に常識は通じないわけだ。しかもよくよく確認してみると、体の大部分を構成している材質は木だった。さすがは碁盤の付喪神というべきだろうか。

ただし、放っておいても目に見える速度で自己治癒するわけではないらしい。なので旅館に帰って彼を床に横たえた後で、みんなで治療方針の策定にあたった。

当初は河童謹製の妙薬にて治療……というよりも修復作業を行おうとしたのだが、彼自身が『木工用の接着剤でいいですよ』と助言してくれたので従うことにした。

言われるままに接着剤を塗って体をくっつけると、紐で縛って全体を固定。その上で乾くまで放置していたところ、みるみるうちに顔色が良くなってきて、呼吸も安定した。どうやらもう心配はいらないらしい。

しばらく安静にしてくださいね、と言い置いて、牛鬼や酒呑童子たちと共に部屋を後にする。怪我の具合はともかく、旅の疲れもあるだろう。

揃って廊下に出たところで、牛鬼が「あのよ」と口に出した。

「わしの部屋にこいつらを呼んでもいいか？　いろいろと事情を聞きたいしよ」

「ええ、構いません。俺はそろそろ仕事に戻らないと……」

腕時計を見ると、時刻は午後六時を回っていた。和紗さんが一足先に事務所に戻っているとはいえ、夕食時には慌ただしくなるだろう。さすがに任せきりにはできない。

「あとでお話を伺うとは思いますが、しばらく牛鬼様にお任せしますね」

「ああ、ちゃんと事情聴取しとくぜ。久しぶりにこいつとも話をしたいしな」

と言って、隣の酒呑童子の肩に腕を乗せる。どうやらこの二人も面識があるらしい。ぱっと見たところ和服を着た美青年が二人、仲睦まじく微笑を交わし合っているようだが実際には違う。牛鬼は女性だ。

もしも舞原さんがこの光景を見たら、きっと憤慨するに違いない。酒呑童子の能天気な顔が一転して蒼白になるところを想像してしまう。

「くははは！　じゃあ久しぶりに一杯やるか！　おまえの奢りで！」

「残念ながらわしには金がねぇんだよ。立て替えといてくれるか？」

「オレ様だって素寒貧よ！　わざわざおまえの部下を連れてきてやったんだから、そのくらい何とか……」

「無理無理。むしろ借金があるくらいでな。誰か他に誘えそうなやつは――」

顔を寄せあってこそこそ相談しだす二人。他人事ながら、その距離感は是正した方がいいと思う。

舞原さんはそのうち彼を追って迷家荘に来るだろう。修羅場にならなければいいが、と思うが多分そうなる。酒呑童子はそういう星の下に生まれている気がするのだ。このビジョンは近いうちに現実のものとなるだろう。

ともあれ、俺が今やるべきことは番頭業務への復帰だ。お金の無心をされないうちにこの場を離れるべく踵を返し、「ではごゆっくり」と言い残して廊下を進んでいく。

そして突き当たりまで歩いたところで、

「──先生、大変だよ！」

何やら慌てたような声に呼び止められた。

咄嗟にその方向に目をやると、息をきらせた童子の姿がある。

いつも冷静沈着な彼のその狼狽ぶりに、嫌な予感が込み上げてくるのを止められない。

だが訊かずにもいられなかった。

「どうした？　何があった」

「だから大変なんだって！　白沢家の玄関で、真魚が──」

そう言いながら、ぱっと彼は俺の手をとる。見た方が早いと言わんばかりに、強引に引っ張ってどこかへ誘導しようとする。

向かう先は事務所脇の勝手口のようだ。それを抜けた先にある白沢家の本宅で何かが起きているらしいが、今度は一体何が……？

彼の様子からして、一分一秒を争う事態のようだが、いろいろな出来事が立て続けに起こり過ぎて目が回りそうだ。もう少し手加減して欲しい、と叶わぬ願いを胸に抱きながらも、俺は新たなる事件の現場へと向かった。

二人で白沢家の玄関へと近づいたそのとき、予想だにしない光景を目の当たりにしてしまった俺は、たまらず足を止めるなりその場で絶句した。

夕焼けに赤く染められた地面に立ち尽くす少女。その小さな体に縋り付くようにして号泣する、酷く痩せた中年女性のものと思われる背中。そして傍らから二人を呆然と見つめ続ける和紗さん。現場の構図を簡潔に説明するとそうなる。

事の背景から考えると、中年女性の正体は真魚の母親に違いない。だとすればやはり、真魚という少女は既に……。

いや、憶測だけで判断するのはよくない。訊ねてみよう。

「……童子。おまえの見解は？」

持つべきものは聡明な相棒である。彼なら正確に現状を把握しているはずだ。

「あの人は真魚ちゃんの母親だよな。となるとやっぱり……」

「まあね、いつかこうなるだろうと予想はしていたよ。事前に想定していたケースの中では、最悪の一歩手前だけど」

やれやれ、と首を振りながら空笑いを浮かべ、数秒の沈黙を挟んで童子は答える。

「今さら言うまでもないことだけど——真魚は既に故人だった、ってこと」

「そうだよな……」

薄々考えていたことではあるが、改めて言葉にされると重みが違った。これまで目を逸らしていた現実を直視する必要に迫られ、俺は頭を抱えたい気分になる。

一方、傍で話を聞いていた和紗さんにとっては寝耳に水の話だったようだ。真実を知ったその衝撃のせいで、口を半開きにしたまま固まってしまった。

そんな彼女の様子を見かねたのか、童子が「いいかい？」と優しく語りかけるように続ける。

「和紗は覚えていないか？　今の真魚の姿は、三年前に見たあの少女とほとんど同じなんだよ。でも成長期の女の子が、三年経っても同じ姿だなんてことはありえない」

「そんな……。じゃあ、本当に？」

「いつ死んだのかは知らないよ。でも多分、もうそれなりに時間が経ってる」

まるで抑揚のない彼の声が響くと、場の空気がどんどん重みを増してくるようだ。

自然と脳裏に、三年前の出来事が蘇ってくる。確か遠野駅前で、転がってきた水筒の蓋が俺の靴先に当たったのだ。それを拾って手渡した相手が真魚だった。

……ん？　いや、待て。

思えば一度きりだ。俺が彼女に出会ったのはその一度きり。同じ旅館に泊まっていると知ったのは翌日であり、そのとき彼女は母親と一緒に外出していたはずだ。

つまり、である。数分にも満たない短い時間しか、俺はこの少女を見ていない。当時仲居をしていた和紗さんよりもはるかに接点が少なかったわけだ。なのにどうして言い切ることができるのか。真魚が、あのときの少女と同一人物だと。

「——気付いたみたいだね」

心の中を見透かしたような目で俺を見ながら、童子が言う。

「そう。もう一つだけ可能性はあったんだ。三年前に紺野が連れていた少女と真魚が、別人だという可能性がね」

少女を抱き締めながら泣いている女性が、母親であることに間違いはない。慟哭にも近いその声を聞けば疑う余地などないとわかる。顔色も白を通り越して青いくらいだ。死に分かれた娘に何らかの奇跡が起きて、もう一度出会うことができた。だからこその望陀の涙だ。その心情は察するにあまりあるが……。

だとすると真魚は一体？　俺が三年前に会ったあの少女は？　紺野さんの本当の目的とは——

「……さて、ようやく来たらしい。重役出勤ってやつかな」

そう言って振り向いた童子に倣い、同じ方向に視線を向ける。

すると、旅館の玄関から誰かが出てきて、こちらに歩み寄ってくるのが見えた。逆光のせいで表情こそ見えないが、その人物は黒革のジャンパーを着用しており、逞しい体つきをしている。紛れもなく紺野さんだ。

そして、さらにその後ろに続いて、一人の少女が姿を現した。

真魚よりも少しだけ大人に見えるその女の子は……恐らくは彼女の妹なのだろう。

確かに、真魚があと三年ほど成長すればああなったに違いない。だが死者の体が成育することはない。妖怪のような異形へと変化しない限り、いつまでも死んだときの姿のままなのだ。

「紺野さん……」

名前を呼んだ俺には何の反応も返さず、彼は抱擁を続ける母子に目を向ける。

そして唇を震わせるようにして、消え入りそうな声で呟いた。

「――ようやく叶った。本当に良かったよ。会わせてやれて、本当に……」

いつしか彼の瞳からもまた、止めどなく涙が流れていた。

ああ、そうか。きっとそうなのだ。

この人は全てを知った上で、全てをなげうつ覚悟で力を尽くしてきたに違いない。

そう……。現代に蘇った空海は、ただ家族の心を救うためだけに行動していた。この再会の瞬間を成立させるためだけに奇跡を起こしたのである。下手をすれば世界の条理すら歪みかねない、一人の人間の身には余るほどの大それた奇跡を……。

だが、何年もの時を経てようやく巡り会ったであろう家族の、その誰もが涙する姿を目にしてしまえば責められない。それどころかこの時間を何とかして守ってやりたいと、そのときの俺は思ってしまったのだった。

やがて遠野三山の向こう側に西日が沈み、夜闇が茅葺き門を群青色に染めてもなお、彼らは同じ場所に立ち尽くしていた。……いや、母親の慟哭が止まるまで誰もその場を動けなかったという方が正しい。

一人の人間の心情としては、奇跡を乗り越えて繋がれた家族愛に水を差す真似はしたくない。しかし哀しいかな、俺は旅館従業員であり、夕食時はすぐ目の前にまで迫っていたのだ。足音に気をつけながら、席を外さざるを得なかった。

その後も何度か様子を見に行こうと考えたが、紺野親子を除いた他の宿泊客への対応を終えるまで自由に動くことは叶わず……全てが終わったのは二時間後のことだった。

「──こんなところに一人で、どうされたんです」

崩壊した中庭の外れに置かれたベンチに、誰かがぽつんと腰かけている。それが紺野さんだと理解したとき、声をかけずにはいられなかった。

「ご家族のもとへ、戻られた方がよろしいのでは？」

「ふん……どの面を下げてだ？　おれには無理だよ」

そんな台詞を口にしつつも、何かをやりきったような爽やかな笑顔をみせる彼。

「良い父親じゃなかったし、良い夫でもなかった。そんなことは自分が一番よくわかってる。だからここでいいんだよ」

「俺にはよくわかりませんが」

詳しい事情を訊ねるため、彼の隣へと腰を下ろす。すると、その視線がまっすぐ伸びた先に、照明の灯った客室の一つが見えた。

あの部屋の中ではまだ、母と娘の語らいが続いているだろう。耳を澄ますと楽し気な声が聞こえてくるようだ。姉妹の会話も弾んでいるかもしれない。彼女たちが会えなかった時間は、きっとそれだけ長かったのだから。

「訊いていいですか」とやがて口を開く。「娘さん……真魚さんが亡くなったのは何年前なのですか？」

「ああ、それか。……もう九年も前のことだよ」

呟くようなトーンの声で、彼はゆっくりと語り始める。

「いつものように学校に行って、授業でプールに入って、昼の給食を食べて……そしたらいきなり苦しみ始めて、倒れたらしい。……でな、死体を解剖した医者が言ったんだ。先天性の心疾患があったみたいです、ってな」

真魚の死因は心不全。ほぼ突然死に近い状態だったそうだ。

しかし娘の心臓に疾患があることなど、紺野さんは知らなかった。それどころか夢にも思っていなかったらしい。

「当時のおれは仕事人間だった。娘を可愛いと思ったこともなくてな。家庭のことは妻に任せきりで、仕事場に泊まり込んで家に帰らないなんてザラだった」

真魚が死んだその頃には、既に次女は生まれていたそうだ。だが六歳も年の差がある理由は、彼が家庭を顧みなかったことと関係があるのかもしれない。

「でもな、あの子が死んで、心にぽっかり穴が空いたような気になって……それを埋めるために千草に愛情を注ぐようになった。真魚の分まで健康に生きてくれ、とな。我ながら極端だとは思うが、今度は過保護になりすぎたみたいだ」

その千草という次女こそが、三年前に俺が出会った少女に違いない。確かにあの頃の紺野さんは、娘に並々ならぬ愛情を注いでいるように見えた。

しかしその後、また状況が一変する出来事が起きたらしい。

「今から二年前だ。通勤帰りのことだったよ。車で信号待ちをしていると、そこへ真横から居眠り運転のトラックが突っ込んできたんだ」

「交通事故ですか」

助手席シートが完全に潰れ、もはや原形がなくなるほどの衝撃だったらしい。

車内に頭部を打ち付けて流血し、意識を失った彼は病院に担ぎこまれた。そしてそのときに、見たそうだ。

「手を差し伸べてくれたんだ。小さな手を……」

言いながら彼は右手を持ち上げ、掌を上に向けてわなわなと震わせる。

「真魚が……死んだはずのあの子が言ったんだ。死なないで。お願いだから生きてくれと……。そして必死に手を引っ張ってくれた。だからおれは戻ってこられた」

目を覚ますと病院のベッドの上だった。三日も眠り続けていたため手術もとっくに終わっていた。そうして彼は一命を取り留めたが――

「同時に、知ってしまったんだよ。真魚がこの現世に、おれたちの近くに留まり続けていることを……。あの子はおれや、妻や、妹のことが心配で、成仏することもできず、ずっと近くで見守っていた。そう理解してしまうと、不憫でならなかった。ずっと一人ぼっちだったんだ。誰に話しかけても聞こえないし、誰からも見えていない。それでもどこにも行けなかった。どこにも行かずにずっと傍にいてくれた――」

でなければ多分、あの事故で死んでいた。紺野さんはそう語った。

けれど真魚の姿が見えたのは、事故直後の半ば昏睡状態だったときだけ。体が回復してからは見えなくなってしまったらしい。

「おれは真魚に、もう一度会いたかった。会って最後に、さよならを言いたかったんだ。だから仕事のコネを使って陰陽師と連絡を取り、死者に会う方法を聞いた。すると怪しげな占い師を紹介され、それでも縋るような思いで指示に従った。そして――」

行き着いた場所はなんと、丹内山神社だったそうだ。そしてアラハバキの巨石に触れた途端、光の玉が口の中に入ってくる幻視に襲われたのだという。

そうか。健吾の別れ際の言葉は、そういう意味だったのか。

物体に染みついた記憶を読みとる〝サイコメトリー〟の能力を持つ彼は、昨日車を降りる際に、『丹内山神社で紺野さんの過去を見た』と言った。なのに紺野さんが初めて神社に来たように振る舞っていたので、そのときから懐疑を抱いていたらしい。

「アラハバキの巨石に、空海の魂の欠片が封じられていたわけですか」

「恐らくそうなのだろうな。そうして見鬼の才に目覚めたことにより、真魚と再会することができた。あのとき言えなかった別れを告げることもできただろう。……だが」

願いが叶ったその先で、新たな欲が湧いてきた。自分よりもはるかに真魚の死を悲しんでいた妻に会わせてやりたい。そう思ったそうだ。

「空海の知識さえあれば、それは可能だった。だから迷わず実行に移した。仕事を辞めて自由な時間を作り、見鬼の結界を作る方法を求めて旅に出たんだ」

その際、奥さんには正直に全てを説明したが、理解はしてもらえなかったらしい。

真魚に会ってやってくれ。その手段は必ず用意すると何度言っても、そんなことより生きている千草を愛して欲しい。次女のために仕事を続けてくれと言われ……そのせいで距離を感じてしまい、いつしか相談もしなくなったのだという。

「……君はこんなおれを、軽蔑するだろうな」

弱々しい口調でそう呟き、空笑いを浮かべる彼。

険しい旅路だったに違いない。死者の想いを背負って進むのか、生者の願いに沿って立ち止まるのか。それでも彼は突き進んだ。危険を冒してでも、今ある幸せをかなぐり捨ててでも……。

「軽蔑なんて、しませんよ」

手の届く場所に泣いている人がいて、その涙を止める手段があるのなら俺だってそうする。己に奇跡を起こせる力があると信じるならば、きっと迷ったりなんてしない。たとえその代償がどれほど大きく、未来に重くのし掛かってくるとしてもだ。それでもやはり俺は、前を向いて進むだろうと思うのだ。

「そうか」

紺野さんはもう一度小さく笑って、闇に閉ざされた空へと目を向ける。

もう家族に会わないつもりだろうか。その資格がないと思っているのだろうか。

でもそれは、哀しいことだと俺は思う。

「きっと紺野さんを待っていますよ？」

「そうかもしれない。だがな……」

と、彼がわずかに戸惑いをみせたそのときだった。

近付いてくる小さな足音が耳に届く。すると直後、弾かれたように紺野さんが腰を跳ね上げた。

「真魚――」

目を見開きながら名前を呼ぶ彼。その視線の先から、小さな少女がゆっくりと歩み寄ってくる。顔は伏せがちで、表情も判然とせず、意図はよくわからない。

やがて彼女は足を止めた。ベンチまで数メートルといった地点で。

「……あのね、お父さん」

「ああ……うん」

「その、ね」

そこで彼女は顔を上げ、ようやく微笑を見せた。

故人だなんてとても思えない。生気と喜びに満ち溢れ、しかしどこか照れくさそうなその笑顔は、光を纏っているかのごとくに眩しく、かつ花が咲いたかのように愛らしいものだった。

「――ありがとう。頑張ってくれて」

彼女は父親に向けて、少し頭を下げて礼を言った。

「お母さんや千草に会わせてくれて、本当にありがとう。お父さんが頑張ってくれたから、たくさんお話できたよ。だから……」

「――っ」

もう我慢の限界だったのだろう。紺野さんは足を進め、地面に膝をつくと、愛娘の体をそっと抱きしめた。そして小さな肩に顔を押し当てるようにして、静かに嗚咽を漏らし始めた。

「ごめんね、お父さん。迷惑かけて」

「そんなことは、ない。迷惑なんて、おれは、一度だって……」

言葉はもう途切れ途切れだ。それを聞いて俺の目の奥も熱くなり、次第に視界が滲んでいった。奇跡を起こそうと足掻いた一人の男の……家族のために全てをなげうった彼の努力がやっと報われたのだ。

俺は一度深呼吸をして、星も見えない漆黒の夜空に思考を飛ばす。問題はまだまだ山積みだ。迷家荘を取り巻く状況は好転してはいない。だがしかし……。

この温かな時間を守るために代償が必要ならば、そのうち耳を揃えて支払ってやろうじゃないか。紺野親子は迷家荘のお客さんだ。そして、旅館で過ごす楽しい一時を守るのは番頭として当然の役目。トラブル解決も業務の範疇といえる。

いわば矜持の問題である。だからここから先は自重も遠慮もしない。

自分より一回りは年上の男性の、そのすすり泣く声を鼓膜で受け止めながら、俺は胸の内に生まれた一つの決意を強く握りしめていた。

第三話　さらば座敷童子の代理人

空と海が混じり合う場所を、俺は知っている。

そこに余分なものは何もない。いつかテレビで見たウユニ塩湖のように、大地を覆った水の膜が鏡面となって天空を映し、見渡す限りの全てを蒼に染めていた。

ただし現実の話ではない。恐らくは夢の中での出来事だったのだろうが、その神秘的な絶景の中で、かつて物知りな相棒にこう訊ねたことがある。どうして俺には妖怪が見えるのか。見えない人との違いは何か。見えない人に妖怪の姿を見せるにはどうすればいいのか、と。

すると彼は笑いながら答えた。

「ははは、そりゃ前提が間違ってるね」

続けてぺらぺらと喋り始める。蘊蓄妖怪の本領発揮である。彼によると英語圏には〝見ることは信じること〟という格言があるそうだ。誰しも目に見えるものの存在は疑わず、見えないものは簡単には信じられない。人の認知における大きな部分が、視覚に依存しているのは確かな事実であると言える。

ただ、絶対ではない。不可視であっても信じられるものはある。たとえば〝空気〟だ。空気の存在を疑っている人はいない。空気が存在しなければ人は生きていけないし、身の周りに起きる様々な現象を説明することができない。つまり人々にとって必要不可欠であるがゆえに、存在を疑いはしないわけだ。

では〝時間〟はどうか。〝電波〟はどうか。人の〝心〟は？

それらの存在について、疑いを持つ人も世の中にはいるかもしれない。でも目には見えずとも、俺には知覚できる。生活する上で必須だからだ。

人が〝信じる〟という燃費の悪い行為にカロリーを消費するのは、それが己にとって欠かすことができないものだと理解したときなのだろう。しかし、その理屈を裏返してみると……。

「逆に考えると、もしかすると人は、〝妖怪を見ないための力〟を進化の果てに手に入れたのかもしれない。過去にその必要に迫られたから――」

彼が軽口のように言ったその推論は、一笑に付せない妙な説得力を持っていた。

前提条件として、神は人に信仰されなければ力を失い、妖怪は誰にも認識されなくなると世界から忘れ去られて消えてしまう。つまり、人ならざるものが人の目に映らなければ、彼らは力を失い、現世に干渉する術を失ってしまうのだ。

であれば、人はこの世を自らのものとするために、不必要な全てを忘却の彼方に追いやったのかもしれない。人間の脳には元来、超常の存在を感知する器官が備わっていたが、わざと器官を退化……いや進化させた可能性がある。

　ではここで仮に、その器官を〝見鬼の器官〟と呼ぶことにしよう。我々の脳の中にはまだその名残が残されているのかもしれない。人間の尾てい骨に尻尾が生えていた頃の名残が残っているように。

「先祖返り、なんて現象もあるしね。ごく一部の人間がその器官を動かせているのは、〝記憶〟があるからだ。そうそう、耳を動かせる人ってのもたまにいるよね。けど人間は元々耳を動かせる動物だったそうだ。でも大半の人がその力を忘れてしまって――」

　話が脱線したので戻すが、見鬼の才にも同じことが言えると思う。

　本来は誰の身にも備わっている能力でありながら、誰もが進化の果てに眠らせてしまっている力。だがその記憶を呼び起こす何らかの刺激さえあれば、取り戻すことが可能なのではないか。そしてそれこそが凪人や紺野さんが経験した〝神降ろし〟であり、俺と座敷童子との間で行われた〝交換〟なのではないか。

　となると今回、土蜘蛛衆が作った見鬼の結界の正体とは何だろう。

　思うに、ある種の信号を発生させることにより、休眠状態にある見鬼の器官に刺激を与え、目覚めさせる仕組みなのではないか。だからこれまで妖怪が見えなかった真魚の母親にも、彼女の姿が見えるようになったのだ。そう考えれば辻褄は合う。

……いや、手品の種が如何なるものであったにせよ、結果から見れば奇跡であることに違いはない。

九年前に亡くなった真魚の存在は、紺野一家にとって、家族という関係性の根幹に関わるものだった。だからこそ彼女が現世に残っていると知ったとき、とても放置できない、できることならばもう一度会いたい、家族に会わせたいと思ってしまった。そんな健気な想いを一体誰が責められるというのだろうか。

一人の男が全てをなげうってまで実現させたその奇跡は、確かに親子の間に再び笑顔を取り戻させた。いずれ何らかの代償は支払わねばならないだろうが、今だけは再会の喜びに浸らせてやりたい。そう考えるのは俺の独善かもしれないが、それでもどうか、可能な限り多くの時間を彼らに……。

と、そこで目覚ましのベルが鳴ったので閑話休題。

ぼんやりした視覚のピントを調節していくと、普段と変わり映えのしない自室の天井が目に映る。起床の時間だ。やや寝足りない気分だが、仕方がない。

気合を入れて覚悟を決めて、布団を撥ねのけて立ち上がれば、あとは普段通りのルーチンワークである。

迷家荘の名が刺繍された半纏を身に纏い、門前の掃き掃除を手早く終えると、白沢家のダイニングキッチンでまかない朝食をいただいた。いつも通りとても美味しかったのだが、ここ最近賑やかだった食卓は些か寂しいものとなっている。妖怪たちや真魚の姿がそこにないからだろう。

その代わり、紺野親子の部屋は賑やかだった。部屋まで朝食を運んでいくと、真魚と次女——千草が手を繋いだまま笑い合っている。昨晩は遅くまで喋っていたとのことで、やや眠そうではありつつも充実した表情をしていた。

昨日見たときには悲壮な表情で娘にしがみつき、ひたすら号泣するだけだった母親も、一夜明けて別人のように顔色が良くなっている。

ただし、だ。家族団欒の空気が流れるその場には、父親の姿だけがなかった。

「……あのう、旦那さんの姿が見えないようですが」

「ええ、そうなんです。朝早くから出ていってしまって」

困ったように目を細めながら言う奥さん。前もって「朝食は三人分でいい」と聞いていたので驚きはないが、彼はどこへ行ってしまったのだろう。

まあ気持ちはわからなくもない。紺野さんは真魚を家族に会わせるため、かなり無茶をしたようだ。勝手に仕事をやめて妻子と距離をとり、たった一人で一年以上をかけて東北中を駆けずり回ったという。だから今さらながら、負い目のようなものを感じてしまっているに違いない。

「……別にそんなの、気にしなくていいのに」

奥さんはぽつりと呟くと、それから一度表情を引き締め、畳に両手をついて俺に頭を下げてきた。

「夫から聞きました。番頭さんにはとてもお世話になったと。それにご迷惑もおかけしたようで」

「い、いえいえ。大丈夫ですからどうか頭をお上げください」

慌ててそう言ってお辞儀を止めてもらう。あまり子供の前でその話は……と思ったのだが、彼女は首を横に振った。

「謝るべきところは謝る、それも教育ですから。……子供の前で親が頭を下げる姿を見せれば、親を侮るようになり、下に見るようになるかもしれない。ですが、人様に迷惑をかけたときに謝れない子供になって欲しくはありません」

そういえば、以前紺野さんから聞いたことがあった。奥さんは小学校の教師をしているそうだ。そのため教育にはこだわりがあるようだが、娘さんたちは二人揃って朝食に夢中なので多分聞いてはいない。それから——

「つかぬことをお伺い致しますが、お仕事はどうされたんです？　今日は平日ですし、春休みにはまだ早いですよね？」

「当然、休みました」

何故か胸を張って宣言する奥さん。

「真魚のためですからね。まったく後悔はありません。千草も春休みが始まるまで休ませようと思っています。親子揃ってインフルエンザにでもかかったと言っておけば問題ありませんよ」

にっこりとしながらそんなことを言う。それでいいのか教育者、と思わなくもなかったが、これは優先順位の問題である。彼女たちにとって真魚と過ごす時間の方が大切だというだけの話だろう。

「ですから宿泊日程の延長をお願いしたいんです。もうしばらくここでお世話になりたいのですが、問題ありませんか？」

「もちろんです。客室も空いていますし、お好きなだけ滞在なさってください」

「ありがとうございます。……ああ、それと」

「私、おばあちゃんと遊びたい！」

奥さんが何かを言いかけたそのとき、真魚が元気よく挙手して申告した。

「お母さんや千草と一緒に、あっちの家に遊びに行きたいの。ダメ？」

「……いや、全然問題ないよ。いつでも来ていいからね」

と微笑交じりに答える。彼女の言う〝おばあちゃん〟とは、大女将のことのようだ。

ここ数日ですっかり懐いてしまったらしい。母や妹にも紹介したいようだ。

「昨日からそう言って譲らないんです」母親は困ったように目尻を下げる。「私たちもお邪魔してしまっていいんでしょうか」

「構いませんよ。いつでも遊びにいらしてください」

大女将には白沢家に常駐してもらうことにしよう。今は宿泊客の数も多くはないし、旅館の方は俺と和紗さんがいれば十分に回せるはずだ。

さて、そんなこんなで今後の方針が決まったのならば、あまり邪魔をするのも良くない気がする。「食事が終わった頃にお膳を下げに来ますので」と言葉を続けると、俺はさっさと部屋から辞去することにした。

奇跡によって実現した親子水入らずの時間である。少しでも長く楽しんで欲しいと、心からそう思う。

ただし懸念事項もあった。見鬼の結界の仕組みからすると、真魚の姿が家族に見えるのは遠野の中だけのはずだ。ここに移住でもしない限り、また見えなくなってしまうと思うのだが、その点はどう解決するつもりなのか。

それに結界自体についても、ずっとそのままというわけにはいかない。多数の妖怪が訪れる妖怪祭りの季節には、さすがにいろいろと厄介事が起こりそうである。すると高天原からも何かしらのリアクションがありそうだが……。

差し迫ったこれらの問題について、この事態を引き起こした張本人はどう考えているのだろう。その答えを求め、俺は旅館の中を探し歩くことにした。

客室棟の板張りの廊下を、朝の日差しが煌めかせている。暖められた空気の香りは懐かしい記憶を呼び起こすようで、足を進めているだけでも無垢だった子供の頃を思い出し、何だか幸せな気持ちになった。

事務所の戸を開けると、中では和紗さんが待機していた。紺野さんの足取りを訊ねてみるも、「今日はまだお見かけしていませんね」との返答だ。早朝から敷地内を精力的に動いている彼女が目にしていないのなら、もう旅館の外に出てしまったか、他の客室にお邪魔しているかのどちらかである。そう判断したため、確認がてらとある部屋へと向かってみることにした。

「緒方さん、どちらへ？」

「はい。目目連さんの見舞いに行こうかと」

そう。俺が次に向かったのは、目目連を通した客室だった。怪我の具合も気になるし、彼との話も中途半端なところで止まっている。だから数分後には部屋の戸をノックしたのだが、返ってきた声は意外な人物のものだった。

「──おい。おめぇ、本当に緒方か？」

戸の前で用件を告げるなり、訝しむ表情で問いかけてきたのはアカメである。彼こそは遠野で目撃された赤い妖怪の正体であり、俺が牛鬼の屋敷で働いていたときの上司でもある。

「ええ。実はそうなんですよアカメ先輩。ちょっとだけ姿は変わりましたけど、緒方で間違いありません。お久しぶりです」

「ちょっとどころじゃねぇだろ⁉　そりゃ、おめぇが迷家荘の元座敷童子だとは聞いちゃいたけどよ……。まあ牛鬼様のお言葉を疑ったりはしねぇが」

と、口にした割には未だに疑わしげな彼。ただその反応も仕方がない。土蜘蛛の里で出会ったときには、諸事情あって俺は少年の姿に変わっていたのだ。だから違和感を拭えないのだろうが……。

「──ん？　その声は緒方か？　アカメ、部屋の中に通してくれ」

部屋の奥からそう聞こえてきた。この、細い絃を弾いたような声は牛鬼に違いない。

ようやく入室を許可されて部屋の敷居を跨ぐと、布団に横たわる目目連の姿が中央にあり、その傍らには胡坐をかいた牛鬼。座椅子に腰かけた岩鬼の姿もある。

さらに奥を見ると、広縁の椅子に凪人も座っていた。恐らく手前の三人は見舞いに来たのだろうが、彼はどうしているのだろうかと不思議に思う。

「ええと、牛鬼様。この面子は一体？」

「見ての通り、目目連の見舞いにきたところだ。岩鬼とアカメはわしの付き添いでな、凪人はアレ……ほらアレだ。サンバイザーだっけ？」

「もしかしてアドバイザーですか？」

そうそれ、と声を弾ませる彼女に苦笑を返したところで、岩鬼が座ったままの姿勢でこちらに正対し、厳かに挨拶をしてくる。

「初めてお目にかかる、迷家荘の番頭殿。我は牛鬼様の側近の一人で、岩鬼と申す者にございます。以後お見知りおきを」

「これはご丁寧にありがとうございます。ですが、実は初対面ではなく、何度かお目通りしたことがありまして……」

「おおそうでしたな！　確かシロク殿と一緒にいた、あの小さな……。アカメではありませんが、とても同一人物とは思えませんよ。はっはっは」

などと言って豪快に笑う彼。見た目よりも付き合いやすそうな人だなと思っていると、牛鬼が「しいっ」と窘める。

「おい、あんま騒ぐなって。目目連の体に障るだろ」

「いえいえ、お気になさらず」

目目連はそう言って床の上で上体を起こした。昨日はまるで動けない様子だったので、ちゃんと快方に向かっているようだ。安心する。

「おい、無茶するなよ」と牛鬼。

「いえ、むしろこんな格好で申し訳ありませんが」

「何を言いやがる。子分の不始末は親の責任だ。高丸はあれでもわしの配下だからよ。何度頭を下げても足りねぇくらいだ。本当にすまなかったな」

深く頭を下げた彼女に目目連が恐縮するが、岩鬼とアカメは主の判断に口を挟むことはない。その様子を複雑な表情で見守るばかりだ。

「……それで凪人さん。目目連さんの怪我の具合はどうなんですか？」

ちょうど話が途切れたので訊ねてみる。すると凪人は軽い口調で答えた。

「悪くはないですね。外見上の傷はすっかり塞がっています。ですが、そこから流出した妖力はすぐには回復しませんから、しばし養生が必要です」

「なるほど、ありがとうございます。朝からご苦労様でした」

本当にあんな方法で怪我が治ったのか。いまいち信じられなかったので助かる。彼が保証してくれるなら安心だ。

凪人をここへ呼んだのは牛鬼のようだが、目目連に恩義を感じているからこそ治療に万全を期したかったに違いない。高丸たちに捕まっていたアカメを助け出し、岩鬼とともに連れてきてくれたのだ。その勇敢な行為には心を尽くして報いねばならない。

そして、そのおかげで情報を得ることもできるわけだ。この場に巡り合わせた幸運に感謝しつつ、俺は彼らへと言葉を投げかけていく。

「みなさん、いい機会なのでお話を聞かせていただけませんか？　俺と牛鬼様が土蜘蛛の里から出たあと、一体何が起きたのか。……目目連さんも本調子でないところ申し訳ありませんが」

「もちろん構いませんよ」と目目連。

が、傍らの牛鬼は不満げに眉根を寄せながら口を開く。

「緒方、何か話し方が堅ぇぞ？　もっと楽にしろや。おまえさんもとっくに身内なんだからよ。岩鬼やアカメの目があるからって、今さらかしこまる必要なんざねぇさ」

「そう言っていただけるのはありがたいのですが」

小心者の俺は危惧を捨てきれない。ここ最近、牛鬼とはかなり気安く言葉を交わしているが、配下の立場からはどう見えるのだろう、と。あまり図々しい態度をとるわけにもいかないと思うのだが……。

「我らのことなら気になさらず」と岩鬼。「牛鬼様のお言いつけに逆らうことはありませんので」

「おいらも構わねぇ」とアカメも言う。「おめぇにはいろいろ恩義があるからな」

「んなことよりもよ」牛鬼は強引に話を切り替えた。「この二人からいろいろ聞いて、ようやく今までのことに納得がいった気分だ。おまえさんも凪人や空海からいろいろ聞いてるみてぇだが」

　はい、と俺は答え、深くうなずいてみせる。アカメたちがどうして、どうやって結界の外に出てきたのか。高丸たちが叶えようとしている悲願とは何なのか。耳にした情報は全て、この場の全員で共有しておいた方がいいだろう。

「——というわけで、里から出てきた土蜘蛛衆も一枚岩ではないようですね。蝦夷戦争の復讐を目的としている者もいれば、ただ力を振るう場所を求めているだけの者もいる。そんな中で、目目連さんはまた違った思惑から力を貸していたようですが？」

　大体のことを語り終えた後で、床に横たわった彼へと目を向ける。すると、

「待ってください、緒方さん」

　反応したのは目目連ではなく凪人だった。

「里にいたときに、目目連さんから秘密裏に相談を受けていたんです。その前提として知っておいてもらいたいことがあるのですが……。死後、強い未練から霊魂が現世に留まり続けると、妖怪化します。でもその先が問題で、一度妖怪化した魂は輪廻の環に戻れなくなるんです」

「え……？」

　知らなかった。まったくの初耳だ。

「じゃあ妖怪は、生まれ変わることができない……？」

確認するように呟くと、脳裏にとある老人の姿が浮かび上がってくる。かつて迷家荘から黄泉へと旅立っていった、〝ぬらりひょん〟の姿だ。

古き妖怪たちを百鬼夜行として率いていた彼は、静香の父親の魂とともに晴れやかな顔で黄泉路を渡っていったはずだが……彼らはみな、輪廻に戻ることができなかったのだろうか。冷たい地の底で眠り続けているというのか。

「知らなかったのか？　でもよ、そりゃあ当然の話だ」

とすぐさま牛鬼が補足してくる。

「そもそもあやかしってなぁズルい存在なんだよ。この世への執着が強すぎて、寿命の楔を引き抜いちまったやつらなんだ。そんなイカサマに代償がねぇわけがねぇだろ？　転生なんてできねぇし、しようとも思ってねぇさ」

「本来なら、霊魂は誰に教えられずとも輪廻に還ろうとします。帰巣本能のようなものでね。ですがそれを自らの意思で拒絶し、現世に残り続けてしまうと数年で魂が穢れ、循環のシステムから弾き出されるようになるそうです」

凪人がそう続けると、岩鬼とアカメがうんうんと首肯する。常識なのか。

「ですが、まだ分別のつかない幼い子供が、親のもとを離れたがらず妖怪化してしまう例もあります。目目連さんはそれを保護していたそうです」

「ええ」床の上から掠れた返事があり、声の調子を整えるためか喉を押さえながら彼は続けた。「日本全国を旅するうちに、成り行きでそういった子供たちを保護することになりましてな。今は十人ほど」

「その子らはどこで暮らしてるんだ？」と牛鬼。

「宮城のとある廃寺ですな。そこで今でも共同生活を送っています。……私が土蜘蛛の里を訪れた目的は、その子たちを受け入れてもらうためでした」

「教えてください」と俺は言う。「その子たち、親と一緒にいるために妖怪化したんですよね？　なんで今は親元を離れて？」

「既に親の死を看取ったからです。姿は子供のままでも、年齢もそうだとは限りません。飢饉の際に口減らしにあった子、天災で親とはぐれて亡くなった子、何らかの事故に遭って死んだ子……共通しているのは、親への強い執着でした。彼らはそれがために現世に留まりましたが、親を看取った後には何もなくなってしまった。今は瞳から生気を失い、ほとんど言葉も話すことなく、ただ己の存在が消え去るときを待つだけの存在です。私にはそれが不憫で……」

「そうだったんですか……」

親に殺された子もいるのか、と考えるが、そういえば座敷童子もそうだった。

といってもうちの童子の話ではない。一般的な座敷童子の概念は、口減らしにあった子供の霊が死後、家の守り神になったものだといわれている。親の都合で殺された子供が何故家を守るのかと不思議に思ったこともあるが、執着の強さという点から考えると納得できる気がする。自分を殺した親を恨むにせよ、その罪を許して自分の分まで生きて欲しいと願うにせよ、現世に残ってしまう可能性が高いのだ。

「先程、数年で魂が穢れると仰いましたが、詳しくお願いします。具体的には何年くらいですか？　何年間この世に留まり続けると、妖怪化するんですか？」

「個体差があるので確実ではありませんが、おおよそ五、六年といわれています」

凪人が答えた途端に、気分がずんと重くなった。静香の父親は恐らくセーフだったのだろうが、真魚は完全に手遅れだ。彼女は既に妖怪化している。紺野さんはそれを知っているのだろうか。

「……でもそんなの、何だかおかしいですよ」

心の中に割り切れない想いが生まれ、思わず言葉にして放ってしまう。

「だって子供に何の罪があるんです？　牛鬼様は妖怪をズルい存在だって仰いましたが、その子たちはただ、親を心配しただけじゃないですか」

俺の頭の中には、昔どこかで聞いた地獄のビジョンが映し出されていた。

賽の河原と呼ばれる場所で、死んだ子供たちが石を積み重ねている。一つ積んでは父のため、二つ積んでは母のため……そう歌いながら。

そこへ地獄の獄卒である鬼がやってきて、子供たちがせっかく積んだ石の塔を崩し、また最初からやり直させる。あとはその繰り返しである。永遠にも等しい責め苦を味わせる理由は、子供たちに〝親より先に死んだ罪〟があるからだという。

けれどそんなものが罪であるはずがない。あの真魚の笑顔がそんな理由で曇らされるのだとしたら、何ともやるせない気持ちになってくる。

「幼い子供が親を求めるのは当然です。離れ難いのも自然なことですよ。なのに魂が穢れただの、生まれ変わりは許さないだのと……その決定権は誰にあるんです？」

「高天原と冥府ですよ」と凪人。「輪廻の環に繋がる門――〝六道門〟は彼らが共同で管理しているそうです。そして妖怪は罪の有る無しに拘らず、その穢れが輪廻を濁らせるとして、門への通行を禁じています」

「では、輪廻の環そのものが拒んでいるわけではないんですね？」

「魂の循環を健全な状態に保つため、彼らが選別しているといわれています。ですから妖怪化した魂であっても、確かに浄化されたと認められれば、例外的に輪廻を許されるケースもあるそうですが……そういった選民思想じみたシステムをかつての空海様は嫌ったのかもしれません。だから即身成仏を訴えた」

「釈尊も、六道輪廻こそ〝苦しみ〟だと仰いました」

老法師でもある目目連も同意する。

「輪廻転生から逃れて涅槃の境地に辿り着くこと。それが仏教の教えですから」

　空海は転生を良しとせず、人の煩悩を肯定し、即身成仏こそが救いだと訴えてきた。輪廻と呼ばれるシステムの根幹に横たわる、この理不尽さを知っていたからかもしれない。だがその記憶を受け継いだ紺野さんも同じだとは限らない。

「でもよ、目目連」そこで牛鬼が疑問の声を上げた。「それならなんでおまえ、あいつら側についたんだ？　子供の十人や二十人、わしに言えばすぐに受け入れたが」

「それは……」少し言い辛そうに口籠もる彼。「最初に足を踏み入れた場所が、彼岸村の外れだったのです。そこで事情を話したところ、代表者だという〝秀倉〟が言いました。それならもっと良い方法があると」

「良い方法……？　なんだそれは」

「神への直訴です」

　そこから彼のトーンが一段重いものとなった。

「秀倉たちは神々と交渉を行い、いくつかの要求を呑ませる予定だと言いました。もしもその計画に協力をするのなら、要求を一つ付け加えることなんて造作もない。咎なき子供を輪廻に戻せ、そう言えばいいと」

「おまえさんは輪廻に否定的だったんじゃないのかい」

「正直に言えば、よくわからなくなっていました。あるとき子供の一人が願いを言ったのです。消え入りそうなほどに弱々しい声で、いつか来世で、生まれ変わった両親に出会い、もう一度家族になりたいと……」

「その可能性に魅入られちまったってことかい。転生先なんて自分じゃ選べねぇんだから、恐ろしく低い可能性だってのに」

牛鬼は近くの座卓の上に肘をつき、ふううと大きな溜息をつく。

目目連だって当初は彼女に子供を預けるつもりだったのだ。里での生活を送るうちに笑顔を取り戻してくれないかと、かすかな期待を抱いていたのだろう。

しかしそこに悪魔の囁きがあった。子供たちの本当の願いを叶えるための、か細く頼りない希望の糸。でもそれを目の前で揺らされてしまえば、迷わずにはいられなかった。

「……で、それについて空海は何て言ってた？　あいつも彼岸村にいたんだろ？」

「はい、空海殿にも妖怪化してしまった娘がいるそうで……。私の話を聞いて涙ぐんでおられました。だから信用していいと思ったのです」

「なるほどなぁ……。よくわかったよ」

その涙はきっと心からのものだったのだろう。決して目目連を籠絡するために流されたものではない。とすればやはり真魚も妖怪化している。そして紺野さんは彼女の行く末を憂えているに違いない。

彼らの心情に感じ入るあまり、部屋の中全体がじっとり湿り気を帯びてきた気がする。黙って聞いていた岩鬼やアカメの表情も、どこか同情的なものだ。

だがこのままでは話が進まない。少々しんみりしてしまった場に「ごほん」と咳払いを放ったのは凪人だ。切り込み役を買って出てくれるらしい。

「秀倉たちの目的は神への直訴……すなわち対話ということですね。そのために空海様の知識と目的を利用し、見鬼の結界を作り上げた。それを遠野の中心地に近い迷家荘に設置すれば、世界に与える影響は無視できないほど大きくなる。高天原も冥府も静観してはいられないでしょう」

最悪の場合、遠野市街をバックに無数の妖怪たちが激突する光景を目にすることになる。それが映像に残ればたちまちネットに拡散され、日本中大混乱になるだろう。

高天原と冥府は現世の秩序を管理する立場だ。いかに地上の出来事には原則不干渉だといっても限度がある。なら必ず元凶に接触を持とうとしてくるはずだ。そこを待ち構える算段というわけか。

「遠野は霊的存在にとっての特異点だ」と岩鬼が続ける。「高天原と冥府へと続く道、その両方が存在し、さらに龍脈の入り口すらある。こんな場所は世界中探してもどこにもない。要所中の要所というわけだ。神々が直接出張ってくる可能性は高いが……その前に、尖兵たる遠野妖怪と雌雄を決することになるだろう」

「いえ、待ってください。遠野妖怪は必ずしも神に従うというわけでは」

俺がそう口に出すも、岩鬼は引き締まった顔つきのまま左右に首を振る。

「神々への忠誠心があろうとなかろうと、遠野妖怪の存在基盤がここに集中しているのは事実だ。それを揺るがそうとする相手ならば、闘うことを躊躇うまい」

確かにそうだ。妖怪たちにとってみれば、遠野はあまりに都合がいい場所なのだ。

昔から人と人ならざるものが共存しており、怪異に対する忌避感が薄いこのお土地柄は現代ではあまりに稀少である。他者に認識されなければ存在できない不確定な彼らにとって、最も生きることに適した場所でもある。守ろうとするのも当然。

「では全面対決になった場合、みなさんはどうされるおつもりですか？　どちらの側につかれるおつもりで？」

今回の件を抜きにしても、そもそも土蜘蛛衆と遠野妖怪との間には確執があると聞いている。それに、牛鬼を里から追いやり、独断で闘いを仕掛けようとする者がいる一方、未だ彼女を慕っていながら闘いを選んだ者もいるに違いない。

「牛鬼様のご意志は昨日お聞きしましたが、それでも実際に争いになれば――」

「その先は言うな、緒方」

掌をこちらに向けて、制止の言葉を放つ彼女。

「里を離れて過ごしていようと、わしが土蜘蛛衆の長であることに変わりはねぇ。やつらが不始末を起こしたのなら、そのケツを拭いてやる必要がある。ただしそれは迷家荘への……いや、おまえさんたちへの借りを返してからだ」

「……わかりました。ありがとうございます」

まっすぐに向けられた揺るぎない瞳を見れば、覚悟のほどが窺える。

言葉はやや粗暴ではあったが、彼女は最後まで俺たちの傍で、闘いを止めるために力を尽くしてくれるに違いない。その隣で「うんうん」とうなずいているところを見ると、岩鬼とアカメも味方してくれるようだ。

おかげで心の底から安堵した。まあ彼女にとっては改めて表明するようなことではなかったらしく、「今さら何言ってんだ、水臭ぇな！」と笑ってはいたが。

「……この宿の空気は、本当に温かいですな」

目目連は静かにそう呟くと、力尽きたように上体を倒して、頭をそっと枕に預けた。やはり無理をしていたのだろう。しばらく休ませてやった方がよさそうだ。

牛鬼や凪人たちと目配せをし合うと、揃って部屋から出ていくことにする。規則的な寝息を立てる老人に最後に目をやると、その表情筋はすっかり弛緩（しかん）しており、寝姿も見るからに穏やかなものになっていた。

未だ状況が好転したとは言えない。山積みの問題には解決の糸口すら見えず、知れば知るほどに事態の混迷ぶりが浮き彫りになっていくようだ。

ただしこの手で全てを片付けなければいけないわけではない。これまでに絆を紡いだ多くの妖怪たちが力を貸してくれるだろうし、頼りになる家族や相棒だっている。

俺たちが心を一つにし、一丸となって先へ進めばきっと、どんな困難であっても乗り越えられるはずだ。今の俺にはそう信じることができた。

目目連の部屋の前で牛鬼たちと別れると、事務所に戻るべく板張りの廊下を前進していく。その足取りはここへ来るまでよりも力強いものだ。

気持ちが落ち着いたせいか背筋もやや伸びており、おかげで視界も良好である。するとまっすぐに伸ばした目線の先に、男性のものと思われる人影が見えた気がした。

突き当たりの暗がりから誰かが歩み出てきたのがわかる。

「――いろいろと迷惑をかけた。この通りだ」

いきなり深く頭を下げてきたのは、紺野さんだった。

「ありがとう。君たちのおかげで家族を救うことができた。何と礼を言っても足りないくらいだ」

「いえ……。どうか頭を上げてください」

掌を向けて彼に微笑みかけると、柔和な口調を心がけながら俺は告げる。

「紺野さんの事情は理解しました。まだ全てを水に流すとは言えませんが、俺に対してはもう謝らなくて結構ですので」

ちらりと窓の外に視線を向けると、無残に半壊した中庭の様子が映る。あれだけは何とかしなければならないが、紺野さん自身にはもう含むところはない。

「いや、本当に済まなかった……。その上で、図々しいがお願いがある」

彼は姿勢を正すと、真摯な態度で続ける。

「真魚のことを、どうかよろしく頼む。あの子はおれたちがいずれ天寿を全うしたとしても、この世に残り続けるだろう。だから遠野で受け入れてくれないか」

「それを判断するのは俺ではないですが……」

元座敷童子とはいえ、所詮は俺も人の身だ。だから普通に生きて普通に死ぬだろう。真魚を可愛がっている白沢家の人々も条件は同じ。託せるとしたら座敷童子か。

「わかってる」と紺野さん。「この命が尽きるまでは、おれが面倒を見る。遠野に移住してでもな」

と、重い決意を口にし始めたので、思わず「ええっ」と驚きを漏らしてしまった。

「そこまでされなくても……。真魚ちゃんをお家(うち)に連れて帰っては？」

「いや、そういうわけにはいかない。今でこそああして感情豊かに振る舞ってはいるが、少し前までは違った。虚ろな目をして、ぼそぼそと呟くようにしか言葉を発することができなかった。見鬼の結界があるからこそ元気でいられるんだ」

そうか、と思う。妖怪は認識されることで力を増す存在だ。家族の傍にいながら誰にも認識されなかった彼女は、実はぎりぎりの状態で踏みとどまっていたのだ。

今でこそ結界のおかげで多くの人間に認識されているが、遠野を離れてしまえばそうではなくなる。元の状態に戻ってしまうわけか。

「奥さんと娘さんはどうされるおつもりですか」

「しばらくは別居ということになる」

「せっかく家族が揃われたのに、それは少し……」

「わかっている。妻には転職を進めてみるつもりだが、千草も友達と離れたがらないだろうしな……。まあ正直、困っている」

苦笑しながら頰を搔き、心情を吐露する彼。

「……でもな、今は努力できることが嬉しいんだ。この二年間は辛かった。ずっと暗闇の中を歩いているようでな……。空海の魂を取り込んで見えるようになった後も、真魚とはほとんど会話が成立しなくて、笑顔を見せることもありえなかった。だが今はちゃんとお日様の下を歩ける。家族四人揃って、笑い合いながらな。全ては君のおかげだ。役に立てることがあれば何でも言ってくれ」

これまでの苦労を思い返しているのか、疲れ切って力のない表情ではあったが……。葉の落ちた木陰に生まれた陽だまりのような、穏やかで優しい笑い方だった。

恩に着せるようで心苦しいが、その申し出は非常にありがたい。遠野と迷家荘を取り巻く諸問題を解消するためには、彼の持つ空海の知識がきっと必要になるだろう。

ここで念を押して頼んでおくか。そう考えていると、

「――じゃあ早速、役に立ってもらおうか」

そんな声がすぐ背後から聞こえてきて驚いた。

振り返ってみると、三歩ほど離れた場所に赤い着物を着た少年が立っている。

聡明なる俺の相棒にして旅館の守り神、座敷童子は、その小さな体には似合わぬ凄惨な笑みに頬を吊り上げつつ、こう言葉を続けた。いつもよりも尊大な言葉遣いでだ。

そんなに責任が取りたいなら、あんたにはスパイでもやってもらおうか――と。


その日の午後のことはあまり思い出したくない。平身低頭を貫く紺野さんに対して、調子に乗った座敷童子は「我こそは正当なる被害者である」と主張し、思うさま無理難題を吹っ掛けたのだ。傍で聞いていてもえげつないことこの上なかった。

まあそのおかげで判明した新事実もいくつかあるので、やりすぎだと責めることもできない。まず土蜘蛛衆の潜伏場所についてだが、驚いたことに静香の家の裏山だった。

道理で数日前よりも、見鬼の結界の効果が強まっているはずだ。静香の家は迷家荘のごく近所であり、裏山部分は桜の丘の裏手に繋がっている。しかも彼らがそこを占拠し

た方法は、暴力ではないらしい。たまたま彼らの仲間であった雪女が、遠野の雪女と顔馴じみであったらしく、「行く場所がないのなら」と紹介してくれたそうだ。

ちなみに遠野の雪女は静香とも知り合いであり、あの辺りは子供――雪ん子を遊ばせる場所だと認識している。

このように、遠野妖怪の一部は未だに侵攻を受けている自覚がなく、少々緊張感が足りないようなのだが……まあそれはこの際置いておくとして。

「――紺野には、僕らと土蜘蛛衆との橋渡しをしてもらう」

最終的に童子はそう言った。状況を慎重に吟味した結果だそうだ。

罪滅ぼしの機会を与えてくれと願う紺野さんは、その言葉にしっかりとうなずいた。

そして翌朝になると一人で迷家荘を出て行き、深夜になってから帰ってきた。

どうにか会談の約束を取り付けたと、やりきったような顔つきで呟きながら。

翌日の天気は爽やかな快晴となった。よく探せば雲がちらちら浮かんでいるものの、空の大半は澄んだ青色を湛えている。加えて頭上で強烈に輝く太陽は、会談に臨む童子の自信満々な顔をつやつやと照らし出していた。あの妙な血色の良さは……また何やら悪だくみをしている様子である。

「――何故、吾輩がこんな場所に……？」

絶好調な相棒の隣でパイプ椅子に座っているのは、全身灰色の剛毛に包まれた狼身の神、三峰様だ。普段は威厳に満ちた顔つきでいることの多い彼だが、今は背中を丸めて溜息をついている。

「証人が必要なんだから、協力してよ」

何食わぬ顔で童子が言う。彼が乙姫を経由して頼み込んだせいで、三峰様は半ば無理矢理この場に連れてこられたそうだ。

「第一、土蜘蛛衆の目的が蝦夷戦争の復讐なら、あんただって無関係じゃないだろう？あんたが東北の地に祀られるようになったきっかけって、蝦夷の神であるアラハバキ神を封じるためだって聞いてるからね。三峯神社を襲撃されても知らないよ？」

「それはそうであるが……釈然とせん……」

三峰様は鋭い牙を剥き出しにしつつ、苦々し気に不満を漏らした。

そもそも三峯神社の創祀の由来は、ヤマトタケルが蝦夷征伐のため東征する際、秩父の三峰山に登って守護神に戦勝を祈願したことだそうだ。それから狼が神の使いとされるようになり、その故事にならって平泉に神社が作られたそうである。

なお、創建したのは源頼義と義家の親子であるが、義家の方は兎耳を生やした妖怪となって今も遠野に残っている。八幡権現のことだ。

「いつまでぶつくさ言ってんのさ。あっちが力に訴えてきたらあんたしか頼れないんだから気合入れてくれよ？　あとで酒も料理もご馳走するからさ」

「わかっておる」

渋々、といった顔で了承する狼神。童子が言った通り、この会談の場には闘える力を持つ者は連れてきていない。土蜘蛛たちを必要以上に刺激しないためだ。

そういうわけで三峰様の他には、俺と童子と和紗さんしかいない。牛鬼や凪人、酒呑童子や紺野さんに同席してもらうと話がこじれそうなので遠慮してもらった。

しかしこれ、本当に大丈夫だろうか。一応俺の方でも保険はかけさせてもらったが、もし高丸たちが激昂して暴れ出したらと考えると……。

「ほら来たよ。みんな、しゃんとしてね」

童子がそう言ったので目をやると、桜の丘の入り口にある石段をゆっくりと上ってきた三つの人影が見えた。

先頭には土蜘蛛侍の高丸。その後ろには花魁風妖怪の赤頭。最後尾には俺とも因縁のあるあの妖怪が続く。

「お招きにあずかり参上しました。土蜘蛛衆の代表を務めさせていただいております、秀倉と申します」

座敷童子と同じ程度の背丈しかないこの妖怪の正体は〝火鼠〟。その名の通り火を操るあやかしであるが、体全体が灰色の毛に包まれており、目の色は血のような朱。声の響きには老獪さを感じさせる濁りがあり、柔和な物腰ながらどこか得体の知れない気配を身に纏っている。

「少々歩き疲れてしまいました。まずは席につかせていただいても？」

どうやらこちらの自己紹介は必要ないようだ。童子が「どうぞ」と答えると、彼らは無言のままそれに従った。同時に俺たちも席につく。

するとすぐに秀倉が話しかけてきた。

「お久しぶりですな、元座敷童子殿」

「ええ。お久しぶりです秀倉さん。その節はどうも」

「はは、まさかこんなところであなたに再会するとは……ね」

穏やかに細められた両目から、針のごとく研ぎ澄まされた眼光が飛んでくる。

さもありなん。彼とは直接刃を交えた仲だ。秋口に土蜘蛛の里で過ごした折、牛鬼を守るために俺は幾人かの妖怪と闘った。そのうちの一人である。

「できれば禍根は捨てていただけませんか？　お互い様ということで」

「もちろんです。会談の場を持てたことは、こちらとしても僥倖でしたので」

秀倉が落ち着いた声で言うと、後ろで高丸が「ふん」と鼻を鳴らす。感情的にはどうあれ、今は言葉以外の手段でやり合うつもりはないらしい。

「ところで牛鬼様のお姿が見えませんが」

「そうですね。今回の会談の趣旨は、あくまで迷家荘と土蜘蛛衆との間で和解の可能性を探ること。ですので席を外していただきました」

「……なるほど。まあよろしいでしょう」

彼は納得した表情を見せつつも、一度周囲を見回した。伏兵を潜ませているのではと疑っているようだが、もちろんそんなことはしない。

ただ、景観は少々殺風景かもしれない。人数分の簡素なパイプ椅子がまばらに置かれているだけで、目に映る広場の印象は相変わらず寂寞としたものだ。頭上から見守る桜の枝にも、未だに蕾一つ見つからない。

「さて。こう見えても多忙の身でしてな」

そこで秀倉が早速口火を切った。

「準備が整ったのなら会談を始めましょう。どうして手前どもをここに呼ぼうと思われたのか、まずはお聞きしてもよろしいですか？」

「そんなのわかってるだろうに」と童子が言う。「いつまでもお見合いしてても仕方がないだろ。こっちだって暇じゃないからさっさと解決したいんだよ。というかさ、そろそろ力押しも限界だって思ってるだろ？　だけど体面が邪魔して全面降伏もできないだろうから、僕らが歩み寄ってあげようってわけ。要望があるなら聞くし、譲歩できるところはするさ。だからそっちの意志を確認したい」

「……それはそれは、実にありがたい話でございますな」

いきなり速射砲のような早口で牽制したが、それを微笑みで受け流す秀倉。細められた眼窩からわずかに覗く目の光は、いささかも鋭さを失っていない。まったく信じていない様子である。

「こちらの要求を知りたいと言うなら教えて差し上げましょう。我々は——」

「この土地を我らのもとへ返せ。話はそれからだ」

胸の前で四本の腕を組んだ高丸が言う。残り二本は懐の中で組んでいるらしい。

「迷家荘が建っているこの場所は、元より我らの所有地だ。我らの留守中に土地を掠め取った者どもが、何を偉そうに宣っておるのか。盗人猛々しいとはこのことよ」

「へえぇえ」

童子が口の端を引き上げ、三日月のような笑みをこぼす。こういうときの彼は怖い。結構本気で怒っているはずだ。

「土地の所有権、ねえ。それをどうやって証明するつもりなの？　どっかに名前でも書いてあるわけ？」

「おい童子、ちょっと待て」

口論になりそうなので止める。俺の役目はこの会談のバランサーだ。秀倉たちの目的を確かめるのが先決である。

「秀倉さん、要求を教えてください。議論の前提となりますので」

「いいでしょう。こちらの要求は三つです。一つ、迷家荘の土地を明け渡すこと。二つ、この地を見鬼の結界の基点とすること。三つ、神々との交渉の場とすること」

おかしい、とすぐに感じる。その要求内容ならば一つ目だけで十分じゃないのか？　もしも俺たちから土地を奪うことができたなら、そこで何をやろうと彼らの勝手だ。結界の基点とすることや交渉の場とすることを、別の要求として伝えてくる意味がわからない。

「はいはい」童子が鼻で笑う。「なら話を戻すよ。土地の所有権の証明は？」

「証明する方法はございますよ。陰陽師の術の中には、物体や空間に刻まれた記憶を呼び起こすものがあるはずです。それを用いれば、土地に染みついた蝦夷の無念を読み取ることもできましょう」

「ほほう？　いまの発言について、どうだい三峰様」

彼が隣の狼神に目を向けると、しばらくして答えが返ってくる。

「事実だ。この者らは嘘をついていない」

「その通り！」

秀倉は嬉しそうに声を上げた。口元の髭（ひげ）もぴんと立っている。

「さすがは公平中立を旨とする〝大口真神(おおくちのまがみ)〟様だ！　ここへ来て、そのお姿をお見かけしたときには少々不安になりましたが、手前どものような者の言葉を真摯に受け止めてくださり、まことに光栄にございます」

　しかし、不機嫌そうに黙り込んだまま三峰様はそっぽを向く。見え透いたおべっかには乗らないとでもいうふうに。

　彼に立会人を任せた理由がこれだ。『遠野物語拾遺(しゅうい)』にもその記述があるが、この神には人の穢れを見通す力がある。つまり、嘘をついたり約束を違(たが)えたりすればその気配を鋭敏に感じ取ることができるのだ。だから虚言の類は一切通用しない。

「わかった」と童子。「物体や空間から過去を読み取る術——サイコメトリーの力を用いれば、ここがあんたらの土地であると証明できるってわけだね」

「その通りでございます」秀倉がさらに勝ち誇ったように笑うが、

「じゃあ仕方がない。あんたらのさらに前にこの土地に住んでいた者について、話をさせてもらうことにしよう」

「……はい？」

「そのままだ。蝦夷がこの土地を自分のものだと主張するなら、その前の持ち主……〝アイヌ民族の祖先〟にも触れなければならない。いいかい？」

　この流れを予想していたらしく、全く澱みのない口調で童子は持論を語り出す。

アイヌ民族は日本北部の先住民族であるといわれ、その足跡は東北地方から北海道にかけて多く見られる。日本語とはまるで系統の異なるアイヌ語を操り、自然界の全てのものに霊魂が宿るという信仰形態を持つだけでなく、衣類や住居、祭儀に至るまで極めて独自性の高い文化を築いていた。

「――かたや蝦夷という民族はどうか。一説には関東に住みついていた豪族が、争いに敗れて東北に逃げ込んだのが起源といわれているね。つまり蝦夷の社会は、東北の先住民族と〝和人(わじん)〟が混合した結果生まれたんじゃないかって話だ」

蝦夷における社会の成立は四世紀前半だとされている。彼らもまた独自の習俗を有していたが、アイヌ文化との間に類似点が数多く見受けられるため、蝦夷はアイヌの祖先集団を含むものであったと考えられるのだ。

その証拠に、東北地方の地名にはアイヌ語が由来とされているものが多数存在する。遠野にしたって、アイヌ語で湖を表す「トー」という言葉が元になっているそうだ。

「高丸、赤頭。あんたたちの格好からしてそうなんだよ」

刀の形状はやや違うとはいえ、侍の雰囲気を持つ高丸。そして赤頭は花魁――遊女の姿をしている。これらは明らかに、和人側の文化の特色だ。

土蜘蛛衆の全てがそうだとは言わないが、少なくとも彼ら二人は大昔から東北の地に住んでいたわけではない。恐らくは奈良時代以降だろう。ならば当時のこの場所には、間違いなく先住民族がいたはずだ。

「わかったかい？　そんな大昔の話を持ち出して土地の占有権を主張するなら、僕らはアイヌの古妖怪にでも話を聞きに行くことにするよ。そして土地の所有者として認めてもらう。あんたらよりは融通が利きそうだし」

「馬鹿な！　そんなもの屁理屈ではないか！」

高丸が声を荒らげ、椅子を弾き飛ばす勢いで立ち上がる。

そしてそのまま血走った怒りの眼を童子に向けてきた。今にも腰の刀を抜きそうな勢いだが、大丈夫だろうか。

唐突に高まった緊迫感に、俺は息を呑む。だが喉が鳴ったその瞬間、彼の殺気を真っ向から引き受けるようにして前に出たのは、驚くなかれ。桜色の着物に身を包んだ可憐で清楚な若女将――和紗さんだったのである。

「ご先祖様？　ちょっと落ち着いて話を聞いてくださいませんか。会談の途中で大声を上げるのは、少々お行儀がよくないですよ？」

表面上は和やかな笑みを浮かべつつ、何やら底冷えするような声で窘める彼女。

あ、これは間違いない。深く静かに怒っているようだ。

「言っておきますが、迷家荘は創業百六十年の老舗でございます。それだけの長き時を、あなたの子孫たちがこの地で守り継いできたのですよ？　それを今さらしゃしゃり出てきて寄越せと？　子孫の財産を奪うと仰るのですか？」

「ぬぐっ」

高丸はそこで息を詰まらせたが、目を見ると闘志は失われていない。

「女は黙っておれ！　ろくに事情も知らぬくせに出しゃばるでないわ！　そもそもおまえが子孫だなどと、我はまだ認めては――」

「主さん。その娘がそうなのでありんすか？」

声を怒らせる夫をよそに、立ち上がったのは赤頭だ。彼女は開いた扇で表情を隠しながらも、ゆっくりとした足取りでこちら側に歩み寄ってくる。

「三峰様、教えてくださいませ。その娘の言っていることは本当でありんすか？」

「……そうだ。その娘は本当にそう思っている。おまえたちを先祖だとな」

「で、ありんすか」

赤頭は何かを納得した表情になると、そのまま和紗さんの前まで足を進め、恐る恐るといった動作で指先を伸ばしてきた。

やや警戒しつつもその様子を眺めていたが、やがて赤頭の手が優しげに和紗さんの頭を撫で始めたので、俺は身構えることをやめる。

「――ああ、こんな娘が欲しかった」

「わたしも会えて嬉しいです、ご先祖様」

「ええ、あちきもでありんす。あの子の子孫がこんなにも立派に……」

「おい！　何をしているか！」

離れた場所から高丸が怒号を飛ばしてくる。

「その娘は敵側だぞ！　馴れ合うものではない！」

「何が敵なものですか」

しゃなりと腰をくねらせるようにして、赤頭は和紗さんの腕にもたれかかるように抱きついた。改めて見ると和紗さんの方が少し背が高いようだ。そういえば昔の人の平均身長は現代人よりも低かったんだっけ……。

「あちきは何度も申し上げました。あの子の子孫がどこかに残っているかもしれないと。それを見守る生活も悪くないのではと。なのに主さんは意地を張って」

「ぐっ……。だがそんな真似をすれば、同志たちに顔向けが」

「体面などどうでもいいでありんしょう？　まったくこれだから男は……」

ぷりぷりと頬を膨らませ、何やら積年の不満をぶつけ始める。

どうも赤頭の方は、アテルイの子孫が生き残っている可能性に気付いていたらしい。しかも何度か探そうと提案していたようだ。

ただ恐らく、高丸は危惧したのだろう。もし子孫が見つかったとして、それが幸福な一生を全うしたとしたら……。その様を目の当たりにすれば、胸の中に燃えている復讐心がなくなってしまうのではないかと。だから土蜘蛛の里にずっと引きこもり、たまに蝦夷の同志を見つけては少しずつ仲間に加えていった。そうやって怒りと恨みの共振を持続させ、闘う意志が錆びつかぬよう努めてきたのだ。

「いい加減にしろ！　恨み言ならあとで聞いてやるから戻ってこい！」

どうやら彼は根っからの戦士らしい。元から弁が立つ方ではなさそうだ。その証拠に今はもう、妻を呼び戻すのに大声を出すしかなくなっている。

「話が進まぬだろうが！　我らはここに仲間の悲願を背負って――」

「その通りにございます。手前どもにも譲れぬものがありますので」

見かねたのか、秀倉が割って入ってきた。敵ながらいい判断だ。ここで手をこまねいていては、取り返しがつかぬほど形勢不利になりかねない。

「そちらの言い分はわかりました。では、土地の所有権を主張するのは諦めましょう。この百六十年、この地を治めたのがあなた方だというのであれば」

「物分かりがいいことで」と童子。「それで？　その本意は？」

「ならば霊的な所有権はどうか、という話です」

秀倉はにやりとする。鼠の口の端が顎まで届くほど裂けたように見えた。

「旅館は座敷童子殿の依代と伺っております。霊的な結びつきも深いでしょう。しかし土地はどうでしょうか？」

「土地だって同じさ。僕はここの土地神でもあるからね」

「そう、そこ。まさにそこなのです。神に与えられた土地神という位……それを差し出していただきたい」

彼はぺろりと舌なめずりをしてみせる。

「手前どものうちの一人を、新たな土地神に任命していただきたいのです。そうすれば神々との交渉も叶うでしょう。もちろん本懐を遂げた暁には土地神の位はお返しいたします。いかがでしょうか？」

「ふうん。なるほどね……そういうことか」

口元に拳を当てて思案する童子。だから土地の所有権とは別扱いだったのか。霊的な所有権……彼らには土地神の位が必要なのだ。

その地位の譲渡にどういう意味があるのか、俺はよく知らない。土地神ならば神への対面が叶うというのも初耳だ。……そういえば夏祭りの時期には、瀬織津姫(せおりつひめ)に皆が挨拶しに行くと聞いたことがあるが、俺たちも行かなければいけなかったのだろうか。それとも、祭りの最終日に直接面会していたからそれで事足りていたのだろうか。疑問は尽きない。

「残念ながら、僕一人では決められないね」

しばらくして童子は、拒絶の意志を示した。

「僕にとって土地神の位はあまり意味がないものだ。それを差し出すだけで争いが避けられるというなら、個人的にはやぶさかじゃないよ。ただね、以前僕は、土地神として瀬織津姫に面会を申し込んだことがあるんだ。けれど断られてしまった。それが何故だかわかるかい？」

「……いいえ」秀倉の表情が訝しげなものに変わる。「理由を教えていただけるのですか？」

「簡単なことさ。迷家荘の座敷童子というのはね、二人で一組なんだ。神具によって繋がれた妖怪と人間、その鏡合わせの存在が一対となって初めて座敷童子となるわけさ。でもそのとき僕の相方は、座敷童子の使命を忘れたままのほほんとしていてね、神様にはそれを見抜かれちゃったってわけ」

言いながらちらちらと俺の方を見ている。そう、言うまでもないことだが、座敷童子の使命を忘れた相方とは俺のことだ。

今を遡ること十八年前、迷家荘で出会った俺たちは互いの〝魂の器〟を入れ替えた。実を言うと本来の座敷童子は俺の方だったのだが、俺は彼の器を借りて〝緒方司貴〟という少年になり、彼は〝座敷童子の代理人〟として迷家荘に残ることになった。以上が俺たちの過去に秘められた事情のあらましである。

わずか八歳で迷家荘に取り残され、妖怪の仲間入りをさせられた彼の苦労を考えると、今でも同情的な気持ちになってくるが……そのことに対する謝罪も償いも不要だと既に言われている。俺は彼に託されたこの命を使って懸命に生き、最後の瞬間まで人生を全うすると誓った。今はそれを果たすのみだ。

「ではそちらの方の許可さえ得られれば、土地神の位を手前どもに渡すと？」

秀倉が目を向けてくるが、了承することはありえない。俺にとってこの絆は、何より大切なものだ。誰より信頼する相棒との魂の繫がりなのである。それを譲り渡すような真似など、たとえどんな交換条件を持ち出されようともするはずがない。

「渡せません」と俺は即答する。「迷家荘も、この土地も、座敷童子としての繫がりも、命に替えても守り通すと誓いました。それだけの覚悟と責任が俺にはありますので」

俺たちだけではない。座敷童子は代替わりを繰り返してきた妖怪だ。俺の先代もまた、迷家荘の番頭だった。彼も生涯をかけて旅館を守り、死した後にも遠野の地を守るため現世に残っている。そんな彼に胸を張って「守り通した」と告げるためにも、今は一歩も退くことはできない。

「命に替えても、だと？　大言壮語を吐くものだ」

静かに口を開いたのは高丸だ。

「よく考えてもみよ。土地神の位は後で返すと言っておろうが。なれば一時的な譲渡、いや貸与に過ぎぬ。誇りの問題だと宣う気かもしれんが、それは本当に命を賭けてまで守るべきものか？ 貴様は既に我の間合いに入っておるのだぞ。何を言っても刀を抜かぬと侮っておるのなら――」

刀の鍔（つば）を指で押し上げながら、獰猛な殺気を放ってくる彼。

だが、これはただの脅しだ。これまで幾度となく妖怪の放つ威圧に当てられてきた俺にはそれがわかる。本気で斬るつもりなどない。

だから毅然（きぜん）として言い返す。

「俺たちは二人で一人。二人揃って初めて座敷童子という存在になれるんです。何と言われようとその立場を捨てることなどありえません。あなた方が復讐心をどうしても捨てられないように、俺にも譲れないものがあります。それだけのことです」

「よかろう。武士を前にしてそこまで大見得をきったのだ。せめて一瞬で終わらせてやる。その場を動くな」

と、高丸の闘気が目に見えて膨れ上がった。

あれ？ もしかしてこれ、脅しじゃない？ ちょっと見誤っていたかもしれないなと内心慌て始める俺。下手をすると数秒後には、首と胴が別れを告げることになるかもしれない。いや、実はもうとっくに？ そんなことを考えた瞬間――

「何をされるおつもりですか、ご先祖様」

口を開いたのは和紗さんだ。その声はわずかに震えているが、高丸への恐れからではないらしい。どうやら激怒していらっしゃるようだ。

「知れたことよ。この痴れ者を斬って捨てる。我らの覚悟を示すためには必要なことだ。いつまでも我らが人を傷つけぬと侮るなら――」

「ああ、そうですか。ふふふ、わかりました」

えっ？　了承しちゃった？

わかっちゃ駄目ですよ和紗さん。そんな視線を彼女に送るも、何故か目を合わせてくれない。よく見ると、その横顔は何故か赤く染まっていた。

どうしたのだろう。会談の場に満ちた緊張感から、体に変調をきたしてしまったのだろうか。我が身をよそに、そう心配していると――

「では緒方さん。わたしと結婚してください」

「え、はい、わかりまし………………」

は？

「ちょ、えっ、はああああああぁっ⁉」

一瞬そのまま受け入れかけたが、すんでのところで立ち止まる。

耳を疑い、状況を疑い、目の前の光景を疑ってしまう。和紗さんはやはり目を合わせてくれなかったが、もう耳まで真っ赤になっていた。

「ご先祖様、わたしと彼は夫婦になります」

続けて彼女は呼びかけていく。

「だから彼も血縁者です。それでも斬りますか？　もし彼が死ねばわたしも後を追います。ちなみにわたしに兄弟はいません。父にも母にもいません。とするとあなたの血は、あなたの短慮のせいで絶えることになりますが、それでもよろしいですか？」

最初こそ若干の照れを見せたものの、言葉を進めるうちに悲壮ともとれる覚悟が滲み出してくるようだ。

恐らくは会談の場にやってくる前から、和紗さんはこの一手を考えていたに違いない。高丸と赤頭が先祖であるなら、彼らと俺を争わせないためにはどうすればいいか。その答えを既に持っていたからこそ、迷いなく言の葉を紡げたに違いないのだ。

「…………そ、それは、しかし」

さすがの高丸も気圧されていた。和紗さんだけでなく、隣の赤頭が睨んでいる影響も大きいだろう。

彼女の目は怒りのせいか真っ赤に燃えており、もはや夫に向けてはいけないもののように思える。子孫の婿を斬るなんてありえない。何ならおまえを先にやってしまうぞと、その表情が雄弁に物語っていた。

「ま、待て。わかった。斬りはしない」

強固に見えた高丸の意地は、思ったより簡単に折れた。

「土地神の位を、だな。譲り渡してくれれば問題ない。子孫が守ってくれたなら、それを先祖に一時的に返すということで、どうか一つ……」

「――こんの」

と、そこへ。

「ぶぁっかもぉんがぁっ!!」

轟(とどろ)いたのは雷のような怒声だった。

広場に響き渡るその声量に、全員が咄嗟に耳を押さえたのがわかる。

一体誰がそれを発したのか。聞こえてきた方向に目をやると、ぱたぱたと音を立てながら黒い翼を動かして飛んでくる小さな影。さらにその後ろにそびえたつ、巌(いわお)のような大きな影が近づいてくる。

「黙って様子を見ておれば……何ともはや、情けない」

そう口にしたのは誰あろう、俺とも顔馴染みのカラス天狗であった。

「お屋形様がお怒りになるのも当然である。こんなに落ちぶれた旧友の姿を目にするとは夢にも思わなかったぞ。力を持たぬ人の子に刀を向けて脅し、その上で言い負かされるなど笑止千万」

身長はわずか五十センチ程度。黒い羽毛に包まれた体に山伏(やまぶし)の装束を纏う彼は、小さな嘴を震わせて懸命に喋っているように見える。実にコミカルで愛らしい仕草なのだが、それに似合わぬ威厳が口調からは醸し出されていた。

その後ろに続いてのしのしとやってきたのは、先程の轟音(ごうおん)を放った大天狗――羊太夫である。こちらはこれぞ大妖怪と言えるほどの風格を持つ巨漢だ。くすんだ漆黒の法衣(ほうえ)を着用し、胸元には結袈裟(ゆいげさ)と呼ばれる首飾りを煌めかせている。

しかし何より目を引くのはその鼻だろう。コッペパンのように太くて長い鼻が、顎の下までだらんと垂れ下がっているのだ。加えて目はぷっくらと腫れぼったく、灰色の髪はパーマをかけたように毛先が巻き上がっていた。まとめると、僧侶のような服装を除けばやたら鼻の大きいベートーベンといった印象だ。

「◎△$♪×¥●&%#?!」

もともと喋り方が独特で訛(なま)りも強い彼ではあるが、ズンズンと歩み寄りつつ繰り出す言葉はもはや完全に意味不明である。憤慨のあまり舌がもつれているようだが、側近であるカラス天狗には理解できるようで、しきりにうなずきを返していた。

「呆れ果ててものも言えない。このままではおまえたちを任せてくれた行者殿に申し訳も立たない。よって再修行を命じる、とお屋形様は仰せである」

「そ、それは待っていただきたい！」

何やら必死な声色で高丸が抗弁し始める。

「理由だけでも聞いて欲しい！　太夫殿、我らにもそれ相応の信念があっての……」

「聞く耳など持ち合わせておらぬ、とのことだ。神妙にいたせ」

カラス天狗が通訳したと同時に、羊太夫がその巨体からは想像できない程のスピードで高丸の首根っこを摑み、未だ声を上げ続ける彼を引きずって去っていく。地を震わせるような足取りのまま。

「お主もだ」

赤頭の耳を引っ張るカラス天狗。彼女もまた連れて行かれそうになったが、いやいやするように和紗さんの腕に抱きついて離れない。それどころか、一緒に付いていきて自分の弁護をして欲しいと頼み込んでいる。

結局、和紗さんはそれを断り切れなかったらしく、赤頭とともにカラス天狗の後ろについていくことにしたようだ。その最中、何度か俺の方を振り返ったが、やはり気恥ずかしさが残っていたようでずっと伏し目がちの様子だった。

正直に言うと、俺としても助かったという想いだ。先程の衝撃的なプロポーズが、未だに脳の芯に響き続けている。嬉しい気持ちもあるし、驚きもある。叫び出したい気分でもあるし、窮地を乗り切った安堵もある。もう何が何やらわからない。

と、そこで童子がぽつりと言う。

「いやはや、先生の保険……。まさかあれ程までに効果覿面だとはね。ねぇ、どうしてわかったの？　羊太夫が高丸たちの弱点だって」

「……大した根拠はなかったけどな」

珍しく感嘆を向けてきた彼に、俺はすぐに答えることにした。別のことを考えていた方が気が紛れるからだ。

羊太夫と高丸たちの関係を疑った根拠は、たった一つだけ。それは妖怪小説家としての知識であり、羊太夫と深く関わることになった〝サバ騒動〟のときに手帳にメモしていた事柄である。

群馬に残る羊太夫の伝説には、神通力を持つ従者に関する記述が頻出する。その名を〝八束小脛（やつかこはぎ）〟といい、山の知識や馬術に優れ、離れた場所へと一瞬にして羊太夫を運ぶこともできたという。そんな反則的な能力を持つ存在だ。

その正体には諸説あり、八束という名前から土蜘蛛――つまり蝦夷であったという説や、役行者（えんのぎょうじゃ）ゆかりの修験者であったという説。天狗であったり巫女であったり、また男であったり女であったりと、とにかく多彩な説が残されているのだ。

そこであるとき俺は考えたのである。もしかして八束小脛という一人の人物ではなく、八束と小脛という二名の従者がいたのではないか、と。

そしてその二つの名を、八幡権現が語った高丸と赤頭の異名の中に発見したときに、俺は羊太夫との関係を疑い始めた。彼のかつての従者であった八束小脛とは、実は高丸と赤頭だったのではないかと。

そんな内容を説明していくと、

「なるほどねぇ」童子は楽しげに笑みをこぼした。「やはり民族伝承ってのは侮れないもんだね。カラス天狗も〝行者殿〟って言ってたし……。ねえ、秀倉だっけ？」

「……なんでございましょうか？」

先程起きた出来事をまだ消化しきれていないのか、それとも一人きり残されて不安になってきたのか、少し不機嫌な顔つきで鼠妖怪は口を開く。しかし童子は気にした様子もなく「聞いていい？」と続けた。

「あんた、高丸とは昔からの知り合いなの？　だったら知らないかな。羊太夫の正体ってもしかして、〝藤原不比等〟なんじゃない？」

「ああ、なるほど。その件ですか」

彼は何を訊ねられているか理解したようで、少しして微笑を浮かべた。

「本人から聞いたわけではありませんが、そうだと思っておりますよ、手前はね」

「やっぱり！　じゃあ不比等は、自分で自分に多胡郡の土地を与えたわけだね。とんだ自作自演じゃないか」

「そういった時代だったということでしょう。あの方も苦労されたご様子で――」

そう言って二人で何やら黒い笑みを交わし始める。意外にもこの二人、似た者同士で気が合いそうだ。主に悪だくみの分野において。

藤原不比等は奈良時代に活躍したとされる政治家である。だがその半生は謎に包まれており、特に朝廷から追放されて下級官人となった後の足取りはほぼ不明だ。

それがまさか、羊太夫という別名を名乗って領地を飛び回っていただなんて、誰が信じるだろうか。不比等は晩年になって政治の表舞台に現れ、やがて強権を握ったとされているが、その裏側を知ると歴史の見方も変わってきてしまう。

「しかしすごい剣幕でしたなぁ」

秀倉は余裕を取り戻したようで、明るい声で言った。

「羊太夫殿と役行者殿は、昔から親交があったご様子。だから行者殿は、高弟である二人を従者として預けたそうです。それがいつしか本来の責務を忘れていたわけですからね……。高丸殿には同情しますが、まあ致し方ありますまい」

「役行者の高弟かぁ。ならそっちの方でも何か異名を持ってそうだね？」

童子が水を向けると、秀倉は即座に答える。

「〝前鬼(ぜんき)〟と〝後鬼(ごき)〟。そう呼ばれていたそうでございますよ」

「おいおい……。やっぱヤベェやつらじゃん」

思わず俺も息を呑んでしまう。役小角(えんのおづぬ)に調伏(ちょうぶく)され、その弟子となった二体の鬼神、前鬼と後鬼の話はあまりにも有名だからだ。

今さらながらに冷汗が噴き出してくる思いだ。本当に、河童と妖狐はよく無事だったものである。あの二人の歩んできた歴史を知れば知るほどその想いが強くなる。

「ふふっ。これでようやく一泡吹かせられましたかな？」

袖口で口元を隠しながら、秀倉が愉快げな笑い声を漏らした。

「ですが話し合いはこれまでのようですな。高丸殿たちが連れて行かれてしまった以上、お開きとするしかありますまい。もうこちらの要望は何一つ通らないでしょうし……。それとも手前を捕らえますかな？　なかなかの好機だと愚考しますが」

「そんなつもりはないさ」

童子はすぐさま否定する。

「だってね、交渉がどういう流れになろうと関係ない。こっちは最初から決めていたんだよ。あんたらに迷家荘の敷地内の一部を貸し出し、拠点にしてもらう。その上で神々との対話の場も僕らの方で用意しよう。あんたらの要望を伝える機会も、必ず設けると約束する」

「…………は？　よろしいので？」

その申し出を咀嚼（そしゃく）するように吟味した秀倉は、細目をわずかに開きながら驚きの声を上げる。演技のような気配はなく、素直に意外だったらしい。

「手前はこれでも商人ですよ？　その経験からすると、とても信じられない。それだけの譲歩をする理由がどこにあるというのです？」

「理由ならあるさ。あんたらを追い詰めすぎて手段を選ばなくなると、それが一番困るからね。僕らにとってはその選択こそが最悪なんだ」

童子は説明を始める。その語り口は理路整然としていた。

秀倉たちの目的は、迷家荘の敷地内に見鬼の結界を設置することだ。理由は迷家荘が遠野の中心に近い位置にあり、そこに設置すれば結界の効果が遠野全域に広がることが一つ。あともう一つは、迷家荘が遠野の中で独立地帯のように扱われているという事実だ。神々との間にそういった約定が結ばれているのである。

秀倉たちはそれを逆手にとるつもりだったに違いない。たとえ包囲されても俺たちを盾にすれば、遠野妖怪も簡単には攻め入ってこられないからだ。

「――そもそもあんたら、神々に直談判（じかだんぱん）するのが目的なんだろう？　でもそれってどうやって叶えるつもりだったの？　遠野に見鬼の結界を張り、適当に暴れていたら確かに神の干渉はあるかもしれない。でも出てくるのは若い下っ端だけじゃないかな。当時のことを知るような古き神は出てこないんじゃない？」

「確かに仰る通りかもしれません。しかし他に方法が……」

「だからこその提案だ」と彼は人差し指を突き立てながら告げた。「こう見えて高天原には強力なコネがあってね、神々を呼び出すのは僕らでやる。その代わり、あんたらはこっちの監視下に入ってもらう。これ以上勝手な行動を起こさないようにね。わかりゃすい話だろう？」

「それで座敷童子殿にどのようなメリットが？　先程も申しましたが」

「僕らは僕らで言いたいことがあるんだよ、神様にね。だからそのついでと思ってもらっていい。あと、あんたらその気になればどこにでも見鬼の結界を設置できるだろう？そうなると今より制御不能になるから迷惑なんだよ」

そう。こちらとしての最大の懸念事項はそこだ。

土蜘蛛衆が手段を選ばず行動に出た場合、遠野に住む人々の目の前で妖怪大戦争が繰り広げられることになる。それはどうにか避けたい。

「別に現代兵器の的になりたいわけじゃないだろう？　あんたらが争いたい相手は神様であって、人間じゃないはずだ。迷家荘に見鬼の結界を張るのは認めるけど、その範囲は敷地内限定にしてくれ」

「ですが土蜘蛛衆の元には血の気の多い者もおりましてな、果たして聞くかどうか」

「わかってる。ただ闘争を求めて同行してるやつらがいるって話も聞いてるよ。だから、遠野妖怪とやり合う分には構わない。好きにしてくれ。ただし、僕らの指定する武器を使ってもらうけどね」

「武器の指定、ですか？　木刀などでしょうか」

「似たようなもんさ。刀よりは穏便だけど、非殺傷とは言えないレベルの代物だ。別にそのくらいは構わないだろう？　体を両断されたって妖怪は死なないんだから、武器なんて何でも一緒だよ。それに神々との話し合いが終わるまでの我慢だ。もしそれが決裂に終わり、全部ぶちまけてもまだ気が晴れないなら好きにしたらいいよ。僕らと関係のないところでやるなら、もう止めない」

滔々と続けられる童子の語りは、今や完全に場を支配していた。

というか秀倉が一人きりになった辺りで、既に場の趨勢は決していたはずだ。しかし俺たちが提示した条件は悪くない。最大限彼らの心情を斟酌したものだと思う。

結果、ややあって秀倉はその条件を全面的に呑み、約定として証文を残すことになった。三峰様の立会いの下で、厳粛に契約が進められていく。

「じゃあ最後に教えて」と童子。「あんたらの本当の目的って何？　神々との交渉で何を願い出るつもりだったの？」

「高天原への道を封じることです」

もはや隠しても仕方がないと思ったのか、小さな鼠妖怪はただちに答えた。

「見鬼の結界を再び作り変え、〝絶鬼の結界〟として高天原への道そのものを封じます。そうして東北の地を神々の監視から解放し、それから――」

「それから？」

「我々に加護を与えてくれた大地母神……虐げられし蝦夷の民に唯一味方した古代の神、

アラハバキを解放させる」

その名を口にした瞬間、彼の細い眼の内側から光が漏れたように感じた。それこそが真の悲願なのだと物語るように。

「へえ、そうなんだ……。最後の最後にどえらい爆弾を落としてくれちゃって……」

証文にサインをしながら、残った片手を座敷童子は額に当てる。どうやらその返答は予想すらしていなかったようで、目に見えて表情が曇っていく。

「せっかく解決までの糸口が見えてきたってのに……。おかげで台無しだ。こうなったからには一蓮托生なんだから、あんたの知恵も貸してもらうよ？」

「ええ、望むところです」

二人は薄笑いを交わし合い、握手こそ避けたものの、協調して事に当たることを口頭で約束した。

だが俺はそのとき、ある事実に気付いたのである。証文を確認し、二人の意志を確かめていた三峰様が、時折俺の方に憐れむような目を向けてきていると。

――おい。これって、まさか。

狼神の反応で悟った。悟ってしまった。彼が俺を憐れむような理由があるとすれば、一つしか考えられない。さらに、その目が童子に向けられた瞬間、何やら悪辣なものを見咎める目に変わったことにも気付く。もう間違いない。完全に理解した。

和紗さんからの突然のプロポーズ。思えば明らかに不自然な行動だが、あの裏側にはきっと童子の入れ知恵があったのだろう。しかもその事実を、やつは俺に隠そうとしている。だとすれば決して許すことはできない。一体どうしてくれようか。

命を懸けてまで守ると誓った座敷童子の絆に、不信感が罅を入れていくのがわかる。こんなことなら高丸に啖呵なんてきるんじゃなかった！　ふざけやがって！　心の中でそう叫んだものの時既に遅し。全ては後の祭りなのであった。

――俺は激怒した。必ず、かの邪智暴虐の座敷童子を問い詰めねばならぬ。

未だ証拠不十分ではあるが、やつが何かをやらかしている可能性は高い。ならばこの手でとっ捕まえて尋問し、全てを吐かせてやらねばなるまい。

そう意気込んだのはいいが、数日が経ってもその機会は訪れなかった。何故だ。

俺の人生においてはよくあることだ。いつか、そのうち、近いうちに絶対にやろうと考えていることほどすぐさま実行に移さなければ駄目になる。別の用件が目の前に差し込まれて、首が回らなくなってしまうのだ。小説家あるあるである。

締め切りのある仕事と、締め切りのない仕事と、別に仕事でもないがやるべきことの三つを同時に抱えていると、何故か最初に終わるのは三つ目の〝ただの趣味〟なのだ。

意味がわからない。世の中には不思議がいっぱいだ。

いや、それはともかくとして。

「――ありがとうねぇ。わざわざ招待してもらって」

皺深い顔を和らげながら微笑んだのは、柔和な物腰の老婦人だ。天然パーマのふわりとした白髪は綿菓子のように見え、特徴的なまでに大きな瞳には昔と同じ、木漏れ日のごとく優しい光が宿っている。

彼女の名は緒方絹恵（きぬえ）。幼少期から今日まで俺の母代わりをしてくれている人だ。とてもおしゃべりで世話好きで、こちらの間合いにぐいぐいと踏み込んでくるところがあるが、その内面は繊細で傷つきやすく、結局は他人に気を遣ってばかりいる。そんな素敵な伯母さんである。

「こちらの都合で来ていただいたようなものですから」と首を横に振る。「あと、この間はろくにお構いもできませんで……」

「それはそうよ。だって司貴くんは、病院でずっと眠っていたんだし」

「ですが、意識を取り戻した後にもわざわざ来ていただいて」

「親が子供の心配するのは当然だろう？」

座卓の向かい側で湯飲みを傾けながら言ったのは、伯父である緒方貴文（たかふみ）さんだ。

年齢を感じさせない凄みのある顔つきをしているが、そこに眼鏡とロマンスグレーが渋みを加えて調和している。瘦身で背もそれほど高くはないが、元警察官であり空手有段者でもあるためか、鉄骨入りのように角張った肩甲骨が浴衣の両肩を押し上げているように見えた。

子供の頃にはあれほど恐ろしく感じた伯父の姿だというのに、今はまるで違った印象を受ける。その眼差しには冷徹さの欠片もなく、ただ温かい愛情だけが満ちているようだ。……まあ、それが俺に向けられたものとは限らないが。

「それに、〝律〟にもまた会えましたしねぇ。よしよし」

絹恵さんが膝に乗せた猫を撫でると、ニャアンと返事が返ってきた。

目前の光景を見て、俺は複雑な気持ちになる。この野郎……猫のくせに猫被りやがって。なんだその猫撫で声は。伯母さんもそんな猫可愛がりしなくていいのに。

しかもあいつはただの猫ではない。尾が二股に分かれた〝猫又〟なのだ。それに加えて俺にはまったく懐いていない。妖狐や童子の前では従順に振る舞っているくせに、俺にだけいつも辛辣なのだ。今だって薄目を開けてこちらを見つつ、伯母さんたちの愛情を独占しているのは自分だとアピールしている。舐めやがって。

「旅館内で妖怪が見えるようになったと聞いたときは驚いたが、まさか触れることまでできるとは……」と貴文さんが目尻を緩めながら言う。

「あらあなた、私は疑っていませんでしたよ？　司貴くんの言うことですもの」

「別に疑ってなどいない。……ただ、少しな」

言い訳のように言いつつ意味ありげな視線を送ってくるが、その感性の方が普通なので安心していただきたい。絹絵さんの順応性が特別に優れているだけである。

「ははは……。あまり深くは考えずに、楽しんでください」

と、俺は苦笑しながら言葉を投げかけた。この再会はあくまで奇跡がもたらしてくれたもの。いつでもというわけにはいかないのだから。

実は今回、迷家荘ではお得意様限定で、無料の宿泊招待券を発行することにしたのだ。というのも、見鬼の結界を設置して効果を固定したせいで、敷地内ではどこでもはっきり妖怪の姿が見えるようになってしまったのである。だから一般のお客さんを宿泊させることはもうできない。トラブルになるのが目に見えているからだ。

そこで俺たちがとった対策は、招待客で全ての客室を埋め、満室を理由に一般のお客さんをお断りするという、何とも力業に近い方法だった。

なので、多少なりとも迷家荘の事情に理解があり、妖怪の存在にことさら驚いたり騒ぎ立てたりしないことを条件として、宿泊料金のみを無料とした招待券を配布することにしたわけだ。そのうちの一組が俺の伯父夫妻なのであるが、他の面子も錚々たるものだ。

福井県に本拠をもつ御門流陰陽師のご一行様。通称〝妙見軍団〟。

今をときめく本格演技派女優、舞原玲奈。彼女はこれを機に酒呑童子と仲直りして欲しい。

さらに妖怪が見えるようになって大喜びの烏丸先生が呼び寄せた、妖怪小説家の同志一同が続々とやってきている。しかもペンネームを訊ねれば、どの方も俺よりはるかに格上の売れっ子ばかり。世の中にはこんなにも妖怪愛好家がいたんだなぁ、と日々感心させられている次第だ。

「——それではまた後ほど、お夕食の準備に参りますので」

気持ちよさげに喉を鳴らす猫又に伯父夫妻は柔らかい視線を注ぎ続けており、俺の去り際にもそれは変わらなかった。

考えてみれば、高校卒業と同時に家を出た俺よりも長い時間を、彼らはともに過ごしてきたわけである。それだけ愛情が深いのも当然だと言える。

しかしな、律よ。いつまでものんびりしていられると思うなよ。今の遠野には、神使見習いを遊ばせている余裕などないのだ。それこそ猫の手も借りたいほどなのだ。

きたる神々との交渉に向け、童子は遠野中を飛び回っているらしく、なかなか尻尾が掴めない。なら和紗さんに直接訊ねてみる手もあるのだが、旅館は旅館でやはり忙しく、二人きりの時間なんてほとんどとれなかった。現実は常に過酷である。

それにだ。多分気のせいではないと思うが、彼女とたまに目が合うとすぐに逸らされてしまうのだ。どうやらあのプロポーズは彼女にとってもかなり恥ずかしい発言だったらしく、安易に追及するのも躊躇われる。どうしたものか。

事務所で苦悩しているうちに、内線のブザーがけたたましく鳴った。

時刻は既に午後九時頃。最近ルームサービスとして追加した晩酌セットの注文だろう。受話器をとってすぐさま請け負うと、配膳場に用意されていたお酒とおつまみを持って客室の一つへ向かう。

「──おお、緒方くん！　こっちだこっち！」

部屋の中は大賑(おおにぎ)わいだった。烏丸先生とその作家仲間が勢揃いしているためである。

「ご苦労さんだった。ところで緒方くんも混じっていかないか？　興味深い話が次から次へと出てきてな」

「いえ、すみません。まだ仕事中ですので……」

憧れの大作家からの誘いなので、首を縦に振りたいところではあるが、ここはぐっと我慢する。晩酌セットは大人気なので、まだまだ注文は入るだろう。宿泊代無料の大盤振る舞いをしている以上、料理でお金を稼がなければ経営が傾いてしまう。

しかし今夜の盛況ぶりは一段と激しい様子だ。妖怪小説家の皆さんは、当初こそ河童を見て奇声を上げたり、いきなり妖狐を拝みだしたり、空太を撫でてにこにこしたりしていたが、それとは別種の熱狂に包まれている気がする。興味を惹かれて見てみると、どうやら輪の中心にいるのは牛鬼の配下である岩鬼と——

「そこで何してんだよ、鱒沢さん……」

ボロボロになった黒塗りの鎧を着用した、落ち武者としか表現できない外見の男性が、赤ら顔で機嫌よく武勇伝を披露していた。つるりとそり上げられた頭部の月代が照明を反射して眩しい。

左腕の付け根には何故か深々と矢が刺さっており、その周囲は鮮血で真っ赤に染まっている。また返り血と思われる赤茶けた染みも衣服に散見されるが、実はこれらは全て演出だ。鱒沢さんなりに気を利かせたらしい。

「うむ。鱒沢左馬助殿の話は、何度聞いても実に興味深い」

うんうん、と何度もうなずきつつ、烏丸先生は言った。てっきり河童や妖狐のような明確に人外然とした妖怪が好きなのだと思っていたが、違うらしい。

「——なるほど。近世であっても、歴史の真実は史書とはまるで違うと……。ではこちらの岩鬼殿も、実は名のある武将だったりするのでは？」

熟年男性に見える作家の一人がジャーナリストのように訊ねると、岩鬼は六本の腕を胸の前で組んだまま、がっはっはと部屋が揺れるような大笑を響かせた。

「いやいや某など、左馬助殿に比べたら木っ端のようなもの」

「またまたご謙遜を」と鱒沢さん。「岩鬼殿のような立派な武人が、歴史に名を残していないなどありえぬでござるよ」

「ははは。まったく汗顔の至りではありますが……事実にございます。某は伊達忍軍の乱波でございましたので」

「ほう？　伊達の？　では黒脛巾組でござるか」

「ええ、生前の名を世瀬蔵人と申しまして――」

　あれ、と俺は違和感を覚えた。伊達忍軍って確か、八戸直政に毒を盛って暗殺した張本人だと聞いたような……？

　そして八戸直政は死後、霊魂となって彷徨っているところを牛鬼に拾われ、しばらく土蜘蛛の里で過ごしていたはずだが……被害者と加害者がすぐ近くにいたということだろうか。それはそれですごい話だな。

　まあ暗殺は伊達政宗が命じたことだし、当時の世情を鑑みれば、忍者に責任を問うのはどうかとも思う。成功しても失敗しても、口封じのために消された例もあるようだし。

「確かに興味深い話ですね。現代の感覚とはかなり違って新鮮――」

　言いつつ烏丸先生の方に目を戻すと、どうやら取り込み中のようだ。手元が見えないほどの速度でメモをとっている。

なるほど、だからこの二人が輪の中心にいるのか。鰐沢さんは酒を吞ませれば何でも簡単に喋りそうだし、見た限りでは岩鬼も同類。ネタ集めには最適だろう。この感じだと、烏丸先生の次回作は江戸時代が舞台かな？

創作活動への飽くなき欲求を見せつけられ、俺もいつかはこうなりたいなと思う半面、そのためには速やかに目の前の仕事をこなさなければと自戒する。

名残惜しくはあったが、一度お辞儀をしてその場から辞去することにした。同じ情熱をもつ妖怪小説家たちの熱気を背中に受けながらである。こんな形で顔を合わせることにはなったが、いつかあの輪の一部になれる日がくればいいなと思う。

対照的に冷えきった廊下に出て窓の外に目をやると、分厚い闇に閉ざされた庭の先に、柔らかな光を湛えた白沢家の本宅が見えた。

紺野一家は揃ってあちらで夕食会だと聞いている。空間を隔てるガラスにはもう夜露はついておらず、外気に息が白く染まることもないだろう。着実に近づいている春を感じながら、板張りの通路を進んでいく。

するとその先に、赤い着物を着た少年の姿が見えた。

「――見つけたぞ！」

言うが早いか、かねてよりシミュレーションしていた通りに、俺は捕獲行動に移る。

廊下を音を立てて走るなど、番頭失格かもしれない。だがようやく訪れたこの機会を逃すわけにはいかないのだ。

そのまま童子の背中に追いつくと、背中を軽く押して壁際に追い詰めていく。そして彼の小さな顔の両側に手をついて、逃げ場を全て塞いでから語りかけた。

「ようやく追い詰めたぞ。すぐに吐け。全部吐け」

「な、なんだよいきなり。びっくりしたじゃないか。僕が何をしたって……」

「もう目が泳いでるだろうが！　何かした自覚がある証拠だろ！」

童子の視線は明らかに不審な動きをしていた。逃げ場を探しているような、助けを求めているような、そんな動きだ。

しかし現状、周囲には隠れられる場所も、味方してくれる者もいない。わずかのうちにそう判断したのか、ふうと大きく溜息をつきながら顔を伏せる。開き直る気か。

「……で、何の用？　壁ドンってまだ流行ってんの？」

「余計なことは囀るな。俺が聞きたいのは一つだけ。……おまえ、和紗さんに何か入れ知恵しただろう？　あの衝撃のプロポーズの前に」

「ああ、それね。入れ知恵とは聞こえが悪いな」

別に何でもない、というふうに平然とした顔で答える彼。

「助言と言って欲しいね。和紗はずっと悩んでいたんだよ？　高丸たちと、僕らを闘わせないようにするにはどうすればいいかって」

「そこでおまえが悪魔の囁きを吹き込んだ、と」

「ほんと人聞きが悪いよね。違うって。ちょっとしたアドバイスだって」

「なんでそんなことするんだよ！」

　理解はできる。和紗さんが悩んでいたのも事実だろうし、その助言があったからこそ高丸たちと休戦できた。それはいい。だが納得はいかない。

「俺の方からプロポーズしたかったのに！　そうじゃなきゃ……」

「別にいいじゃん、どっちからでも。結果は一緒なんだからさ。……大体いつの時代の価値観だって話だよ。プロポーズは男の方からだって決めつけはよくない。ジェンダー平等を声高に訴えるよ、僕は」

「そ、そんなんじゃない！　俺がこっそり練習してたことだって知ってるだろおまえは！　だったら」

「うん。その練習は無駄になってないから安心していい。というか事実上、あんたの方からプロポーズしたことになってるからね」

「は………？」

　悪戯っぽい口調で放たれた童子の言葉が、耳の奥で何度も反響する。

　やがてその意味を察すると同時に、今度は頭の中が真っ白になった。

「お、おま……！　まさか！」

「うん。録音してたね。それを聞かせたね」

ぺろっ、と舌を出す少年。媚びたような仕草だが、俺の目には酷く邪悪なものに映る。だから舌の先も二つに裂けてるように見えた。きっと錯覚なのだろうが。

「な、なんで……」

動悸が激しくて言葉が続けられない。するとそれを好機と見たのか、ぺらぺらと流暢に喋り出す鬼畜妖怪。

「そりゃ録音の準備くらいするよ。覚えてない？　あのとき僕は、突然指紋採取なんてし始めたあんたのことを疑ってた。だから動かぬ証拠を押さえようとしてたってわけ。ちなみにボイスデータはあんたのスマホの中に今も残ってる」

つまり、だ。童子はあのとき練習で口にした俺のプロポーズを、そのまま和紗さんに聞かせてしまったのだ。

悪辣なんてレベルじゃない。これは犯罪だ。謝罪と賠償を要求したい。……が、彼がその音声を録音することになったきっかけは、俺が和紗さんの指のサイズを知ろうとして指紋採取したことにある。そこは確かにこちらの失点だが……。

「ちなみに和紗だけじゃない。みんな聞いてるよ」

「なん、だと……？」

「白沢家のリビングで聞いたからね。大女将も、絃六も、直純も、河童も妖狐も空太も

「身内全員じゃねぇか！　あと最後に全然知らないやつ混じってなかった⁉」

酷い話だ。みんな知ってて俺に黙っていたのか。知らないところでクスクス笑ってたのか。……あと最近、朝食に冷ややっこが付け加わった理由がわかったよクソったれ。

「でも大丈夫だったから！　安心しなって！」

何故かそこで童子は声を弾ませた。

「僕もね、みんなもう少し笑うかなと期待したけど全然だったんだ。和紗は真っ赤になりながらも、にやけてくる顔を元に戻そうと必死だった。大女将と紘六はほっこりと温かい眼差しになり、直純は腕を組んで『ん』とうなずくだけ。河童と妖狐と空太は早速祝杯を挙げようと出ていくし、残りのやつらもお祝い品は何がいいかと話合ってた。あんた、本当に愛されてるねぇ」

「豆腐小僧は？」

「一丁おまけしてくれたよ」

あっそ、と俺は呟く。いや、豆腐小僧の反応が本当に気になったわけじゃないのだ。でも何だか聞かずにはいられなかった。俺も見たいよ豆腐小僧。今度ちゃんと会わせてくれよ。

というかその豆腐、食べると全身にカビが生えてくるんじゃなかったっけ？　それは後世に付け加えられた創作の設定だっけ？

「……わかったよ」

一通りの事情を聞き、ある程度納得し……はしなかったが、主に豆腐小僧のおかげで精神状態が落ち着いてきた俺は、その場にしゃがみこんで両手で顔を覆う。

済んだことはもう仕方がない。おかげでいくつか問題が解消されたのも事実。しかしプロポーズは後日改めてやり直そうと固く心に決めた。絶対に。

ややあって、気を取り直して立ち上がると、

「で、おまえ最近、どこをほっつき歩いてたんだ？」と早速訊ねる。「神様との交渉の準備だとは思うが、進捗はどうなんだ？　全然わからないから不安なんだが」

「ああ、大丈夫大丈夫。そっちは万事順調だよ」

壁際から離れた童子が、解放感を表現するためか両腕を左右に大きく広げた。

さらに周囲を歩き回りながら言葉を続けていく。

「大工妖怪への発注も、方々への協力依頼も終わったところさ。こういうときにお偉いさんと知り合いだと助かるよね！　コネ万歳って感じだよ！」

「その口振りに嫌な予感が……。また何か悪いことを考えてるだろ、おまえ」

俺にはわかる。こいつがこういう笑い方をするときには、大抵ろくなことが起こらない。絶対に何かをやらかすだろうという負の信頼感は、この三年間の実績と経験に裏打

ちされたものだ。

その証拠に、連日精力的に活動して疲労しているにも拘わらず、童子の肌の張りが妙に良いのである。まるでひとっ風呂浴びてきた直後のような、輝かんばかりの表情だ。それを眺めているだけで不安になってくる。あまりにも怪しすぎる。

こいつ、高丸よりも余程〝悪事〟の二つ名が相応しいのではないだろうか。悪事王とでも呼んでやろうか、などと考えてしまう俺だったが、口には出せない。

何故なら彼が自発的に動くと、高確率で事態が好転するからだ。思いもよらぬ策略と冴えた一手で、いつも最高の結果を引き寄せてくるのだから文句は言えない。有能すぎる悪戯っ子は本当に始末に負えないのである。

「あはは。細工は流々、あとは仕上げを御覧じろってね」

「せめて何をするつもりかだけ教えてくれ。和紗さんたちにも説明しておかなきゃいけないだろ？」

どうせ止められないのなら、予防線だけは張っておきたい。そう思って訊ねてみると、彼はこれまでよりもさらに一層笑みを深くした。

「聞きたい？　そうかそうか。心の準備は必要だもんね！」

口角が上がりすぎて、ほぼ口が裂けていると言ってもいい。それだけの凄絶な笑みを見せつけつつ、邪悪の権化と化した座敷童子は言ったのだ。

「冥府に訴状を送ってやったのさ。つまり裁きの場に神々を引っ張り出して、正面から堂々と論破してやるってこと。意味わかる？　わかるよね。原告は僕らで被告は神様だ。蝦夷戦争をネタにして土蜘蛛衆の溜飲を下げ、暴力行為の伴わない平和な紛争解決を目指そうじゃないか！　そう、遠野における〝妖怪大裁判〟再びだ——！」

慌ただしさのあまり、日々がただ目まぐるしく過ぎ去っていく。まるでダイジェスト映像のような速さと簡潔さで、次から次へと場面が切り替わっていくようだ。

仕事に疲れて床についたかと思えば、ほんの瞬きの間に朝が訪れており、スケジュールが続々と心太式に押し出されてきては、必死にこなしているうちに夜になっている。その繰り返しである。

日中の気温もずっと上がり続けており、旅館内で忙しなく動いているとじっとり汗ばむことも多くなった。まるで春と夏が同時に押し寄せてきたようだ。怒濤のごとく起こり続ける毎日の変化に、体の順応が追いついていない。

それでも精神的には充実していた。今や迷家荘の中では、人間と妖怪が完全に共存していると言っていい。その一助として働けることがモチベーション向上の要因になっている。何だかんだ言っても俺は、結局のところ妖怪が大好きなのだろう。そんな当たり前の事実を今さら再認識してしまった。

とはいえ、多忙を極めているのも事実だ。迷家荘で受け入れた土蜘蛛衆も、当初こそ桜の丘の広場でひっそり野営していたものの、そのうち大工天狗たちに見つかって仕事に引っ張り出されるようになった。

敷地内の庭を半壊させ、客室棟の一部を損壊した原因が彼らにあると知った羊太夫は、修復作業の手伝いを命じたようだ。屋根の上でトンカチを振るう高丸を見たときには目を疑ったが、経緯を聞いて納得した。本当に羊太夫には頭が上がらないのだな、と。

そして一日の仕事を終えた土蜘蛛衆は、酒で疲れを吹き飛ばそうと酒宴に混ざるようになった。そのせいで宴会場がかつてない賑わいを見せるようになったわけである。

大宴会場と小宴会場、さらにその二つを繋ぐ廊下にもびっしりと多種多様な妖怪が座り込み、酒と料理を楽しんでいるのが現状だ。ただ何よりも驚くべきなのは、その中に一定の割合で人間が交じっていることだ。一切の違和感もなく。

「――あら番頭さん、お疲れみたいね」

「はい、お疲れ様です夕霧さん。そちらは楽しんでおられるようで……」

少しだけ恨みがましい目を向けてしまった相手は、御門流陰陽師の当主、夕霧さんだ。藍色の着物をきっちり着こなした気品のある老婦人なのだが、ほろ酔い状態のためか頬はすっかり上気しており、口から漏れる吐息もやや熱っぽい。

毎日の宴会を一番楽しみにしているのは、実は御門流の陰陽師たちなのだそうだ。というのも、修行によって多彩な術を修めた彼らではあるが、その大半は見鬼の才を持たず、これまではまったく妖怪の姿が見えなかったらしい。

そういった事情から、実は当初から宴会に興味津々。最初の数日は遠巻きに見ていたようだが、一人が河童に誘われて中に引き込まれると後は早かった。仲間を助けに行く名目で次々に飛び込んでいき、最後には当主の彼女までがご覧の有様というわけだ。

「――緒方さん、こちら注文入ってます！　けど内線が混線してて」

「わかりました！　こっちで対応します！　……それでは夕霧さん、ごゆっくり」

会釈をして彼女と別れ、注文の聞き取りに向かうことにする。

今、俺の名を呼んだ仲居服の女性は舞原さんだ。役作りのため仲居として働いた経験のある彼女は、目の回るようなこの混雑ぶりを見て、自らヘルプを買って出てくれた。ありがたすぎて涙が出る思いだ。

おかげでオーダー取りと料理の提供は何とかなっているが、一番大変なのはもちろん厨房である。絃六さんと伊草さんは、毎日夕方から消灯時間までフル稼働だ。それでも一向に疲れた顔を見せないのは、元々の体力が違うのか、俺と同じでやり甲斐を感じているのか。はたまたそれとも……。

「――おい相棒、料理上がったぞ！　取りに来てくれ！」

事務所付近まで戻ってきたところで、厨房の方からそんな声が聞こえてきた。

軒下を通って配膳場の暖簾を上げると、赤塗りの般若面を被った男性が間髪入れずに配膳用カートを押し付けてくる。

この黒い甚兵衛羽織を着込んだ妖怪の名は〝鬼若丸〟。今は六角牛王の従者をしているが、生前は迷家荘の番頭兼板長を務めていた。つまり。

「おじいちゃん！」和紗さんが息せき切って駆け込んでくる。「玄関に妖怪のお客さんが来てるの！　そっち頼めますか！」

「おうよ任せとけ！　そんじゃ絃六、直純、行ってくるからよ！」

「あいよ！」

活気のある返事が厨房から響いた途端、颯爽と背を向けて鬼若丸は配膳場を飛び出していく。遠野における妖怪間の関係性については、俺よりも彼の方が余程詳しい。そのため人外のお客様については彼に案内を任せることにしたのだ。

本来、来客時の出迎えは俺の仕事なのだが、彼の方が先輩で大ベテランなので仕方がない。まだまだ学ぶべきことばかりだと痛感する。

「……もう。おじいちゃんったら、活き活きしちゃって」

和紗さんが何やら複雑な表情になって呟く。

「というか、酷いと思いません？　今まで何度も顔を合わせていたのに、おじいちゃんたらずっと素知らぬふりをしていただなんて……」

「まあ確かに。ですが統司さんにもいろいろ事情があったみたいですし……」

鬼若丸の正体、白沢統司は和紗さんの祖父だ。そして俺の先代の座敷童子でもある。彼が俺のことを相棒と呼ぶのはそのためだ。

お察しの通り、彼が正体を明かした際には一悶着……いや三悶着くらいあった。腰を抜かさんばかりに驚いた紘六さんと、逆に平然とした様子で湯飲みを傾け、「んだなぁ」とうなずく大女将。そして「何で教えてくれなかったの！」と怒り出した和紗さんと、まさに三者三様の反応だった。

「おばあちゃんもおばあちゃんで、おじいちゃんが前の座敷童子様だったことを知ってて黙ってたって言うし……。こんな機会でもなければ、ずっと知らないままだったわけじゃないですか。やっぱり酷いと思いません？」

「え、ええ。そりゃもちろん。……あ、また内線鳴ってますね！　俺出ますから！」

と言ってそそくさとその場を離れる。全てを知りながら秘密にしていたのは俺も同じなので、追及されないうちに離脱すべきだ。戦略的撤退である。

それから急いで事務所の戸を開けると、騒々しく鳴る内線の受話器を取り上げて耳元に当て、素早く注文を書き取った。その後厨房に向けて大声で伝える。

まだまだ宴は始まったばかりだ。今夜はあと何往復しなければいけないのだろうか。

想像するだに恐ろしいが、旅館従業員の習性が考えるより先に体を動かした。

星のない空から緞帳のごとく闇が下りてきて、見る間に層をなしていく。そんなすっかり夜も更けた午後十時頃になって、ようやくオーダーを告げるベルが鳴り止んだ。

ああ、終わった。今日も何とか乗り切ったなと、俺はほっと一つ息を吐く。

宴会はまだ続いている様子だが、館外で安価なお酒を買って持ち込んでいるお客さんも多い。それにフロントには自動販売機があるし、少し歩くことにはなるがコンビニもある。お酒を求めて争いが起きることはないだろう。ないといいな。

ともあれ休憩だ。疲労を自覚したせいか足がもつれ、事務所の椅子の上に座り込んでしまった俺は、心地よい疲労感にぼんやりと天井を見上げる。

静かだな。不気味なほどに……。

そう思っていると、窓の外にうっすらと明かりが見えた。しかもそれが一つ二つと増えていくのだ。そしてあっという間に視界の大半を埋め尽くす橙の奔流となった。

そこでぱちりと音がして、唐突に事務所の照明が消える。

「――やっぱり、明かりがない方がよく見えますよね」

入り口の方から悪戯っぽい囁き声が聞こえてきた。今さら聞き間違えるはずもない。

和紗さんの声だ。

「そうですね」と微笑みながら俺は答える。「どうやら完成したみたいですね。なら今から試運転でしょうか。あの〝山車〟」

山車とは飾り付けをした屋台のことだが、今回彼らが作ったものは格別に勇壮な見栄えのものである。

木材と鉄で頑丈に作られた台車の上に、立派な二階建ての社を築き上げて精緻な飾り付けを行い、さらに屋根の軒先から多数の灯籠を吊るしている。今はその全てに明かりが灯されているため、黄金色に輝く仕上がり具合は見事の一言だった。

「うわぁ、本当に綺麗ですね！」窓に近づいた和紗さんは感嘆の声を上げる。「たった三日で作ったとはとても思えませんよ」

「群馬の大工天狗、恐るべしですね」

彼女の後ろから近寄りながら、俺も同意を返した。

羊太夫の主導で作られた山車は二台。土蜘蛛衆を動員したことで工期を大幅に短縮できたようだが、経緯を考えれば彼らが手伝うのは当然だ。何故なら、あの山車こそが彼らの扱う〝武器〟なのだから。

そう。あの会談で童子は、確かにこう言ったはずだ。『ただし、僕らの指定する武器を使ってもらう』と。

回想しながら見ている間にも、宴の第二部が始まった。

「――いけいけいけいけいけぇっ!!」

声を上げたのは牛鬼だ。もうびっくりするほど粗暴で品がない。

それもそのはず。彼女は既に泥酔しているのだ。その上で山車の頂上部分にある尖塔にしがみついているのだが、威勢のいい掛け声にも拘らず、落ちないようにするだけで手一杯らしい。

「何をこしゃくな！　土蜘蛛どもを粉砕せよ！」

一方、もう一台の山車の上には八幡権現が悠然と立っていた。あちらは決戦に備えて酒量を調整したようで、発する声も指示も明瞭だ。

そうこうしているうちに、二台の山車が中庭の外れで激突する。本来なら生垣があったはずのその位置は、現在はただの荒地である。そこを舞台に、双方合わせて二十体以上もの妖怪が押す山車が何度となくぶつかり合って轟音を放つ。なかなかの迫力だ。

「こういうのって、喧嘩祭りって言うんですよね？」と和紗さん。「日本三大喧嘩祭りがあるという話を聞きました。一番近いのは秋田でしたっけ」

「らしいですね。いつか見に行きたいところです」

「いいですね。……ところであれ、どっちが優勢なんでしょうか」

「さぁ、よくわかりません。というか、どうなったら勝ちなんですかね？」

「相手の山車が壊れたら、じゃないですか？　もしくは全ての灯籠の火が消えたら負け、とかでもいいかもしれません」

「ああ、それはわかりやすいですね。それでいきましょう」

どうせやつらは派手に衝突できれば満足なのだ。ルールもろくに決めてはいまい。

土蜘蛛側の最後尾から押しているのは高丸だ。六本の腕を大きく伸ばし、山車をしっかり摑んでいるので安定感は抜群。力のロスもほとんどないだろう。

対する遠野勢の山車を押しているのは、多分河童だと思う。事務所の窓からでは角度的に存在が確認できないが、あいつが見せ場を譲るとも思えない。

「山車がどんどんボロボロに……青森のねぶたみたいで綺麗だったんですが」

「駄目ですよ、緒方さん。ねぶた祭りが始まったきっかけって、坂上田村麻呂の伝説だという説があるんです。田村麻呂が蝦夷を征伐した際、灯籠を使って誘き出した故事を由来とするっていう……。そんな話が知られたら、またご先祖様が怒っちゃうかもしれませんから」

「マジですか……。それは黙っておきましょう、本当に」

東北の地に残る伝承は地雷だらけだ。蝦夷征伐にまつわる諸問題はいろいろなところに影響を及ぼしているなと改めて思い知らされる。童子のやつ、知っていて山車を武器に指定したんじゃあるまいな。

とはいえ苦情は届かない。今も彼は、寝る間も惜しんで遠野中を駆けずり回っているはずだからだ。その足として使われている妖狐が愚痴をこぼすほど、あちらも負けず劣らず忙しいらしく、時々「休みたい」と弱音を吐いているとも聞く。

一言で「裁判を起こす」と言っても、その手続きは多岐に亘るようだ。相手が面識のある冥官、〝司録(しろく)〟であっても融通は利かない。各種準備書面の提出や、争点整理の話し合い。証拠品の提出とその検査。証人との交渉に、高天原からの答弁書に対する反論の準備など、やるべきことは山のようにあるらしい。大変だ。

そちらについては丸投げの形になってしまって申し訳ないが、俺の方にも番頭としての職務がある。歓待している妖怪の中にも証人を頼んでいる者が複数いるので、彼の力にはなっているはずだ。

「……あの、山車の側面を押していた方々が、もう普通に殴り合ってますが」

「放っておきましょう」見て見ぬふりをする俺。「童子がしたのは武器の指定だけなので、素手は知りません。彼らは丈夫ですから明日になったらピンピンしてますよ」

「ならいいんでけど」

ところで他のギャラリーにはどう見えているのだろうか。もしかすると少々教育に悪い絵面になっているかもしれない。心配しつつ、客室棟の方に目を向けてみた。

だが意外にも好評のようだ。紺野一家は四人が窓際で鈴なりとなり、肩を寄せあって仲良さげに見物している。ときには歓声を上げたりもしていた。

隣の窓では、何やら舞原さんが酒呑童子の耳を引っ張っている。あれは多分、喧嘩祭りに混ざると言い出した彼を窘めているのだろう。

さらに隣を見ると、窓から身を乗り出さんばかりにしてビデオカメラを回す男性の姿があった。妖怪小説家に違いない。見鬼の結界の中でも妖怪はカメラには映らないことが判明しているので、あとでそれを知って絶望すると思う。

他の見物客たちにも概ね好意的に受け止められているらしい。律を抱いたまま眺めている伯父夫妻も幸せそうだし、妙見軍団は酒瓶を振り上げながら応援している。凪人と綾斗も隣り合って何かを語り合っているし、屋根の上には戦況を見守る大工天狗たちの真剣な姿もあった。

「……あったかいですね。急に春がきたみたいで」

やがて和紗さんが静かに言う。

「おじいちゃんとおばあちゃんも、どこかで一緒に見ているでしょうか」

「ええきっと。でも喧嘩祭りよりも、客室棟の方を見てもらいたいですね」

お客さんの幸せそうな笑顔こそが、旅館従業員としては何よりの喜びだ。

すると彼女は、そうですねと答えてくすりと笑った。中庭で踊る灯籠の、その仄(ほの)かな明かりに照らされた横顔は本当に、この世のものとは思えないほど美しく見える。

だからそこで、自然と体が動いた。

彼女の手を握り、胸の高さまで引き上げる。

そして、ずっと大事にポケットに入れていたものを取り出し、不思議そうに俺の目を見上げてくる和紗さんの掌の上に置いた。

「これ……？　緒方さん？」

「先に謝っておきますが、すみません」

言いながら箱の蓋を開く。その中にはとても小さな、涙の一滴にも満たない大きさの宝石が納められていた。

「……指輪のサイズがわからなかったので、宝石だけ先に用意しました。ですので今度、一緒にお店に行っていただけると嬉しいです。指輪を完成させたいので」

「緒方さん……」

意味するところはすぐに伝わったらしく、上目がちに置かれた彼女の瞳が潤み始める。いつしか頬の色も桜色に染まった。それを見つめながらさらに口を開く。

「どうかお願いします。俺と、結婚してください――」

瞬間、世界から音が失われた気がした。

小説家のくせに、と罵られることも覚悟の上だ。気の利いた台詞はいくつか思いついたのだが、その度に耳元で囁きが聞こえたのである。あの、赤い着物を着たこまっしゃくれた少年の声で、「らしくないね」と。

だから直球勝負に出た。その選択は正解だったと思う。心を決めた途端に何もかもが無粋に感じられるようになったし、余計な言葉を差し挟む余地も実際にはなかった。

おかげで心地よい時間を手に入れることもできた。今や、事務所内には大きく波打つ二つ分の鼓動が響いているだけであり、それを聞いていると胸の内に何かが満たされていくように思え、確かに気持ちが繋がっていることを実感した。

ただどこにでも空気の読めないやつらはいるものだ。しばらくすると窓の外から大きな笑い声が聞こえてきた。

きっと山車を操るのに飽き、素手での力比べにも飽きた妖怪たちが、外で酒盛りを始めてしまったのだろう。闇夜にぼんやりと浮かんだ美しく儚い灯籠の光を肴にして。

でもいいさ、これでいい。これが一番俺たちらしいと思う。

迷家荘で過ごす妖怪まみれの日常を通して、その騒がしさの中で育まれてきた愛だから、こんなプロポーズが相応しいと感じるのだ。目の前の彼女にしたってそれは同じに違いない。

だから二人でこれから先も、賑やかで温かな時間を共有していくために……。

「よろこんで」

最後に和紗さんがそう答えると、俺たちは手を取り合って、しばし微笑み合う。

そしてどちらからともなく顔を近付けて、内緒話でもするようにこっそりと、初めての口づけを交わしたのだった。

時間は歩みを止めることなく進んでいく。まったく脇目も振らず、ただ一直線に。

裁判の詳細が決まった辺りから、時の流れはさらに加速していった。日中の通常業務に法廷の設営、当日の段取り確認までもが加わり、もう完全にオーバーワークだ。

というのも、何から何まで異例の事態である。みんながみんな手探りで準備を進めていたので仕方がないだろう。妖怪のために人間が神を訴えるだなんて、今聞いても冗談かと思うような状況だ。要領が摑めなくて当然。

そんな世にも珍しい裁判が行われる舞台は、迷家荘の敷地内にある桜の丘の広場と決まった。というより童子がゴリ押しした。見鬼の結界があるこの場所ならば、生身の人を証人として出廷させることができるためだ。

大工天狗が頑張ってくれたおかげで、何とか会場の見栄えも整った。正面の桜の前には裁判官が座る法壇。そこだけが一段高く作られており、あとの席は全て同じ作りだ。赤い敷物（しきもの）の上に木製の机と椅子が整然と置かれている。

左手には原告用の長机が鎮座し、右手には同様に被告席。広間の中心には証言台が設けられ、最外周には法廷を取り巻くようにしてゴザが敷かれているだけの傍聴席もある。

腕時計を見れば午後一時。日付は三月下旬。天候は晴れ。

座敷童子とともに一早く会場に到着した俺は、早速原告席の座り心地を確かめながら、久しぶりに彼と雑談を交わしていた。

「――プロポーズで初キッスって、二人揃ってどんだけ奥手なの⁉　まさかそこまで仲が進展してなかったとは思わなかった。何なの？　情緒が中学生で止まってるの？」

「声がでかいな！」

童子の口を押さえつけ、一度周囲を見回して確認する。よし、誰もいない。

「俺たちには俺たちのペースがあるんだよ。大体、一緒にいるときってほぼ職場だからな。進展するような機会なんてなかったし」

「にしたって、何度かデートだってしてただろうに……」

すっかり呆れ顔の彼だが、俺とてタダで情報を渡したわけじゃない。交換条件だというので仕方なくだ。

「で、おまえの方はどうなんだ？　この裁判、勝てるんだろうな？」

「そりゃもちろん。とはいえ今回はかなり変則的だ。なにしろ……」

「――あ、もう作戦会議始まってます？」

と、そこにやってきたのは和紗さんだ。普段通り折り目正しく桜色の着物を着こなしており、和装の天使ここに見参といった感じである。その姿を目にしただけで胸が早鐘を打ち出したのは、やっぱり俺の情緒が中学生レベルだからだろうか。

「まあね」と童子。「一応概略を話してたんだ。和紗も座りなよ。全体の流れをさっと話しておくからさ——」

どこからかレジュメを取り出した彼は、文面を指先でなぞりながら説明を開始する。口頭弁論の進行がタイムスケジュールを添えた上でまとめられているだけでなく、証人が発言する予定の台詞や予想される反論内容、それに対する答弁などが事細かに記されていた。

こうして見ると裁判というものは、あらかじめ筋書きが決められたお芝居のように思える。それを裁判官の前で上演し、どちらに正義があってどちらに否があるのかを判断してもらうわけだ。……まあ妖怪裁判の場合はいきなりアドリブをぶっこんでくる者が多いので、予定通りにはいかない気がするが。

と、そんな話をしているうちにも、ガヤガヤとした声と雑踏が周囲から聞こえてくるようになった。

傍聴席がどんどん埋まっていく。小競り合いを避けるためか、暗黙のうちに派閥分けがされているようだ。原告側、つまり俺たちの後ろには、土蜘蛛衆と迷家荘の関係者が多い。別の言い方をすると、ここ最近旅館内で派手に宴会をしていた者たちだ。

牛鬼と岩鬼、アカメの姿もこちらにあった。……あ、アマビエ——いや、天彦もいるじゃないか。密かに心配していたが、無事で良かった。

対する被告席の後ろには、遠野勢の重鎮が並んでいる。六角牛王、八幡権現、乙姫、顔を隠しているがあれは宇迦之御魂神（うかのみたまのかみ）だろうか。三峰様や新荒神権現（しんあらがみごんげん）——元トイレの花子さんの姿まであった。

俺たちから向かって右手、証言台の後ろ側の傍聴席には人間が多い。紺野さん一家や静香と健吾。舞原さんと酒呑童子に、烏丸先生率いる妖怪作家一同……。正直彼らには参加を自粛してもらおうかと思ったのだが、「馬鹿な！　こんなイベントを見逃すなんてありえない！」と口々に訴えてきたので、俺には止められなかった。

……おっと、ここで裁判官一行のご登場だ。

今回、裁判長を務めてくれるのはもちろん冥府の主、閻魔大王（えんまだいおう）である。

外見上は絃六さんよりもやや若く見える熟年の男性だ。髪は黒々とした剛毛で、もみあげから顎に降りて髭と繋がっており、その不潔でない毛深さがびしっとした法服と相まってダンディな雰囲気を醸し出している。あと、幼少期に絵本で見た〝森の熊さん〟を彷彿（ほうふつ）とさせる。

「……予定の時間だが、被告はまだのようだな」

呟きつつ、厳格そうに表情を引き締めながら席につく彼。

両隣には冥府の役人――冥官が無言で控えているのだが、両人とも俺は面識があった。閻魔様の右側にいる妙齢の女性は〝司命〟。左側の男性は司録といい、二人とも梵字が描かれた布で顔全体を覆い隠している。……まあ、厳つい見た目に反して愉快な性格をした方々なので、今頃内心ではうきうきしているかもしれない。

「被告席には誰が来ると思う？」

童子が小声で訊いてきたので、少し思案して答える。

「普通に考えると宇迦之御魂神だけど……違うみたいだな」

遠野に本拠を置いており、神使の統括でもある彼女なら適任だと思うのだが、何故か傍聴席に腰を落ち着けたまま動こうとしない。もっと立場が上の神様が来るということだろうか。

「おまえの予想は？」

「当事者の鈴鹿御前が来てくれればありがたいんだけど」

坂上田村麻呂に神刀を与えたとされる天女のことだ。彼女が来てくれるなら、今回の裁判においてこれほど相応しい存在はいない。高丸を証言台に呼べばきっとノリノリで追い詰めてくれるはずだ。

「でもそう易々とは――――なっ⁉」

「えっ⁉」

声を上げた童子が一方向を見つめたまま固まってしまった。そちらに目を向けた俺も、同様に驚愕を露わにしてしまう。

一体いつの間に、どこから現れたというのか。自ら発光しているのではないかと錯覚するほど美しい女性が、被告席に向かってまっすぐに歩いてくる。

想定外にもほどがあるという話だ。まさか……。

「――主神、瀬織津姫様のおなりである。一堂、頭を垂れよ」

傍聴席から立ち上がった宇迦之御魂神が、厳かにそう宣告した。

さらに、一歩先んじて主を席へと案内していく。眩い光の帯を引きながら進むその姿はさながら天孫降臨。伝説がそのまま舞台に投影されたような神秘的な光景に、しばし俺たちは目を奪われてしまった。

「……こりゃ、さすがにびっくりだね」

囁き声でそう漏らす童子。こちとらまったくの同意見だ。

紫を基調とした豪奢な十二単に身を包み、柔和な笑みをこちらに向けてはいるが、全身から放たれる高貴なオーラが否でも応でも神だと理解させてくる。その現実離れした存在自体が、高天原の威光をあまねく周囲に知らしめているようだ。

瀬織津姫は天照大神の正妻であり、昔から遠野で最も尊ばれる神の一柱だという。

いや、もっと正確に言えば、本来天照大神とは夫婦一対の存在らしいのだ。その事実は取りも直さず、彼女が高天原においても最高神の位にあることを示している。

「久しぶりじゃのう、座敷童子たちよ」

口元を袖口で覆い隠しながら、姫は鷹揚に声をかけてきた。

「ふふふ、何やら楽しい催し事があると耳にしてな、こうしてわざわざ足を運んできてやったのじゃ。妾を退屈させるでないぞ？」

「あはは。いやぁ、ちょっと困っちゃうな」と童子は苦笑する。「無駄にアクティブな上司がいると、部下は大変らしいよ。ねぇ？」

同意を求めるような言葉の響きに、宇迦之御魂神が口元をねじ曲げながら「本当に」と返す。「正直、今も胃がきりきりと悲鳴を上げてますよ。ええ」

「さすがに同情しちゃうね。あとで良い胃薬をお供えしとくよ、宇迦神社に」

「助かりますけど、それって河童の妙薬じゃないでしょうね？　だったらお断りですよ？　何が入ってるかわかったもんじゃありません」

「そりゃ残念。よく効くって評判なのに」

そして「ははは」と笑い合う。軽口で緊張を解そうという魂胆らしい。

最高神の登場で一気に張り詰めた空気が、おかげで少し和やかなものになった。それを好機と見たのか、裁判長席の閻魔大王が大きく咳払いを放つ。

「参加者は出揃ったようだな。では開廷の儀を――」

「ああ、閻魔殿。ちょっと待ってくりゃれ」

だがそこで、瀬織津姫が挙手によって制止をかけた。

「実はのう、今回被告席に座るのは妾だけではないのじゃ。せっかく舞台が整っておるのじゃから、ここらでお披露目といこうと思うての」

そう言ってぱちりと指を鳴らした直後、彼女の背後の薄暗がりがぐにゃりと歪んだのが見えた。そしてねじ曲げられた空間の中から小さな足音が聞こえ、徐々にそれが大きくなってくる。さすがは最高神、そんな真似もできるのか。なんて非常識な。

感心半分、呆れ半分でその光景を見つめていると、次第に現実感がなくなっていく。まるで不安定な足場で踊っているような気分になり、そのせいで心の防波堤が決壊しかけていたのかもしれない。足を進めてきた二つの人影を見て、殊更に驚き「えっ」と大きく声を漏らすはめになった。

「……おいおい」

もはや笑うしかない。隣の童子も同じ心境なのか、ただ頬をひくつかせている。

「いやいや、ちょっと。意味がわかんないんだけど……」

「ふふっ、では妾から紹介しようか。……いや、目立つにはこれ以上ない場面じゃし、自己紹介してもらうとしようかの？」

「また姫様はそのような……」

　宇迦之御魂神が溜息交じりに傍聴席へと下がり、代わりに今しがた現れた二人の女性が順番に挨拶の口上を述べていく。

「みなさま、お初にお目にかかります。この度、当代の〝速佐須良姫（はやさすらひめ）〟を襲名いたしました、幸村織音（ゆきむらおりね）と申します。以後よろしくお願いいたします」

　そう口にして丁寧な所作でお辞儀をしたのは、俺たちにとっても馴染みのある人物だ。かつては迷家荘の仲居頭であり、死後に女神となった彼女は和紗さんの大切な人でもある。今日は髪を下ろして眼鏡を外し、橙色の着物に花柄の帯を合わせているようだ。

「え……えへへ。み、みなさまよろしく、お願いします。当代の〝速秋津姫（はやあきつひめ）〟を襲名することになった……ええと、そんな感じの者です。なんかすいません……」

　堂に入った振る舞いをする幸村さんとは対照的に、ひょこひょこ頭を下げる挙動不審な女性。彼女もまた顔見知りだ。元荒神権現であり、〝件（くだん）〟という未来予知を司る妖怪でもあった、その名も〝くだ子〟である。

　いつも簡素極まる貫頭衣で過ごしていた彼女だが、今は青い着物を何とか着こなしており、ぎりぎり女神のようにも見えるといった佇まいだ。ただ、多少は化粧もしているようだが、生来の顔色の悪さを隠しきれていない。本当に大丈夫かと心配していると、何故か突然背筋を伸ばしてお澄まし顔をし始めた。傍聴席に健吾がいることに気付いたからに違いない。

が、それはともかく。

「これにて遠野三女神、揃いぶみというわけじゃの」

瀬織津姫が愉快げに言ってほくそ笑む。悪戯の計画が成功したと言わんばかりに。

ただしそれで終わりではなかった。最後の最後にどこからか現れた男性は、その立ち位置からして被告代理人だろうと思われたが、驚くべきことに——

「こうなるのか……」

と俺は思わず頭を抱えた。

「まあこうなるよね」

童子の方は予想していたようだ。

気付けば会場のざわめきも大きくなっている。誰も彼も私語を慎もうとはしていない。

その混乱は「静粛に！」と閻魔大王が木槌を打ち鳴らすまで続いた。

そう、場の混迷ぶりに拍車をかけたのは、黒い陰陽師の礼服を身に纏った青年だ。

しばらく会場の様子をにやにやとしながら眺め、静寂が戻るまでタイミングを待っていたのだろう彼は、やがて芝居がかった仕草で腰を折り、こう言った。

「——被告代理人を請け負った、安倍晴明と申します。どうぞよろしく」

かくして役者は出揃った。舞台を取り囲んだ聴衆の熱も最高潮。じっとそのときを見計らっていたかのように、閻魔大王が厳かに宣言する。

「では口頭弁論を始める。原告は訴状の読み上げを」

「はい。わかりました」

席から立って答えたのは俺である。原告として席に座っているのは俺と和紗さんだけだ。主として弁舌を振るうことになる童子は、原告代理人の立場に当たる。

まずは指示に従い訴状を読み上げていくことにする。本件は迷家荘において発生した器物損壊事件の、その賠償責任がどこにあるかを問うための訴訟だ。

まあはっきり言えば、犯人は巨大化した牛鬼である。事件の発生原因は襲撃をかけてきた土蜘蛛衆。だがそこは争点にはならない。

土蜘蛛衆は奪われた土地を奪還しようとしただけ。そこで子孫との間に不幸な行き違いがあって器物損壊事案に発展した。しかし本を糺せば彼らを遠野から追いやった者が悪い。それは千二百年前の和人だが、裏で神々が糸を引いていた疑いがある。

刑事責任を問うならば悪いのは土蜘蛛衆となるが、彼らは今や放浪の身であって弁済能力を持ち合わせていない。ならば全ての元凶である高天原が賠償すべきではないか。

それが訴状に記された内容の概略だ。

ようするに本件は、形態としては損害賠償を目的とした民事訴訟ということになる。

それにより発生する議論のどさくさに紛れて神の罪過を浮き彫りにし、土蜘蛛衆たちの無念を晴らすのが基本コンセプトだ。

さすがは童子の考えた計画。足元にコンクリを流し込んでから徐々に追い詰めていくかのような、悪辣極まりない発想だと思う。

「……以上が訴状の内容となります」

乾いた唇を一度舌で湿らせると、さらにそこへ要求を加えていく。

「迷家荘から提示する賠償要求は二つです。一つ、本件のような悲劇を二度と起こさないよう、遠野に存在する高天原との連絡道を封鎖。一つ、蝦夷に加護を与えた古代神、アラハバキを高天原がどう処置したのかを明らかにすること。幽閉しているなら解放し、もし処刑したのなら……それ相応の賠償を上乗せで行うこと」

「よかろう」と閻魔大王。「被告には事前に訴状を確かめる機会を与えたが、現時点で和解の可能性はあるだろうか。反論は？」

「和解はできませんね」と、凪人の体を乗っ取った晴明が言う。「全ての事実について争います。ですので進行してください」

「わかった。では証人尋問に移ろう。原告、最初の証人を前へ」

「はいよ。じゃあ秀倉、行ってきて」

軽い調子で請け負った童子が、傍聴席に向かって声をかける。あらかじめ証人として立ってもらう予定の者は、証言台の後ろに控えてもらっていたのだ。

やがて小さな鼠妖怪が歩みを進め、背丈と同じ高さの台の前に立つ。

すると書記官である司録が厳格な声で人定質問を行った。秀倉がその全てに返答すると、続けて宣誓が行われる。良心に従って真実を述べ、何事も隠さず、偽りを述べない旨を誓う、と。

「我々はかつて遠野の地に住んでおり、その頃には蝦夷と呼ばれておりました」

そんな言葉を皮切りにして、彼の陳述が始まった。柔和に細められたその双眸からは長き時を生きたあやかしの知謀、その一端が窺えるようだ。弁舌もまるで澱みないものである。さすがという他ない。

蝦夷は当時の朝廷からいわれなき迫害を受けた。部族長であるアテルイは騙し討ちの末に殺害され、あれよあれよという間に土地を奪われていき、東北地方のさらに北の地へと徐々に彼らは追い込まれていった。

そこで生まれた深い怨恨と現世への未練から、妖怪と化してしまった者も多くいる。

彼らは望もうとも輪廻の環に戻れず、世を恨みながら千二百年の時を過ごしてきた。

一度は全てを忘れて穏やかに暮らそうかとも考えた。だが、このまま蝦夷の存在が忘れ去られてしまえば、過去の許されざる非道までもがなかったことになってしまう。

「——だから我らは立つことにしました。ここにまだ、最後の蝦夷がいるのだと宣言するために！　正しき歴史の姿を若者に見せつけ、二度と同じ過ちを繰り返してはならないと訴えるために！　そしてそして、さらに声高に主張させていただく！　蝦夷が崇めた大地母神、アラハバキを解放せよ！　偽りの神で構成された高天原は即刻我らの遠野から手を引け！」

　感情のこもった迫真の語り口である。舞台役者のように身振り手振りまで交えている。傍聴席にも心打たれた者がいたようで、そこかしこから感嘆の吐息が漏れた。

が。

「……証言者は、原告代理人の質問に従う形で答弁を行うように」

　いきなり横紙破りの大演説が始まったことで、閻魔大王は顔を強張らせ、司録は頭を抱えていた。そこへさらに。

「被告代理人から反対尋問を行いたい」と晴明。「土地を奪われたと証言していたが、遠野には蝦夷が住みつく前にも先住民族がいたはずだ。君たちも誰かから土地を奪ったのではないのかい？　そういう説もあるようだが」

「異議あり」と童子。「その質問は本件には関係がない。大昔に、蝦夷がこの地を実効支配していた事実がある、というだけの話だよ」

「なら同情を誘うような弁舌は避けた方がいいと思うけどね」

「あはは、それについては僕も同意だけど……というか何が反対尋問だよ。主尋問もしてないのに」

と言ってすぐに「裁判長、証人を替えてもいいかな」と彼は続けた。秀倉も演説ができたことでやりきった顔をしているので、替わってもらった方がいいだろう。

「……わかった。次の証人を」

閻魔大王が不満げな顔で了承すると、次に証言台に立ったのは高丸だった。

今度こそ童子が質問をし、それに高丸が答える一問一答形式で話が進んでいったのだが、そのうちに人選ミスを疑わざるをえない事態に発展してしまう。

「――だから鈴鹿御前を出せと言っておるのだ！　聞いておるのか瀬織津姫よ！」

喋っているうちに当時の怒りが蘇ってしまったのか、あるときを境に突然ヒートアップ。興奮のあまり神に食ってかかる彼を、飛び込んできた赤頭が羽交い締めにして止めようとする。

被告席の前に六角牛王と八幡権現までが躍り出てきて、一触即発になりかけた。和紗さんも冷ややかな目で見据えている。もう本当に勘弁して欲しいのだが……。

「冥府には既に証拠品を提出してある」

童子は平然と議論を進めようとする。

「鈴鹿御前と呼ばれる天女が、田村麻呂に授けたという神刀の一振り、〝騒速丸(そはやまる)〟だ。鑑定は終わっているはずだよね？」

「間違いなく本物と確認された」

答えたのは司録だ。その口調には若干の呆れが混じっていた。

「高天原に残る記録上からも持ち出しが認められる」

「それ見たことか！　あの戦には確実に神々の関与があった！　でなければアテルイが負けることなど――」

「ちょっといいかな、反対尋問を」

と晴明が挙手した。

「さっきから聞いていると、元蝦夷のみなさんは揃いも揃って被害者気取りのようだ。しかしそれって事実なのかな？　詳細不明ながら蝦夷側にもアラハバキなる神の存在があったという。信奉者にはその加護も与えられていたようだ。神の力に対抗できるのは神のみなのだから、神刀が持ち出されても不思議ではない」

痛いところを突かれたな、と思っていると彼はさらに続ける。

「そもそも歴史的事実からして、蝦夷と朝廷は長らく一進一退の攻防を続けていたはずだ。それでいて一方的に迫害を受けたと主張するのは如何（いかが）なものか」

「ああ、わかるわかる」と童子。「確かに僕もその点は不服だね。局地的にしか戦況を見ていなかった高丸がそう言うのもわからなくはないけど、朝廷側にしてみれば蝦夷は強大な相手だったはずなんだよね。……あのさ、先生」

「え、俺？」

いきなり話を振られて驚いていると、彼は続けて訊ねてくる。

「農耕民族と狩猟民族って、どっちが野蛮だと思う？」

「それは……」

どういう意図かは知らないが、必要なことなのだろう。少し考えて俺は答える。

「狩猟民族じゃないかな。イメージ的に」

「ありがとう。でもそれって刷り込みというか、誰かに植え付けられた印象なんだよね。本当は農耕民族の方がはるかに野蛮なんだ」

狩りによって日々の糧を得るしかない狩猟民族とは違い、農耕民族は食料の余剰を生み出すことができた。さらに生産力を増大させるためには集団生活を行う必要があり、結果として首長が生まれ、その統治の元に人口爆発が起きる。

するとと人を養うために元の農地では足りなくなり、領土獲得のための争いが起こる。極論すれば人類が戦争を始めたきっかけは、農耕を選択したことなのだと彼は言う。

「朝廷と蝦夷の闘いも、元を辿ればそんなところ……と、僕は思っていた。農地を拡張して権力を増したい朝廷は、山地に生きる民である蝦夷を迫害し、その住処を奪った。殺生を厭う価値観を持つ仏教を広めたのも同じ理由だ。狩猟を生業とする者はとにかく野蛮で低劣だと、民衆に刷り込んだわけだ。『日本書紀』にもそう書いてある」

　だけど、とそこで何故か童子は逆説を繋いだ。

「それって本当なのかな。蝦夷は一方的に迫害されるような……同情されるべき存在だったのか。その前提をまず疑うべきだと思う。裁判長、次の証人を呼んでも？」

「ああ、構わない」

　閻魔大王は多少安堵したようにうなずいた。神聖なる法の場を荒らしかねない高丸を、一刻も早く証言台から遠ざけたいのだろう。

　そして議論は次の段階へと進んでいった。当初は想像だにしなかった方向へと——

「——紺野重明と申します。この身には弘法大師、空海の魂の一部が宿っております。嘘偽りなく質問にお答えすることを誓います」

　簡略的な宣誓が行われた後に、証人尋問が始まった。

　空海の記憶を持つ彼は、蝦夷征伐が行われた当時は朝廷側にいた。蝦夷側の高丸たちとはまったく違う意見が出てくるのも当然かと思われたのだが……。

「蝦夷と一口に言っても、その立場は様々でした。中には天皇の傍に侍ることを許されるほど地位が高い者もいました」

「じゃあその戦力の評価は？」と童子。「戦いを挑めば簡単に土地が奪えると思われていたのかな？」

「いいえ。蝦夷の戦士はみな屈強だと認識されていました。体つきも和人より大きく、狩猟を生業としているため手練ればかり。攻め入れば家が滅びるとして、誰も手出しをしようとしませんでした」

「だから朝廷は融和政策を採択することにした。ずっと蝦夷を内側に取り込もうとしてきたんだよね。恐らくは何百年もかけて」

「その通りです。私、空海の生まれた佐伯氏も体制側であり、姓は天皇から直接頂いたものでした。高丸殿の発言にあった蝦夷の部族長アテルイも、朝廷から〝大墓公〟の位を授けられています」

「わかった。ならもう一つ教えてくれるかい？　あんたが今語った歴史の真実と正反対の事柄が、史書である日本書紀には記されている。それは何故だと思う？　執拗に蝦夷の評価を貶め、滅ぼすべき蛮族だと思い込むように誘導しているみたいだ。それは一体、誰の思惑？　誰の差し金であの書物は編纂されたのかな」

「……時の権力者、藤原不比等かと」

「な、に……？」

　傍聴席から聞こえた大きな呟きは、恐らく高丸のものに相違ない。ちらりと背後を覗いてみると、彼は信じられないものを見る目つきを一際目立つ巨漢へと向けていた。

だが当の羊太夫は、泰然自若としたまま腕を組んで沈黙するばかり。

「藤原不比等は何故そんなことを？」と童子は続ける。「蝦夷への侵攻を行うように、世論を操作した理由は？」

「政敵の排除だと思われます。……事実、それ以降しばらくは藤原氏の天下が続きました。幾多の有力豪族が蝦夷征伐に向かわされ、手痛い反撃を受けて勢力を落としています。アテルイを降伏させた坂上田村麻呂も、元はと言えば蘇我氏の係累でした」

藤原不比等は〝乙巳の変〟で有名な中臣鎌足の息子だ。蘇我入鹿を暗殺した事実が示す通り、蘇我氏とは昔から折り合いが悪い。その親戚である田村麻呂が蝦夷征伐に遣わされたのは、実は失敗を期待されてのことだったのだ。

「ありがとう」

童子はにっこりと笑った。

「これではっきりしたね。蝦夷は当時から恐れられる存在だった。一方的に迫害される弱者なんかじゃなかった。その裏にはアラハバキと呼ばれる謎の神の助力もあり、神刀を田村麻呂が授かったとしてもまあ仕方がない。だからその一点をもって高天原の落ち度であるとは言えない」

「同感だね」晴明も微笑みながら同意する。「そもそもの話、騒速丸を戦争に使うことはできないよ。あれの刃は霊体や呪術の類を斬るためのものだからね。生身の人間を傷つけることは絶対にありえない」

　騒速丸の力はこの世ならざる存在を斬るためのもの。つまり、神刀を授けられた事実自体が、敵方にあやかしがいたことの証左になる。実際に高丸と赤頭がいたわけだし、部族長であるアテルイも妖怪の血を引いており特殊な力を持っていたのだ。

　蝦夷の陰に神と妖怪の存在があったなら、高天原が戦に干渉する理由は十分にある。現世の治安維持という大義名分があるからだ。

「どっちが先か、それを証明できれば少しは責任を追及できるんだけどね？」

　童子はそう言ってわざとらしく小首を傾げる。

「まあ千二百年前じゃ無理だよね。水掛け論になっておしまいだ」

「その通りだね。事実だけを列挙するなら、蝦夷の裏には人ならざる者の存在があった。高天原の神々はそれを確信していた。だから力を貸した。これでいいかな？」

「もちろん構わない。高天原もそれを認めるのなら、だけど」

　彼の視線が代理人を貫通して瀬織津姫に届くと、やがて彼女は渋々ながら首肯した。

「まあよかろう。そこは認めるとしよう」

「なるほどねぇ」

　にやぁ、と童子が口角を引き上げたのが見える。

「そりゃあんたも当然把握しているよね。そうかそうか、高天原の一部が勝手に暴走したわけじゃなくてよかったよ。そりゃそうだ。身内が裏切って蝦夷側についてただなんて、さすがに一大事だっただろうから」

「………………」

何の前触れもなく落とされた爆弾に、一時、法廷全体が沈黙に包まれる。

瀬織津姫もそれを耳にした途端、きっ、と眦を決して口を閉ざしてしまった。

「な、なんですと……？」

後ろで呟きを漏らしたのは秀倉だ。彼もまた想像だにしていなかったに違いない。

よもやアラハバキ神が、蝦夷やアイヌに崇められていた土着信仰の神ではなく、最初から高天原に属する神だったなんてことは——

「……何の話かの？」

時が静止したような静寂がしばらく続いたあとで、姫が惚けたような声を出す。

が、それを童子は含み笑いで受け止めた。

「またまたしらばっくれちゃってさぁ。僕らにそれを調べる能力がないと本気で思ってるわけじゃないよね？　あんたは〝託宣〟の力で全部お見通しなんだから」

「ふん。託宣も万能ではないわ」

苦笑の入り混じった顔つきになって彼女は言う。

「わかるのは、妾が守護する遠野郷の行く末に関することのみよ。それ以外の些事まで拾っておっては、脳が破裂してしまうのでな」

「それは残念だ。おかげで本当に苦労させられたよ。ここ数日、遠野を何周させられたかわからないくらいだ。それもこれもさ、一番初めにあそこを候補から除外しちゃったせいなんだよね。あそこに空海の魂が封じられてたって話だから、さすがに同じ場所には残ってないだろうと高をくくってた。だけど今にして思うと馬鹿げた先入観だよね。紺野からそれらしい話はちゃんと聞いてたっていうのにさ。うちの先生が」

不意に名前を出され、非難がましい目を向けられたことに戸惑う俺。

どうやら何かをやらかしてしまったらしい。紺野さんの口から重要な手がかりを得ていたというのに、俺はそれに気付けなかったみたいだ。

ただしその件は既に解決済みのようで、童子に責任を追及する気はなさそうだ。だからかすぐに視線を外して裁判長へと声をかけた。

「最後の証人を呼んでもいいかい？」

「わかった。許可しよう」

かくして最後の証人が裁きの場に足を踏み入れた。

普段とは違い、どこかおどおどとした態度で証言台に立ったのは、外見的にちょっとヤンチャな印象のある十六歳の少年である。学校はもう春休みに突入しているはずだが、公の舞台に立つことを気にしてか、遠野学院の学生服を着用していた。

「――せ、宣誓します。良心に従って真実を述べ、何事も隠すことなく、偽りを述べないことを誓います。本宮健吾」

「はい、ありがとう」

童子は満面の笑みで彼を迎え入れた。まるで真打登場とでも言わんばかりに。

その上でにこやかに続ける。

「おまえには他の人にはない、特殊な力があるそうだけど？」

「え、ええ、はい。そうです。オレにはサイコメトリーって力があって、物体や空間に残る……ええと、残留思念ってやつ？　を見ることができて」

たどたどしいその答弁に、「しっかり気張りや！」と、どこからか叱咤激励が飛んできた。きっと静香だろう。運動会で我が子を応援する保護者のような物言いに、気恥ずかしさが込み上げてきたのか本宮の顔が赤くなっていく。

「け、健吾くん……ハァハァ」

真面目な議論の場ではすっかり存在感を消していた女神、くだ子が突如として息を荒らげ始めた。これが最後らしいからもう少し我慢してくれ。頼むよ。

……あ、後ろから宇迦之御魂神が何かしている。くだ子の脇の敏感な部分を抓り上げているようだ。あれは痛い。

「さて、証人。君にはそのサイコメトリーの力を活かすべく、遠野の各地を回ってもらったわけだが、何か収穫はあったかい？」

「あ、はいっス。アラハバキって神様の、伝承？　伝説？　が残っている場所を全部回りました。どっかでその姿が見えればいいねって言われて」

「そう。で？　それは見えたのかい？」

「ええ。きっとこの人がアラハバキなんだろうって、それっぽい女の人がいました」

「ほう。それはどんな女性だい？」

「なんか、時代がかった昔の着物を着てて、白粉を塗ってるせいか顔も真っ白で……。あ、でも見間違えたりしないっスよ。特徴的な美人でしたから」

「なるほど。なら仮にその人が目の前に出てきたとしたら、すぐにわかるってことだね。アラハバキはこの人だって」

「はい。そうっス。……ていうかその人、さっきからここにいます」

法廷で交わされるには軽すぎる言葉の交錯。それに周囲が呆れ始めたその間隙を狙って、健吾が唐突に必殺の一撃を繰り出してきた。そんな感じだった。

たちまちその場に尋常ならざる気配が立ち込め、緊迫感が際限なく高まっていく。

そんな中、全ては予定通りとばかりに童子が軽い口調で言い放った。

「じゃあ指をさしてくれるかい。君の見たアラハバキ神を」

はい、と一度うなずいて、健吾がゆっくりと腕を持ち上げる。

一本だけ伸ばされた彼の人差し指は、一時勿体つけるように宙を彷徨った。

だがやがて、たっぷりの滞空時間を経た後に、彼から見て右手側の席に座っていた、とある女性の方へと向けられる。

驚くなかれ。その相手とは――

「……なるほどのう」

指さされた彼女――瀬織津姫は袖口を引き寄せて口元を隠すと、視線だけを動かして周囲を見渡すようにする。

さもありなん。今や誰も彼も、目を丸くして彼女の方を見ているからである。

その真実の重さがもたらした衝撃により、自然と厳粛さを取り戻した法廷には傍聴人たちの息を呑む音だけがしばらく響く。

「――ちなみに文献にも残ってるんだ」

張り詰めたような空気を破ったのは、やはり座敷童子だった。

「東北でかつて崇められていた古き神、アラハバキ神は――実は天照大神の正妻なんだってさ。その別名を瀬織津姫という、ともね」

実はそうなのである。それは複数の文献に記されている事柄であり、だからこそ俺も事前にそれだけは知っていた。謎に包まれた古代神、アラハバキの正体は、天照大神の妻でもある大神、瀬織津姫なのであると。

「……被告代理人」

そこで閻魔大王が割って入った。重低音に近い声のトーンで晴明に呼びかける。

「今の証言について反対尋問は？　それとも全てを事実だと認めるか」

「さあね。それは本人の口から聞いてみればいいんじゃないかな？」

彼はそう言って突き放すような目を向ける。味方であるはずの女神へと。

すると。

「………………まあ、の」

またしばしの沈黙を挟んでから、瀬織津姫がやっと答えた。

「全部消したはずだったのじゃがな。脇が甘かったということか」

「それでは、認めるのだな？」と閻魔大王。

「ああ、仕方があるまい。認めよう」

疲労感を滲ませながら彼女はうなずき、そして。

「アラハバキとは妾の別名じゃ。かつて妾は蝦夷の側に立って闘い、そして夫の率いる神の軍勢に破れた。それが偽らざる本当の歴史というやつじゃよ――」

「……まったく、ずいぶんとスケールの大きな夫婦喧嘩だね」

静寂が支配しかけた裁きの場に、皮肉げな童子の声が響く。

「どうして蝦夷に肩入れしたんだい。彼らは一方的に迫害されるほど弱い存在じゃなかったはずだろう？」

「単純な話よ。そもそも妾の管轄が東北の地だっただけのことじゃ」

開き直ったような瀬織津姫の口振りには、もはや迷いは微塵も感じられない。

「蝦夷が来る前からあの地を守護しておったのじゃ。だからほんの少し、加護を与えただけに過ぎん。人間というのは面白いものでの、血を繋げ、代を重ねるごとに失われるものもあれば、逆に強まるものもある」

「あんたの加護は最初は強いものじゃなかったと？」

「そうじゃ。せいぜい少し飢えに耐え、死に難くなる程度のな……。ただ時を経てその力は強まり、妾は高天原から糾弾されるようになった。じゃが、後から加護を取り消すことなどできん。その血を完全に絶やすしか方法がなかったからの」

だから彼女はそれ以降、何もしなかった。ただ見守ることにしたわけだ。

しかし当時の高天原にとっては、それでも十分な裏切り行為だったのだという。

「夫をはじめとして、多くの神が敵に回った。妾は抗戦することもなく逃げ回ったよ。

しかしあるとき交渉を持ちかけられた。大人しく降伏し、その力の大半を封じて、二度と現世に直接影響を与えぬようこの地を見守る任につくのなら、加護を与えた民を滅ぼすことだけはしない、と」

「そんな、馬鹿な……」

声を発しながら歩み出てきたのは秀倉だ。いつも細めている目は今や完全に見開かれており、それが彼の受けた衝撃の大きさを物語っている。

「あなたが、アラハバキ神……？　では、何故です。何故あなたは預言を残した！」

小さな鼠の体を震わせながら彼は叫ぶ。

「蝦夷の巫女に伝えたはずだ！　千二百年の後、解放のときは来たると！　大地母神が我らの元に戻ってくると！　それを信じて我々は……」

「じゃから、戻ってきたじゃろうに」

瀬織津姫は目を伏せながら答えた。

「こうして妾が、お主らのもとへな。これでアラハバキも瀬織津姫も解放されるのじゃ。遠野の地から高天原への道が失われることによって」

「……なるほど、そういうことか」

ようやく全ての謎に解答を見つけたためか、漂白されたような表情で童子が呟く。

「あんたにとっては役目からの解放。遠野にとっては神の支配からの脱却ってわけだ。

加護を受けた蝦夷の助命を条件に、あんたが引き受けざるを得なかった使命は間もなく破棄される。預言を信じて努力してきた土蜘蛛衆によって」

「うむ。そうなるの」

「ふざけるな！」

次に声を上げたのは高丸だった。またも前に出ようとして、後ろから赤頭にしがみつかれている。

「だったら我らは何のために……！　アテルイは何のために死んだのだ！　誰のための復讐だ！　この千二百年何だったと――」

「そりゃ戦争だからだろう」

吐き捨てるように言ったのは晴明だ。

「蝦夷は一方的に迫害されるようなか弱い存在ではなかった。おまえたちだって和人をたくさん殺しただろう？　それは世界中どこにでも転がってて、どれだけ文明が発達しても全然なくならない、ごく一般的なただの戦争だったたってことだ。もちろん復讐を誓うのは勝手だ。神への反逆も続けたいなら続ければいい。だが二度と被害者面をするな。いい加減、耳障りなんだよ」

いつになく厳しい口調で主張を叩きつける彼。高丸は反論しようとしたが、言葉が出てこなかったのか歯を食いしばるようにして黙ってしまう。

ややあって、その口元から一筋の血が流れ落ちた。それが彼の怒りのほどを顕していたが、俺も晴明の意見に賛成だ。恨みを捨てろとは言わないが、自分が復讐される立場であることも忘れてはならない。隣で見つめる和紗さんの目も厳しい。

「……ええ、そうですね。わかりました。もうやめるとしましょう」

と、そこで一際静かな声が響いた。

自分よりはるかに激怒した高丸を見て、冷静さを取り戻した様子の秀倉だ。

「おお神よ、こうしてお目にかかることができて、光栄です」

「…………」

瀬織津姫からの返答はない。黙って言葉に首を傾けている。すると秀倉はさらに口を開く。

「寿命の楔から解き放たれ、長き時を生きる力を与えられた我らは、ずっと命の使い道を探していたのかもしれません。何のために……と、高丸殿が申した通りです。ですから目的を与えてくださった貴方(あなた)には、感謝しかありません」

穏やかな顔つきのまま、ですが、と彼は論調を一転させた。

「納得がいかない気持ちがあるのも事実です。確かに貴方は我らの守り神だった。加護によって生きる術を与えてくれた。その恩はあります。しかしそうならそうとあのときに言って欲しかった。我らに加護を与えたのが貴方の罪ならば、一緒に背負っていきたかったのです。……なのに貴方は秘密にした。我らを利用するような真似をした。全てを理解した今は空しいばかりですよ。神々の思惑に乗せられて必死になっていた自分を大声で笑ってやりたい。貴方を解放できて嬉しい気持ちはありますが、我らもまた自らを解放してやるつもりです。二度と貴方とこの現世で出会いたくはない」

早口で一息にそう言って、彼は素早く踵を返した。

去りかけて、数歩進んだところで立ち止まり、それからごく小さな声で呟く。

「……ですがこの千二百年。暇を持て余したことはありませんでした。親愛なる神よ、これまでありがとうございました」

高丸と同じ怒りはあるはずだ。だが彼はそれをぶつけることはしない。むしろ感謝を捧げることを選んだようだ。心からアラハバキを敬愛していたからこそだろう。

思えば干支の故事にしても、病床の釈尊の元に最初に駆けつけたのは鼠だった。彼の姿は誰より強い信仰心の顕れだったのかもしれない。

結局、秀倉は桜の丘の端に辿り着くまで、一度もこちらを振り返ることはなかった。そしてそのまま足早に石段を下りていくと、小さな背中はあっという間に見えなくなってしまった。

後を追って、幾人かの土蜘蛛衆が傍聴席を離れ、高丸と赤頭もその後ろに続く。

どうやらこの裁判では、土蜘蛛衆と神々の間の心情的な対立は解消できなかったようだ。しかし瀬織津姫の発言から考えると、彼らが途中退席しても関係なく、その要求は全て叶えられるだろう。もうすぐ高天原への道は閉ざされ、東北の地は神の目の届かぬ場所となるに違いない。

そうなった先の未来が、彼らの行く末にどう影響するかだなんて、俺たちが心配するようなことではない。余人に過ぎないこの身にできるのは、ただ裁決の行方を見届けることのみ。それでいい。それしかないのだ。

「――審議の継続に問題はあるか」

しばらくして閻魔大王が訊ねると、童子と晴明が揃って首を左右に振った。

原告、被告ともに続行の意志ありと判断されたことで、裁判は続く。

「最後の証人への尋問は以上。であればここからは和解協議の場とする。原告が示した要求は訴状の通りだが、被告は受け入れる気があるか。先程の話では、高天原への道を閉じることを了承したようだったが？」

「さぁ、どうなんでしょう」

晴明が水を向けると、瀬織津姫が溜息交じりに答えた。

「もちろんそうするつもりじゃ。現在、迷家荘に張られている見鬼の結界を作り変え、絶鬼の結界として高天原への道を封じよう。その作業は晴明殿にお願いしても？」

「わかりました。……いえ、私の後継者である久我凪人と、御門流陰陽師の胡蝶殿にお任せしましょう。後進の育成も大事ですからね」

ああ、なるほど。彼の口振りからして、土蜘蛛の里で凪人の意識を奪い取った目的はこれだったのだろう。晴明は最初から瀬織津姫の要請を受けて動いていたのだ。ずっと抱えていた疑問が氷塊し、また一つ心が軽くなる。

「ではその通りに」と瀬織津姫。「もう一つの要求であるアラハバキ神の解放についても、それと同時に果たされる。つまり被告としては要求を全て呑む。これでよいかの？」

「了承した。それでは――」

「いや、待った」

そこでどういうわけか童子が流れを止めた。

えっ、と俺は動揺してしまう。このタイミングでの異議は筋書きにはなかったからだ。

「うーん。よく考えると迷家荘としては損しかしてないよね。もう一つだけ要求を追加してもいいかい？」

「何を言い出すのだお主は……」

閻魔大王と瀬織津姫が揃って白い目を向けてくる。俺も思わず同じようにするところだったが、彼のことだ。ただの思いつきなはずがない。

「あはは。せっかく有終の美を飾れるところだったのに、水を差されて不満そうだね？　でもちょうどいい。閻魔大王、瀬織津姫。二人に聞きたいことがあるんだ。あんたらが六道門を管理しているそうだけど、妖怪化した魂は弾いてるそうだね。それって何でなのかな？」

「……何故、今その話を？」

怪訝な顔つきになった閻魔大王だったが、一応答えてくれるらしい。

「魂の循環を健全に保つためだ。神の加護や、突然変異のような異能。強すぎる怨念や執着などは転生先に受け継がれる可能性がある。それをそのまま放置していては正しき進化へと導けぬ。だから懸念のあるものは間引くことにしている」

「ふうん。あんたらが進化の方向性を勝手に決めつけているようで業腹だけど、この際それはいいや」

しっかり苦言を呈しつつ、次に彼は自分自身の顔を指さした。

「じゃあ僕は？　僕は座敷童子という土地神の片割れだけど、分類上は妖怪ではなく神に類するものだよね。僕が望めば輪廻の環に戻ることは可能かい？」

「……なんじゃと？　おぬし、まさか？」

瀬織津姫が呆気にとられた顔になる。その柳眉の根を八の字に歪めながら、

「輪廻の環に戻るというのか？　おぬしがそんなことを言い出すとは思わなかったぞ。

なんぞ現状に不満でもあるのか？　短慮は慎み、妾たちに相談してみるとよいぞ」

何だろう。働き者の部下が突然辞表を提出したみたいな感じだ。閻魔大王も瀬織津姫も慌てて慰留に努めようとしている。

よくわからない展開になってきたな。そう考えていると、童子はさらに口を開く。

「言質をとりたいだけさ。僕が輪廻に戻りたくなったときのためにね。座敷童子という存在が六道門を通り抜けるためには、何か条件があるのかい？」

「あると言えばある」と姫は言う。「おぬしの言う通り、座敷童子は神に類するものだ。妖怪ではない。よって一度高天原にて役目を与え、正式な神の一柱とする。その上で与えられた役目をこなせば、六道門を通ることを認めよう。……神として世界の管理に携わり、輪廻の流れを清浄に保つ意義を理解すれば、軽々にそれを濁すことはあるまい。そういう考えの元に生まれた掟(おきて)じゃ」

「なるほどね。道理でくだ子が大人しくしてるわけだ」

「え？　な、何？」

だしぬけに話を振られ、びくりと体を震わせるくだ子。

「あ、あたしが何か？」

「だってそうだろう？　おまえってぶっちゃけ筋金入りのストーカー――」

「ちょ⁉　待って待って！　ここじゃ駄目だって！」

慌てふためく新米女神。今でこそ被告席で澄ました顔をしているが、あいつの本性は滅茶苦茶ヤバいやつなのだ。実は、健吾の前世から付きまとっているほどの気合の入ったストーカーであり、彼と話をするためだけに命まで差し出したという、重過ぎる愛を持つ女性なのである。

ただ、当の健吾はまったく気付いていない様子だ。以前、荒神神社で出会ったときとは化粧のノリでも違うのか、話についていけず首を斜めに傾けている。

「諦めてるわけがないよね」と童子は続けた。「おまえは元々、件という妖怪だった。それから荒神権現という土地神になって、命を失ってからは女神になった。けどおまえにはそもそも予知能力がある。そのルートならばいつか人間に生まれ変われると知っていたんじゃないか？」

もしかしたらくだ子には、その先まで見えているのかもしれない。いつか健吾が今世を全うして生まれ変わった頃に、彼女もまた同じ時代に生まれ、ただの人間同士として再会する日が来ることすらも。

「ありがとうくだ子、おまえのおかげで気付けたよ。座敷童子なら何の問題もなく輪廻に戻れるんだって」

「じゃから、そうだと言っておるじゃろう？」

瀬織津姫は焦れたように声を上げる。

「結局何が言いたいのじゃ？　座敷童子の責務を放棄するとでも言って、妾を脅しでもする気かえ」

「言質が欲しいと言ってるだろう？　何なら書面に残して欲しいくらいだ」

「そんなもの書き残すまでもないわ。神である妾が一度口にしたことぞ。違える気などない」

「だよね。なら安心した」

童子はにこりと微笑んで、それから首だけを横に捻じった。視線の向かう先は法壇の閻魔大王ではなく、さらにその奥だ。黒ずんだ桜の幹をじっと見つめて……。

「話はついたよ。ほら出ておいで」

「——はい」

呼びかけに応えて現れたのは、一人の少女だった。小さな背丈にツインテールの髪型。どこか幸薄そうな眉尻の垂れ下がった顔立ちは紛れもなく、紺野さんの娘の真魚だ。

彼女はそのまま原告席の前まで歩み出て言う。

「あの、私、このたび迷家荘の座敷童子になりました、紺野真魚です……」

「————っ!?」

きっとその場で一番の驚きを見せたのは誰でもない、俺だったのだろう。思わず椅子から立ち上がってしまい、童子と真魚との間で何度も視線を往復させてしまったほどだ。

それくらいに衝撃だったのだが、同時に快哉を上げたい気分にもなった。

こいつ、やりやがったなと。

「聞いての通り、座敷童子の座は既に彼女に譲り渡したんだ。だから、今の僕はただの名もなき野良妖怪ってわけ」

肩を竦めながら両手を上げ、困ったなという顔をする童子。

いや、困ったのは俺たちの方である。閻魔大王も瀬織津姫も揃ってぽかんとした顔になり、わずかに開いた口を閉じることさえ忘れていた。

今さら確認することでもないが、座敷童子は〝神鏡〟の力を用いて魂の器を入れ替えることができる。俺と彼が過去にそうやって入れ替わったように。

つまりだ。同じ方法を用いて童子は真魚と既に入れ替わっていたのである。いつからかは知らない。だが目的は彼女を輪廻の環に戻してやることだろう。そのために禁じ手とも呼べる手段に手を染めた。それだけはかろうじて理解した。

「馬鹿なことを……」

瀬織津姫が絞り出したような口調で告げる。

「土地神の位は、その責務は、そのような目的で放棄していいものではないぞ」

「そりゃあんたらの価値観だろ。僕にとっては全然違うよ。何の咎もない幼い子供が、両親の死後もこの世に取り残されるんだよ？　可哀想だと思わないの？　それともこう言うつもりかい。親より先に死んだ罪は、最も許されざる五逆罪の一つだって。時代錯誤もいい加減にしなよ。少年法って知ってる？」

「要求とはそれか」

閻魔大王も重い吐息交じりに言った。

「どういうつもりだ。本件とはまるで関わりがないように思えるが？」

「そんなことはないだろう。大昔の神々の不始末によって、迷家荘は多大なる損害を被った。その守り神である座敷童子には、賠償を請求する権利がある」

「そんな理屈で」

「じゃあ賠償要求からは外そうか。座敷童子としての当然の権利として求める。それはついさっき、瀬織津姫が保証したはずだよね。書き残すまでもないってさ」

「…………」

聞けば聞くほど酷いやり口だ。悪辣妖怪の本領発揮である。彼から座敷童子の肩書を奪ったら、ただの邪神になるのではなかろうか。そう思えるほどだ。

けれど、優しい。彼がちゃんと真魚の行く末のことを考えていて、神々との交渉の場にそれを持ち出したことが、俺にはどうしようもなく嬉しかった。きっと事前に相談されたとしても、俺は彼の考えを支持しただろう。

だから腹の下に力を込めて、毅然とした態度を心がけながら口を開いていく。

「まさか神様ともあろうお方が、約束を違えることはありませんよね？」

「緒方よ……。おぬしまで……」

「俺たちはどこまでも一心同体ですから。彼が座敷童子の器を誰かに譲り渡したとしてもそれは変わりません。高天原での役目をこなせば輪廻に戻ってもいいのでしょう？　その理屈であれば彼女でも問題はないはず。あなた方がこの神聖なる法廷で、嘘をついたなどとは思いたくないのですが？」

「……童子の悪童ぶりがうつっておるぞ、おぬし」

瀬織津姫が皮肉げに言うので、失礼しました、と俺は返す。

だが主張は曲げない。それが童子の意志だというなら最大限に尊重するだけ。要求が通らなければ和解はなしだ。何度でも控訴するとしよう。

そんな覚悟で見つめていると、やがて女神は疲れ果てたような顔になり、「好きにせい」とだけ言った。

「ありがとうございます」

よかった。交渉に打ち勝った。その安堵から少しだけ緊張を緩めてしまう。

――と、そのときだ。

俺たちの油断を嘲笑うように、さらなる衝撃が法廷を襲った。

「よしっ！　許可が出たよ！　みんな出ておいで！」

童子が大声でそう呼ぶと、再び桜の幹の後ろからぞろぞろと姿を顕した者たちがいた。その数はなんと、総勢十名にも及んだ。

それぞればらばらの格好をした、統一性のない集団だ。ボロボロの着物だったり薄茶けた貫頭衣だったり、時代を感じさせる小学校の制服だったりしたが、一つだけ共通点があるとすれば全員が十歳前後の少年少女だということだ。

「はい、じゃあみんな挨拶して」

合唱の指揮をとるように彼が手を振ると、これまたばらばらに子供たちが申告し始める。我が、我こそが座敷童子であると。

まさか彼らは……目目連が保護していたという子供たちか？　童子はいつの間に彼らとコンタクトをとっていたのだろうか。混乱のあまり目が回る。

それからしばらくして、全ての挨拶を聞き終えた瀬織津姫は、今度こそ両手で頭を抱え込んでしまった。

「おぬし……さすがにそれは反則じゃろう？」

「そうかい？　少しでもリスクを負うときは、最大限のリターンを狙うのが僕の信条でね。晴明も勝負師だから理解してくれそうだけど？」

童子が意味ありげな視線を向けると、被告代理人の彼もにやりと口角を上げた。

それでようやく俺にも事態が呑み込めた。こいつら、最初からグルだったのか。

童子は前もって晴明に協力を依頼していたのだろう。そして座敷童子の入れ替わりを司る、神鏡の機能を作り変えたに違いない。一つの器を分割して複数人に分け与える、それが可能となるように改良したのだ。

だからか。だからこの場に胡蝶さんの姿だけがなかったのか。

かつて秘術を用いて神鏡を作り上げたのは、安倍晴明と胡蝶さん――八百比丘尼(やおびくに)だと聞いている。瀬織津姫の友人でもある彼女は、この場に居合わせると板挟みになってしまいかねない。だから出席を辞退したのだ。

「――じゃあ改めて要求しようか」

心底愉快そうな表情になりながら、童子は前もって用意していたかのように、やたら張りのある声でこんな決め台詞を放った。

「この地に集った全座敷童子の代理人として、僕は高天原に賠償請求を行う。六道門の鍵を開き、僕らの前に来世へと繋がる道を示せ、とね――」

その後の裁判の流れは、どこか淡々としたものだった。

ある程度時間が経過したところで、瀬織津姫は憔悴したような顔つきで言う。「これ以上無茶なことを言い出さないうちに、さっさと閉廷してしまうべきだ」と。もう正直疲れたと。

その言葉に対して冥府の王は深くうなずいた。太い指で眉間を揉みながら、奇遇だなと。我も同じ気持ちだと。

するとそこからの展開は早かった。閻魔大王が手元の木槌を打ち鳴らすと、いくつかの段取りを無視してすぐさま閉廷を宣言した。こんな茶番はもうたくさんだと言わんばかりの勢いで……。

こうして史上空前の規模で行われた妖怪大裁判は決着し、出席者はそれぞれの日常へと戻っていった。

ただし全てが丸く収まったわけではない。

千二百年の悲願にもうすぐ手が届くところだったのに、それが最初から幻だったかのごとく消え失せた土蜘蛛衆。彼らの足取りは今も不明だ。そのまま遠野に留まることはなく、さりとて土蜘蛛の里に帰ってもいない。ただ当てもなく旅に出たことしかわからなかった。

そして何より……裁判の最後に童子が使ったあの反則級の切り札の余波は、俺たちの思いもしないところに影響を及ぼしてしまう。

「――やっぱり、かなり見え辛くなってきてるな」

「そっか。まあそういう可能性も想定してはいたけどね」

前を見つめたまま呟く彼の姿は、俺の目にはもう薄ぼんやりとしか映っていない。しかしそれは真魚に座敷童子の座を譲り渡したことで、彼は名もなき妖怪になった。しかしそれは同時に、俺との間にあった魂の結びつきが断たれてしまったことをも意味する。

後から知ったのだが、十八年前に俺が童子と魂の器を交換したときにも、先代である統司さんに同じ異変が起きたらしい。妖怪の姿が非常に見え辛くなり、それまでと同じようにコミュニケーションをとることはできなくなったのだそうだ。

理屈は恐らくこうだろう。俺たちは座敷童子の絆によって、定期的に脳内に残る見鬼の器官に刺激信号を送られていた。しかしそのバイパスが途絶したことにより、器官が再び眠りにつこうとしている。それはつまり……。

「このままじゃ、まったく見えなくなるってことだよな。妖怪が」

「うん。時間の問題かもね」

何でもないことのように、軽い口調で彼は絶望を突きつけてきた。

「そもそも高天原への道も今から閉じるわけだし、遠野の地そのものが霊的特異点じゃなくなるわけだ。その点からも妖怪は見え辛くなると考えていい」

そう。俺たちはこれから高天原への道を塞ごうとしているのだ。そのために六角牛山の中腹にある白彼岸の丘へとやってきていた。

とはいえ、季節の問題で彼岸花は咲いていない。さらに日中ということもあり、周囲の景色はうら寂しい淡色の草原といった風情だ。

そこに先程から、複数のすすり泣く声が響いている。紺野一家だ。

あちらは今、まさに愁嘆場といったところだ。何故なら、真魚が自らの意思で輪廻の環に戻ることを選んだからである。

「僕らまで辛気臭い顔してたら、収拾がつかなくなるだろ?」

「わかってるよ。わかってるけどさ……」

高天原への道はここ以外にもいくつか存在するが、どの場所も巧妙に隠されており、常人には発見することは難しい。つまり真魚が六道門に辿り着くためには、このタイミングで彼岸に渡るしかないのだ。

裁判から数えてまだ数日しか経っていないため、突然の別れに対する反応は激しかった。だからこそ紺野一家は揃って号泣し、抱き合って別れを惜しんでいるのだが、それでも真魚は行くと言って聞かない。

少しでも早く生まれ変われば、それだけ家族に再会できる確率も高まる。そう説得されてしまえば、転生否定派の紺野さんもその決断を尊重せざるをえなかったようだ。

一方、保護していた子供たちと別れることになった目目連は、寂しそうでありながらもどこか晴れやかな表情をしていた。

一人一人と抱擁を交わし合い、順次送り出していく。あちらに比べれば俺と童子の方が余程深刻な雰囲気に包まれているだろう。

「何とかならないのか」

「うん。何ともならない」

「本当にか？　おまえでも方法を思いつかないのか」

「そうだね。今回ばかりはお手上げだ」

言って諸手（もろて）を挙げて見せる童子。やはり彼には真剣味が足りない気がするが、実際に手立てはないようだ。

それに、見えなくなってしまうというだけではない。童子は子供たちの引率として、高天原に同行することになっている。

土地神の地位を放棄し、ただの妖怪になった彼は、当然輪廻には戻れないはずだった。しかしこの機会に限り、元座敷童子として高天原に招き入れると、瀬織津姫から特別に許可が下りたのである。

もしも神になることを選択するのなら、彼にも六道門を通る権利が生まれる。あとで後悔しないよう見学だけでもしに来いとのことだ。その純粋な厚意からの申し出を無視することは、さすがの童子もできなかったようだ。

だから今、別れのときは刻一刻と近づいてきていた。俺たちから少し離れた岩陰には、凪人と胡蝶さんが既に待機している。紺野一家の別れが終わり、その固く繋がれた手が解かれるときが来れば、次は俺たちの番となる。

「戻ってくるんだよな、おまえ」

「そのつもりだよ。でもそのときにはもう、僕の姿は見えないだろうけどね」

「寂しいこと言うなよ」

「そうかな。別に寂しくなんかないでしょ。あんたはとっくに知ってるんだから」

数歩先まで歩き、それからぱっと振り返った彼の顔には、一点の翳りもない爽やかな笑みが湛えられていた。

「見えなくても、傍にいる。離れてても繋がっているさ。座敷童子じゃなくなったって、家族の絆までなくなったわけじゃない」

「おまえ……」

「それに、いつか再会のときは訪れる。これは絶対だよ」

再び近づいてきた童子が、俺の胸に小さな拳を押し当てる。

ああ、そうだ。これは永遠の別れなんかじゃない。彼に与えられた命を最後まで全うしたならば、必ずもう一度出会うことになる。輪廻の環に続くその道の途中で、きっとみんな待っていてくれるはずだ。

だから何も寂しくなどない。約束された再会へと続く、ほんの一時的なさよならだとちゃんと理解している。だけど、それでも俺は……。

眼球の裏側が熱い。鼻の奥に鋭い痛みが走る。涙腺が今か今かと騒ぎ出す。

だが引き留めるわけにもいかない。震える唇をきゅっと引き締め直すと、無理矢理に笑顔を作り上げてからゆっくりと口を開いた。

「――じゃあな、座敷童子」

三年前、遠野駅のホームで彼が言った台詞だ。

すると一瞬、彼は不思議そうな表情になった。

けれどすぐにその意図を察したのか、また少し俺から距離をとって、白い歯を見せながら快活な声上げる。

「ああ！　またな、司貴！」

そしてくるりと反転したかと思えば、そのまま弾むような足取りで駆け出していった。

前方に広がる白い靄、それに包まれて見通せない河原の先へと。生身の人間では決して踏み込めない神域のただ中へと――

　小さな背中が消えて行ったその場所には、もはや何の余韻も残されてはいなかった。

期せずして順番が前後してしまったようだ。残された俺はただ、今もなお響き続ける家族の泣き声を耳にしながら、それが心の奥に雪のように堆積していく感覚にじっと耐えた。奥歯を嚙みしめながらひたすら耐え抜いたのだった。

エピローグ

家族の中で最初に見えなくなったのは、妖狐だった。

霊格が高い妖怪ほど人の目に映り辛い。過去にそう聞いたことはあったが、これまでに検証の機会は訪れなかった。でもどうやら事実らしいと判断する。神使である彼女が一番先に見えなくなったのだから、根拠としては十分だ。

次に見えなくなったのは河童だ。てっきりいつも通り露天風呂にいるだろうと思ったのだが、どこを探してもいない。何日探してもいない。そのため消えてしまったのだと判断した。

やがて綾斗が見えなくなり、最後に空太が見えなくなったが、俺の目から涙がこぼれ落ちることは最後までなかった。

童子の言葉が耳の奥で響く。それが哀しみに溺れそうになる心を救ってくれた。

見えなくてもそばにいる。俺の目には映らずとも彼らは俺を見ている。だったら情けない姿なんて見せられない。

意識すればわかることだ。ふとしたときに誰かの息遣いを感じる。ときにお酒臭かったりキュウリ臭かったりもする。今さら妖怪の実在を疑うわけもないのだから、寂しいわけがない。

彼らはいつも心の中にいる。彼らの物語の続きを知ることはできないが、自分の手で生み出すことはできる。机に向かってペンを走らせたなら、彼らは想像の中で活き活きと動き出す。

ああそうだ。きっと今書いているこの原稿だって、いつかどこかで彼らが読むに違いない。そしたらまだまだだね、なんて意地悪な顔で笑うのだろう。憎たらしいことに。

今まで遠野から離れられなかった彼だから、座敷童子の責務から解放されて、今頃は旅にでも出ているかもしれない。ならどこにいたって読めるよう、俺は物語を綴り続けよう。何冊だって、何十冊だって書いて、世界中の本屋ですぐに見つけられるようにしてやるのだ。それが俺の新しい目標となった。

プロポーズからちょうど一年が経ったある日のこと。俺と和紗さんは遠野郷八幡宮で結婚式を挙げることになった。もちろん神前式だ。

式の最中はそりゃもう緊張した。しかもその日は特に気温が低く、板張りの床は氷と変わらないくらい冷たくて、歩いているだけでも全身に震えが走るほどだった。

だから誓詞奏上の声も情けないくらいに震えてしまったが、その程度のことは大目に見ていただきたいと思う。

結婚披露宴は迷家荘の宴会場で行うことになった。昨年と同じように宿泊費無料券を発行したところ、たくさんの人がお祝いに駆けつけてくれた。

立川(たちかわ)の伯父夫妻はもちろん、担当編集者の進藤さん、烏丸先生を始めとする妖怪作家の先輩方。坂上さんに静香と健吾。胡蝶さんと夕霧さんに、妙見軍団の黒服たち。紺野さん夫婦と舞原さん……もちろん凪人も来てくれた。みんな口々にお祝いの言葉を投げかけてくれて、わざわざ出し物まで用意してくれた人もいた。

こんなに楽しい気持ちになったのは、いつ以来のことだろう。そう思いながら目を閉じると、たくさんの灯籠の明かりに染められた、金色の山車の姿が脳裏に蘇ってきた。

あの喧嘩祭り、みんないたく気に入ったようで、今年の夏にもやるのだと息巻いていたっけ。俺が気付かなかっただけで、遠野のどこかでやっていたのかもしれない。実はこっそり高丸たちも参加してたりして……などと自然に妄想が膨らんでいく。隣の席で招待客の対応をする新婦の和紗さんをよそに、一人でにやにやとしてしまった。

作家の職業病みたいなものだから、どうか気持ち悪いなんて言わないで欲しい。

　――異変が起きたのは、披露宴が始まってから二時間が経った頃だ。

　日帰りしなければならない招待客が一人、また一人と去っていき、開始時から比べるとやや隙間が目立つようになった会場に、ビジネススーツ姿の女性が颯爽とした足取りで入ってきたのである。

「ふむ、少々出遅れたか？　やはり茨城からでは遠いのう。不便になったものじゃ」

　苦笑とも自嘲ともつかないその笑い方は、どこかで見覚えがあるものだ。

　ただ、一度見たら忘れられないような美人にも拘らず、不思議とどこで会った誰なのかが判然としない。もしかすると和紗さんの知り合いだろうか？

　と、そこで一瞬思考が立ち止まる。

　いや待て。この言葉遣いはまったくもって現代人らしからぬもの。であれば――

　女性の正体が閃光のように脳裏に明滅した瞬間、俺は席から立ち上がり驚愕のままに呼びかけてしまった。

「まさか!!　瀬織津姫様ですか!?」

「む。そうじゃが……。なんじゃ、わかっておらんかったのか」

　かっかっか、と愉快そうに笑い声を上げる彼女。

　よくよく見れば間違いないとわかる。その優雅な立ち姿からは神々しいまでの気品が放たれており、直視しているだけで現実感が喪失する感覚に本能が震える。まさに浮世離れした美しさと言う他ない。

「え？　女神様ですか⁉」

和紗さんも気付いたらしく、たちまち驚きの声を上げた。

「ど、どうして見えているんですか？」

「ふふっ、それはのう」

すると遠野の最高神はごく軽い口調で答える。

「別段不思議な話でもあるまいよ。妾は神ではあるが、ずっと生身のままじゃからなぁ。と言うてもわからんか。まあよい。説明してやるから外に出よ」

そう言ってぱちりと指を鳴らすと、賑やかだった宴会場の声がぴたりと止んだ。

誰も彼もが動きを止めている。まるで凍り付いたようにだ。

まさか時間を止めたとでもいうのか。最高神はそんな力まで持っているのか。

立て続けに受けた衝撃のあまり、和紗さんと目を見合わせていると、「ほれ行くぞ」と彼女は言いつつ廊下へ出て行った。俺たちは慌ててその後を追いかける。

「――生身ってつまり、人間のままってことですか？」

歩きながら彼女の背中に訊ねると、思いがけないほど簡単に答えは返ってきた。

「そうじゃ。妾が瀬織津姫の名を継いだのは、千二百年前のことでな――」

実は彼女は二代目らしいまたもや衝撃の新事実だ。

神も代替わりすることは知っている。幸村さんやくだ子が女神の名を継いだことからしても、それは周知の事実だった。最高神もその例外ではなかったわけだ。

千二百年前の蝦夷征伐の際、アラハバキ神として夫と敵対した瀬織津姫は、そのときの闘いで実体を失ってしまったのだそうだ。

しかし数十年後、一人の娘がその身に神降ろしをし、二代目の瀬織津姫となったのだという。それが目の前にいる彼女だ。

ただし、その出自は驚きである。坂上田村麻呂と鈴鹿御前が結ばれて生まれた子供の、そのまた娘だとのこと。つまりは田村麻呂の孫なのだ。

「本当の名はもう忘れたが、〝お初〟と呼ばれておったよ。しかも妾たちは三人姉妹でな、姉と妹も女神の依代となってともに高天原に赴いたのじゃ」

「じゃあ今までお見かけしていた姫様も、ずっと生身で……？」

和紗さんが訊ねると、彼女は「もちろん」と答える。

「緒方まで気付いておらなんだとは、妾の方こそ驚くぞ。……じゃから胡蝶とも昔から仲良しでの、妾たちは長生き友達、略して長友（ちょうとも）なのじゃ。ちなみにこのスーツは司命殿から借りておっての。彼女ともそこそこ仲が良い」

いや、そんな造語をいきなりぶっこまれても困るが……。胡蝶さんと友達だった理由はよくわかった。あとついでに、紺野さんを空海の魂の元に導いた陰陽師と占い師とは、彼女たちのことだったとも判明した。

「ふふ。まあそういうわけでな、妾だけは未だに特異点なわけじゃ。人と人ならざるものを繋ぐ、という意味でな」

にこやかに喋り続けているが、その言葉はとても重い。

秀倉が去り際に口にした台詞が耳の奥に蘇ってくる。『それならそうと言って欲しかった』と彼は言ったが、瀬織津姫にはその手段がなかったのだ。何故なら今の彼女は、魂を受け継いだだけの別人なのだから。

蝦夷の巫女に預言を残したのは初代だ。そしてそれから千二百年もの長い間、愚直に遠野を守ってきたのが二代目である彼女というわけだ。恐らくは、後を継いだ彼女には何の咎（とが）もなかったというのに……。

聞いているだけで憂鬱になってくるような話をしながらも、軽やかな足取りで進んでいく瀬織津姫。そのまま空を歩くように石段を登り、さらに直進。

そして相変わらず蕾一つ見えない桜に近づいていくと、その幹にまっすぐ手を伸ばした。そして柔らかな手つきで一撫ですると、こう呟く。

「――おい。いつまで寝ておるつもりじゃ？　そろそろ起きんか」

と、思ったらどん、といきなり桜の木が揺れた。

見ると、蹴っている。なんと瀬織津姫は、タイトスカートがめくれ上がるのも気にせずに、思い切り桜の幹に前蹴りを放っていた。

「ちょっとやめなさいよ！」

するとどこかからそんな声がした。

「何よ、もう。起きればいいんでしょ――」

さらにそう聞こえた。と思った次の瞬間、信じられないことが起きた。

儚(はかな)げに枯れ枝を空に伸ばしていた桜の老木がなんと、ほんの瞬きのうちに、花火が弾けたような勢いでぱっと満開になったのである。

先程まではその気配すらなかったはずだ。そもそも遠野における桜の開花時期はまだまだ先である。なのに何も無かった場所にいきなり蕾が出現し、それが一気に花開いた。まるで夢でも見ているかのような鮮やかさだった。

そしてその、荘厳すぎる光景に言葉を失っているうちに、さらに目を疑うような出来事が起こってしまう。

太く黒ずんだその幹から、白い着物を纏った女性がにょっきりと生えてきて、ふわりと音もなく地面に降り立ったのである。

その姿は――

「お、お母さん!?」

鋭敏な反応を見せてたちまち声を上げたのは、誰あろう和紗さんだ。

言われて気付く。桜の幹から現れた女性の姿は、確かに以前にも目にした和紗さんの母親の姿……。

いや違う。かつてハクタクと名乗った閻魔大王の友人、ダイダラボッチだ。

彼女は三年前に起きた〝九尾事件〟のあと、力を使い果たして眠ったはずだが……。目覚めるのは一年後か百年後かわからないとも言っていたから、このタイミングで目覚めたとしてもおかしくはない、のか？

「あ、二人とも久しぶりね。こんにちは。……あと瀬織津姫も」

「うむ、久方ぶりじゃのう。今日はこの二人の結婚式でな、おまえにも知らせてやろうと思うて、わざわざ来てやったのじゃ」

「あら！　それはおめでたいわね！　ならさっき幹を蹴ったことは水に流してあげる。なんて言うと思った!?」

がっ、と音がする勢いで摑みかかった彼女を、瀬織津姫は手四つで受け止める。

すると何故かそのまま力比べが始まってしまった。

「待て待て待て！　めでたい日だと言っておろうが！」

「それとこれとは別でしょうが！」

「反撃より先にすることがあるじゃろうが！　結婚祝いじゃ！　はようせぇ！」

「それならもうやったわよ！」

「まあまあお二人とも……」

見かねた和紗さんが仲裁しようと歩み寄っていくが、俺にはその争いの決着よりも気になることがあった。

彼女が前回、その力を振るったときには遠野中の桜が満開になった。例年より一ヶ月ほど早く春がやってきたように。

いともたやすく現実を塗り替えてしまう超常の力。それが既に使われている？

――そうだ。何故すぐに気付かない？

俺には見えているではないか。常人には見えないと言われた〝化桜（ばけざくら）〟の花が。桜の幹から出てきた明らかなる人外の存在が。

高まる予感に、思わず踵（かかと）を浮かせ、爪先を基点としてゆっくり振り返る。

先程までとはまったく空気が違う。やはりそうだ。背後の景色が別物に変わっている。

舞い散る桜の花弁がなぞった先から、輪郭が生まれ、色づけられていくのだ。

そしてみるみるうちに形が伴っていくと――

頭の中で眠っていた器官が目覚め、認識することによって存在が確定し、やがて息遣いや体温までもが伝わってくる。ああそうだ、この感覚だ、思い出した。

だから見える。見えてきた。何度も夢に見たその姿が。

愛しき妖怪たちの姿が……。

「みんな――」

河童に妖狐。空太に綾斗。鱒沢さんに八幡権現。牛鬼に乙姫までいるじゃないか。六角牛王と鬼若丸。羊太夫にカラス天狗。猫又の律に、雪女に天彦も？

他にも大勢だ。とにかくたくさんの妖怪たちに取り囲まれている。いや妖怪だけじゃない。幸村さんもくだ子も宇迦之御魂神までいる。みんなもしかして、俺たちの結婚を祝福するために集まってくれたのか。

「なぁに涙ぐんでんだ、先生」

河童が歩み寄ってきて、俺の腕をぽんぽんと叩く。

「見えるようになってよかったな。ダイダラボッチに感謝しねぇとよ」

「ああ、そうだな。本当にありがとうございました。ダイダラ――」

「ちょっと。その名前、可愛くないからやめてくれる？」

いつの間にか喧嘩を止めていたその女性は、頬を膨らませながら言った。

「どうせ閻魔の入れ知恵でしょ？　今度から私のことは〝木花開耶姫〟と呼びなさいな。あ、和紗はお母さんでいいからね？」

木花開耶姫とは日本神話に登場する古き女神だ。桜の木の神であり、富士山の化身だともいわれている。ダイダラボッチと呼ばれる巨人が富士山を作ったという伝承もあるので、その二つが同一存在だという可能性はあったわけだ。

そういえば幸村さんの結婚式のときにも、最後に桜が咲いた瞬間、その場の人間全てに妖怪の姿が見えるようになった覚えがある。もしかして、あのときにも彼女が力を貸してくれたのだろうか。

だとすると、本当に最高の結婚祝いである。心の底から嬉しい。

じぃん、と込み上げてくる感動に打ち震えていると、

「待ってください！　こうしてはいられません！」

幸村さんの手を取って再会を喜んでいたはずの和紗さんが、やや唐突感のある言葉を発しながら周囲をぐるりと見渡した。彼女らしい活発な動作とともにだ。

それから慌てたように俺に呼びかけてくる。

「これってもしかして、今日限定ですけど誰にでもみなさんの姿が見えるようになったってことですよね？　わたし、お父さんたちに伝えてきます！」

と言うが早いか素早く踵を返し、着物の裾をはためかせながら走り去ってしまった。

が、確かに彼女の言う通りだ。また妖怪の姿が見えるようになったのなら、集まってくれた招待客にとっても何よりの朗報だろう。共有したいと思う気持ちはよくわかる。

けれど全てが突然過ぎて、今や俺の脳はパンク寸前。喜ばしい気持ちはあるものの、いまいち現状把握が追いついていない。どこか夢見心地で状況を俯瞰していると、

「おい。緒方よ。なぁにさっきから間抜け面してんだ？　しっかりしろって！」

そう言って肩に手を回してきたのは酒呑童子だ。

「みんなよう、乾杯もせずに待ってたんだぜ？　せっかくの晴れの日だから、おまえに音頭をとらせてやろうってな」

「いや、無茶振りが過ぎるだろ。ていうかおまえは舞原さんについてきただけじゃ？」

「細けぇことは気にすんなって！」

がはは、と豪快に笑い声を上げる彼。

その後方。少し離れた場所には、高丸と赤頭の姿がかすかに見える。こちらに寄ってこないところを見ると、彼らは俺じゃなく和紗さんを祝いに来たのか。

おっ、もしかして端っこにいるのは豆腐小僧か？　まさかこんなところで出会えるとは。あとでちゃんと話をしておこう。

ああいいな。やっぱり妖怪はいい。何だか次第に楽しくなってきた。さて、他に珍しいやつはいないか……。

長らく異形の存在を目にしていなかったせいで、妖怪小説家の必須栄養素が足りなくなっていたに違いない。だから落ち着きなくきょろきょろと見回しながら、浮き立つ足

取りに任せて歩き出し、顔見知りに一通り挨拶をしつつ、広場の隅々まで視線を巡らせていって……そこで気付く。

「――なあ河童。童子はどうしたんだ？」

あいつがいない。

あの赤い着物を着た少年の姿だけが、どこにも見当たらないのだ。

「ああ、そうか。それはな――」

と、河童はあからさまに表情を曇らせながら答える。

「あいつ、座敷童子じゃなくなっちまっただろ？　だからよ、高天原から帰ってすぐに旅に出ると言って、迷家荘から出て行ったんだが……」

「妖怪っていうのはね、誰かに認識されて初めて存在できるわけじゃない？」

音もなく近寄ってきた妖狐が、話の先を引き取って続ける。

「けれど、座敷童子じゃなくなったあの子のことを知ってる人は、誰もいないでしょ？　だからね……」

「ずっと連絡がつかないんです」と綾斗。「どこかで倒れて、消えかけているのかもしれません」

「そんな……」

先程までの浮ついた気分が全て吹っ飛んだ。そんなの一大事じゃないか。

「ど、どうすればいいんだ？　どうすればあいつを助けることが……」

「そりゃ簡単なことだ」と河童。「先生がもう一度、あいつのことを強く想いながら、名前を呼べばいい。……ああ、できればあいつの姿を記憶から引っ張り出せるよう、何か思い出の品とかを手に持って――」

「思い出の品だな！　わかった！」

声を被せるように言って、俺は和服の懐に手を入れた。

そこには小説家の必需品、手帳とペンが収められている。いつ何時、創作のネタが空から降ってきてもいいようにと、この二つだけは常に持ち歩いているのだ。

「これを見てくれ！　あいつの実在を証明する何よりの証拠だ！　これがあれば――」

開いた手帳の中から取り出したのは、いつか採取したあいつの指紋だ。

妖怪は認識されることによって存在を確定する。だとするならば、これほど相応しい代物は他にないはずだ。なにせ八百七十億分の一の、この世界であいつだけしか持ち得ない特徴なのだから。

そう思いながら自信満々に河童の顔を見たのだが……何故か彼は絶句していた。

「……どうした？　指紋じゃ駄目なのか？」

「い、いや。ちょっと予想外だったからよ。別のもあるんじゃねぇかな？　例えばその、童子神社に収められてる神鏡、とかよ」

「神鏡？」

言われて桜の幹に穿たれた洞の中――童子神社へと目をやった瞬間に、あれ、と俺は違和感を覚えた。

「やべっ」

一時目を疑ったが、間違いない。幹の裏側に体を半分隠すようにしてこちらの様子を窺っていたのは、紛れもなくあいつだった。しかも目が合った途端に慌てて身を隠しやがった。わざとらしく声を上げながら。

「おい。そこで何やってるんだ、座敷童子」

「……あーあ、気付かれちゃったよ。サプライズ失敗か」

観念したように姿を現したのは、赤い着物を着た生意気そうな少年。

彼はぺろっと舌を出しながら、悪びれた様子もなく言葉を続ける。

「せっかくの演出プランが台無しだよ。結婚式の素敵な思い出にしてやろうという僕の親心が……」

「何が親心だ！」とたちまち声を怒らせた。「しょうもないことすんなよ！　ちょっと本気で心配しただろうが！」

湧き起こる憤懣と脱力感。相反する二つの感情に苛まれながらさらに言う。

「それに俺のサプライズ案はボロカス言ってたくせに！　自分はいいのかよ！」

「あんたがやろうとしてたやつは明らかに陳腐だったからね。僕のは人間心理を計算し尽くした芸術品とも呼べるサプライズで――」

彼が想定していたシチュエーションはこうらしい。座敷童子の神具である神鏡を手に取った俺が、祈りを込めながら天高くそれを掲げて、彼の名を大きな声で呼ぶ。

するとの力が何らかの奇跡を起こして光が溢れ、白く染まった視界の先から徐々に少年の姿が浮かび上がってくる。その、もう一枚の鏡を手に携えた少年と俺はまさに、合わせ鏡の存在だ。

互いの鏡に互いの姿を映し出すように意識していると、やがて二人の距離はどんどん近くなっていき、そんな静謐かつ神秘的なムードの中で果たされた再会は……。

「いつまでも思い出に残り、百年先まで語り継がれるわけだ」

「いやガバガバじゃねぇか！　あとその光の特殊効果、どうせ雷獣の担当だよな⁉」

「そうだけど、それが何か？」

「何でめでたい日にそんな真似するんだよ！　俺が何回アレ喰らったと思ってんだ！」

「残念だなぁ。まさかその前に見つかっちゃうとはね。あんたの洞察力を少し舐めていたことは否定しない」

「人の話を聞けよ！　大体おまえ、すぐ見つかるような場所に適当に隠れてただろ？詰めが甘すぎ……って、あれ」

テンポよく言葉を交わしているその最中に、童子が懐から一枚の鏡を取り出したのを見て、思わず息を呑んだ。

あの大きさ、あの形、あの輝きは紛れもなく座敷童子の神鏡だ。けれど河童は確かに、童子神社の社の中に鏡があると――

「結局さ、修復に丸一年かかっちゃったってわけ」

彼は俺のすぐ目の前まで歩み寄ってくると、照れくさそうに目を逸らしながら指先で頬を掻いた。

「高天原にも神具の専門家はいなくてね。ほぼ独学でやるしかなかったからそりゃもう大変だったよ。晴明のやつ、かなり手の込んだ改造を加えてたみたいで……。でもまあ僕って天才だからさ？　何となくでもできちゃったんだよね。……ああ、ちゃんと所有者の情報も元に戻してあるから、安心してよ」

「じゃ、じゃあこの鏡……。元通りってことか⁉」

「うん。まあね。むしろ前より綺麗に――」

「よくやった！」

感激のあまり、がしっと強めに、童子に抱きついてしまった。

そしてそのまま抱え上げ、高い高いをするように頭上までリフトし、何度かその場で横回転さえしてしまう。

本当に全てが元通りなのだとしたら、まるで夢のように素晴らしい話だ。だって生きている間にはもう会えないと思っていたのだから。あの賑やかで、温かくて、きらきら輝いていた目まぐるしい日々は、二度と戻ってこないと諦めていた。

なのに、なのに……。

「ちょっと下ろして！　みんな見てるだろ！　やめろってコラ！」

「ははは、照れるな照れるな！」

「照れてないよ！　純粋に嫌がってんだよ！」

手足をばたばた振り回し始める童子。こいつ本気で抵抗していないか？　なんて可愛げのないやつなんだ。

でもそれでこそ俺の相棒だ。生意気で秘密主義で悪戯好きで、皮肉屋で最悪なほどに口が悪くて笑い方も邪悪で、でも心根は優しくて聡明でユーモアがあって誰よりも頼りになる少年。こいつこそが幸せをもたらしてくれる、我が愛しの座敷童子様だ。

それから、しばらくして童子を地面に下ろすと、不意に視界が滲んだ。

ようやく大事なものを取り戻すことができたのだと、そんな実感が今さら湧いてきたのだ。

「……あのさぁ。もういい大人なんだからさ。派手に喜んではしゃいだり、急に泣き出したりとかやめてくれない？　ほら、みんなこっちを見てるからさ」

耳元で窘めるように囁く彼。でもこんなの無理だ。仕方ないじゃないか。

振り返ってみると、確かにみんなこちらを眺めていた。しかも一様にニヤニヤと頬を緩めながら、生温かい視線を俺たち二人に投げかけてくる。

ああ、くそ。外見は奇妙だったり恐ろしかったりするやつらばかりなのに、どうしてみんなそんなに優しい目をしているんだ。

遠野に来たばかりの頃なら、悲鳴を上げて逃げまどっていたかもしれない。でも今は歓喜を禁じ得ないのだから不思議なものだ。これから先もこの遠野の地で、彼らと笑い合いながら日常を過ごしていけるのなら、こんなに嬉しいことはないと思える。

と、そこへ。

「——緒方さーん！」

手を振りながら走って和紗さんが戻ってくる。その後ろに披露宴の招待客と、若干の砂煙を引き連れて。

やっぱりうちの奥さんは元気で可愛い。でも一つだけ気になったことがある。それは俺の呼び名だ。俺の名前はもう〝白沢司貴〟ですよと、あとでちゃんと言っておかなければならない。いつまでも旧姓で呼ぶのは止めた方がいいですよと。

……でもまぁ、今日くらいはいいかなと思い直す。どうせこの場に集った妖怪たちも、俺のことをそう呼ぶのだろうし。

「――和紗が戻ってきちゃったじゃないか。いつまでも呆けてる場合じゃないよ」

両腕を広げた姿勢で奥さんを迎えようとしていると、童子が俺の脇を肘で小突いた。

「酒呑童子に聞いただろ。みんな乾杯の合図を待ってるんだ。ちゃんと挨拶考えた？」

「待てよ。寝耳に水だよ。そんな暇あったように見えたか？」

じろりと横目を向けると、彼は肩をすくめながら首を左右に振ってみせる。

「どうせ困るだろうと思って、原稿用意してきてあげたんだけど、いる？」

「……さすがだよ座敷童子。おまえってば本当に頼りになるやつだ。天才だし最高だし一週間はアイスを供えてもいい」

「交渉成立だね」

言いつつ紙切れを渡してくる彼。すぐに中を開いて確認してみると、意外にもちゃんとした挨拶の文言が記されていた。

実に助かる。そしてほんの一瞬ではあったが、俺を騙して報酬だけせしめようとしていると疑ったことを謝りたいと思う。すまなかった。

「じゃあ始めようか先生。もう一度ここから」

「そうだな。ここから始まったんだ。だから――」

俺たちはにやりと笑い合って、軽く拳をぶつけ合い、それから揃って正面を向いた。

人間と妖怪、亡霊に神様までもが入り混じった混沌とした集団が、宴の開催を告げる俺の第一声を待っている。

涙はもう拭った。心は既に晴れやかだ。だから顔を前に向けて、胸いっぱいに空気を吸い込んで、それをゆっくり吐き出していく。彼らへの感謝とともに。

「みなさん、本日はご多用の中、私たちのためにお集まりいただき――」

特に目新しいこともない定型文。だがそれでいい。それがいい。今までと変わらない妖怪まみれの日常を、新しい形で進めるための一歩なのだから。

期待の眼差しを煌めかせながら手に手に盃を構えた一同に向かい、最後に俺は思い切り声を張り上げる。

「それではみなさん、ご唱和ください！　乾杯――――！」

《完》

あとがき

皆様お久しぶりです。作者の仁科裕貴（にしなゆうき）と申します。本編はもうご覧になっていただけましたでしょうか？　この先には物語の展開に関する重大なネタバレが記されておりますので、〝あとがきから読む派〟の皆様もどうか、本編を読み終えた上でこちらに戻ってきていただきますよう伏してお願い申し上げます。

さて、二〇一五年から執筆を始めた本シリーズですが、八年目にしてようやく十巻という節目の巻に到達することができました。

そして今巻をもちまして、物語に一区切りをつけさせていただくことになりました。ここまでの長編シリーズにすることができたのも、偏（ひとえ）に読者の皆様方からの応援の賜物（たまもの）だと思っております。ですのでこの場を借りて改めて御礼申し上げます。本当にありがとうございました。

そこで恩返しといってはなんですが、このあとがきを読んでくださっている皆様にだけこっそりと、とある秘密をお教えしたいと思います。

今まで誰にも漏らさず、ひた隠しにしてきたのですが、実は第一巻に登場する人物の名前には、とある共通点があるのです。

それは、名前の漢字に〝糸偏〟が入っていること。遠野は養蚕で栄えてきた街であり、第一巻第四話のタイトルにもなっているオシラサマは、実は養蚕の神様だといわれているのです。ただ本編にはあまりその要素を反映させることができなかったため、せめて名前だけでもと、登場人物の名前に糸偏の漢字を選んだのでした。

さらにもう一つ。こちらが本命の秘密です。

物語の主人公、緒方司貴は、本巻で白沢家に婿入りし、〝白沢司貴〟となりました。この名前をひらがなに直すと〝しらざわしき〟となりますが、文字の順番を入れ替えることで、とある妖怪の名前が浮かび上がってくるようになっているのです。

実は第一巻を書き始める前から、何となくこの結末に繋げようと思っていたのでした。ほんの少しでも驚いていただけたなら、嬉しいなぁ。

それでは最後に謝辞を。いつもお世話になっております担当編集の小松様と、長らくお世話になりましたイラストレーターの細居美恵子様。それから出版に関わって下さった全ての方々と、このあとがきを読んで下さっている皆様方に心からの感謝を。

仁科　裕貴

『遠野物語―付・遠野物語拾遺』
柳田国男（角川学芸出版）

『妖怪談義』
柳田国男（講談社）

『遠野のザシキワラシとオシラサマ』
佐々木喜善（宝文館出版）

『妖怪文化入門』
小松和彦（角川学芸出版）

『日本陰陽道史話』
村山修一（平凡社）

『新・古代史謎解き紀行　消えた蝦夷たちの謎　東北編』
関裕二（ポプラ社）

仁科裕貴

著作リスト

罪色の環―リジャッジメント―（メディアワークス文庫）
初恋ロスタイム（同）
座敷童子の代理人（同）
座敷童子の代理人2（同）
座敷童子の代理人3（同）
座敷童子の代理人4（同）
座敷童子の代理人5（同）
座敷童子の代理人6（同）
座敷童子の代理人7（同）
座敷童子の代理人8（同）
座敷童子の代理人9（同）
座敷童子の代理人10（同）
後宮の夜叉姫（同）
後宮の夜叉姫2（同）
後宮の夜叉姫3（同）
初恋ロスタイム―First Time―（同）
初恋ロスタイム―Advanced Time―（同）
神なき世界のトーメンター（電撃文庫）

<初出>

本書は書き下ろしです。

この物語はフィクションです。実在の人物・団体等とは一切関係ありません。

◇◇メディアワークス文庫

座敷童子の代理人10

仁科裕貴

2022年6月25日　初版発行

発行者　青柳昌行
発行　株式会社KADOKAWA
〒102-8177　東京都千代田区富士見2-13-3
0570-002-301（ナビダイヤル）
装丁者　渡辺宏一（有限会社ニイナナニイゴオ）
印刷　株式会社暁印刷
製本　株式会社暁印刷

ISBN978-4-04-914500-7 C0193

メディアワークス文庫　https://mwbunko.com/

本書に対するご意見、ご感想をお寄せください。

あて先
〒102-8177　東京都千代田区富士見2-13-3
メディアワークス文庫編集部
「仁科裕貴先生」係

◇◇◇

後宮の夜叉姫

仁科裕貴

後宮の奥、漆黒の殿舎には
人喰いの鬼が棲むという——。

　泰山の裾野を切り開いて作られた綜国。十五になる沙夜は亡き母との約束を胸に、夢を叶えるため後宮に入った。

　しかし、そこは陰謀渦巻く世界。ある日沙夜は後宮内で起こった怪死事件の疑いをかけられてしまう。

　そんな彼女を救ったのは、「人喰いの鬼」と人々から恐れられる人ならざる者で——。

『座敷童子の代理人』著者が贈る、中華あやかし後宮譚、開幕！

初恋ロスタイム -Advanced Time-

仁科裕貴

**話題の映画原作小説、
待望の続編が登場！**

高校の入学と共に僕・桐原綾人は「絶対に成功する」という思いで幼なじみの比良坂未緒に告白をし、見事玉砕した。そうして互いに言葉を交わす事もなくなったある日。僕は突然午後4時15分に「自分以外の時が止まる」という不思議な現象に見舞われる。高揚感に胸を躍らせつつ、僕だけの世界を楽しんでいたのだが、そこにはもう一人動ける存在——未緒がいた。

時が止まった世界の未緒とは昔のように接することが出来るけれど、ほんの少し、何かが違っていて……。

メディアワークス文庫